GW01066254

LE TELESCOPE DE RACHID

DU MÊME AUTEUR

La Navigation du faiseur de pluie, Actes Sud, 1998.

Titre original :
The Carrier
Editeur original :
Phoenix House, Londres
© Jamal Mahjoub, 1998

© ACTES SUD, 2000
pour la traduction française
ISBN 2-7427-3339-6

Illustration de couverture :
Virgile, par Anselm Feuerbach

JAMAL MAHJOUB

LE TÉLESCOPE
DE RACHID

roman traduit de l'anglais (Soudan)
par Madeleine et Jean Sévry

BABEL

pour Aisha et Rustum

J'adresse mes remerciements à Gillon Aitken & Cy pour l'aide enthousiaste qu'ils m'ont apportée. Je remercie également Rebecca Wilson, ainsi que le personnel de Weidenfeld & Nicolson. J'éprouve une gratitude toute particulière envers Abdaf Souief et Aamer Hussein, pour leur amitié et leurs conseils.

I

Voici Alger et sa légende. Ses racines étranges et tenaces s'emmêlent dans l'imaginaire. C'est comme un corps mystérieux et inexploré que la main experte d'un amoureux dévoilerait peu à peu. Pour l'œil non averti, la ville est tout simplement posée comme une vieille selle de cavalier sur le dos noueux et tordu des monts de Kabylie. Le port, rempli de vaisseaux venus des quatre coins du monde, résonne de mille langues étrangères, dans un halètement et un bruissement ininterrompus d'hommes et de vagues. Une ville qui se nourrit de sang et d'eau salée, en équilibre précaire entre une ascension vertigineuse et la ruine la plus totale. Une humanité qui se présente sous sa forme la plus crue, la plus désespérée, si bien que l'on ne peut s'empêcher d'être partagé entre le ravissement et la nausée. Il est certain que ce port a la plus étrange réputation du monde, et il ne fait pas bon s'y aventurer à la légère. C'est là que rôdent les légendes de Barberousse et d'Euldj Ali. C'est là, entre le lever et le coucher du soleil, qu'un homme peut devenir roi, faire fortune, ou, si le sort en a décidé autrement, perdre tout ce qu'il possède, y compris sa vie. On peut trouver absolument tout ce que l'on veut dans les entrailles tortueuses de la casbah où beaucoup se sont bel et bien égarés. Une ville où les corsaires et les flibustiers, les marchands et les négriers se sont mis à l'abri des tempêtes pour se faire une place au soleil. Ce n'était plus l'époque des grands empires et des grands rois, mais plutôt celle des petits tyrans, des intermédiaires voraces et des bureaucrates pleins de suffisance. Le dey devait allégeance à Istanbul, mais il le faisait du bout des lèvres, car les dômes bleus et le divan étaient loin derrière l'horizon. Tout comme la casbah marquait la séparation entre les dirigeants et le peuple d'Alger, la puissante Méditerranée servait de frontière entre le sultan et les avant-postes de son empire sur les rivages animés d'Afrique du Nord.

Tout ce que l'on a pu recueillir à propos de cet homme connu sous le nom de Rachid al-Kenzy a été dispersé au long des siècles : il n'en reste que de rares traces que l'on a peine à suivre, lorsque ce n'est pas tout à fait impossible. Ce parcours si mince et si fragile ne nous a laissé que des fragments disparates, comme autant d'indices qu'il faudra regrouper, tâche que seuls peuvent accomplir des esprits dérangés ou des érudits obstinés.

On dit pourtant que, d'une façon ou d'une autre, Dieu accorde Sa grâce à toutes Ses créatures. Parfois, en y regardant d'un peu plus près, on peut retrouver ces dons. On dit aussi que le destin d'un homme est emmailloté dans mille bandelettes de mousseline fine, et qu'il faut toute une vie pour les dérouler.

Des cris montent de la rue. C'est la fin de l'après-midi, un jour comme les autres, du mois de *muharram*, en l'année 1016 de l'hégire, c'est-à-dire en 1609, dans le calendrier chrétien. Les gens qui vivaient autour de la petite place du quartier des mudéjars étaient des Andalous qui, au fil des ans, avaient fui la colère des infidèles d'Espagne. La cime des palmiers s'agitait tandis que l'on traversait cette place à la hâte, en baissant la tête pour se protéger des grains de sable qui vous cinglaient le visage. Des janissaires pleins de méfiance étaient venus le chercher, une scène qui n'avait rien d'exceptionnel, mais, en la circonstance, Rachid eut plus de chance que la plupart de ces agneaux innocents que la loi immole pour servir ses fins. Il eut la vie sauve grâce à une curieuse intervention du destin. Mais comme, bien entendu, il n'avait pas la moindre idée de ce qui l'attendait, il fit ce que n'importe qui aurait fait dans la même situation : il se mit à courir. Il courut plus vite qu'aucun homme ne l'avait jamais fait dans sa vie. Il aurait indéniablement couru plus loin qu'aucun autre si ce n'est que, dans sa confusion, il ne savait pas où aller, tout comme il ignorait totalement de quel crime on pouvait bien l'accuser. Il était terrifié si bien que, pour intelligent qu'il fût, et en dépit de son instruction, il courut vers les hauteurs comme le ferait une chèvre, ce qui était une erreur. De toute façon, c'était une erreur de courir ainsi, car les janissaires sont toujours en nombre et sans pitié, de sorte qu'ils finissent par cerner leur proie, à moins que l'on ne soit doué du pouvoir de se transformer en une huppe, pour s'envoler par-dessus les montagnes en direction du sud. Bien entendu, ils le rattrapèrent et le rouèrent de coups. Puis ils le ramenèrent en le traînant par les talons à travers les places et les ruelles au milieu de la foule, et les gens du peuple se mirent à le huer et à cracher sur son corps souillé et couvert de poussière. En se protégeant le visage avec les bras, il dut subir tout le poids de leur haine. "Un esclave sera donc toujours un esclave", se dit-il. Ils le fouettèrent avec des branches de palmier, le lapidèrent avec des galets et des cailloux. Les femmes hurlaient de désespoir, se frappaient le visage et s'arrachaient les cheveux avec une rage incompréhensible. Les jeunes se mirent de la partie, en suivant ce cortège à la course et en ne s'arrêtant que pour lui administrer quelques coups de pied. Les gardes pressaient l'allure, car ils sentaient qu'à leur tour ils allaient devenir la proie de ces forcenés. Ils le traînèrent sans ménagement dans les ruelles étroites de la casbah, zigzaguant sous les porches de pierre et le long des escaliers, sa tête cognant lourdement comme une gourde pleine d'eau, jusqu'à la cour de leur caserne. Là, ils l'attachèrent à un bloc de pierre et l'abandonnèrent au soleil pendant deux jours, pour qu'il s'affaiblisse, avant de le détacher et de le traîner à l'intérieur.

II

Plus tard, Hassan devait apprendre que tout cela avait été provoqué par Mercure, non pas le mercure, cette substance que l'on trouve dans les thermomètres, mais le corps céleste, ou plus exactement la version artistique de cette planète réalisée en pierre par un artiste du cru. C'est Hassan qui avait découvert les blocs de granite sur la colline surplombant le lac. De mémoire d'homme, ils avaient toujours été là, mais apparemment personne ne s'était jamais demandé comment ils avaient bien pu y arriver. Géomètres, géologues, ingénieurs du téléphone, des générations de fermiers, conseillers militaires, personne n'avait essayé de savoir comment et pourquoi on les avait amenés là. Impossible de trouver des roches de ce type dans la région, voire sur l'ensemble du territoire : quelqu'un avait dû les amener ici.

C'est en dégageant ces énormes blocs de pierre qu'ils découvrirent les restes d'un corps.

"Ah, ça commence bien", se dit Hassan. Il était assis dans sa voiture, sur une route éloignée de tout. Il s'était perdu. Il avait quitté la route, et, sortant de la voiture, il avait fouillé à l'arrière pour retrouver une vieille carte. C'est alors qu'il s'était mis à pleuvoir. Il renonça à sa carte, mais le temps de s'engouffrer dans la voiture, et déjà il était trempé jusqu'aux os, et l'eau dégoulinait de son visage.

Oui, ça commence bien, ce drôle de travail.

"Mais pourquoi moi ? avait-il demandé à Jensen, lorsque celui-ci lui en avait parlé.

— Je pars en vacances, lui avait-il répondu d'un ton allègre, et de plus, qui d'autre serait plus qualifié ?"

Hassan marchait à grandes enjambées le long du corridor pour rester à la hauteur de son collègue, plus âgé et sensiblement plus grand que lui.

"Est-ce que je fais bien de partir maintenant ?"

Jensen se retourna légèrement pour le regarder. Jensen était vif comme un renard. La lumière des néons passait à travers ses longues mèches argentées.

"Ne voyez pas trop les choses en noir", se contenta-t-il de dire avant de faire demi-tour et de partir à grands pas.

Hassan rentra dans son appartement vide et resta assis dans l'obscurité, se demandant quelle idée il avait eu de prendre un si grand logement. Trois jours plus tard, il était en route. Il quitta Copenhague à midi, et à quatre heures de l'après-midi il était garé au bord de la route, complètement perdu.

"Est-ce que ce sera aussi difficile que ça ?" se demanda-t-il, en tapotant le volant, alors que l'eau dégoulinait encore sur ses vêtements. Il reprit la route et passa une heure de plus à faire des va-et-vient, à traverser la chaussée et rebrousser chemin. Il s'arrêta à nouveau. Cette fois-ci, il trouva la carte coincée derrière son siège, là où un petit enfant aurait pu la glisser. Il remarqua qu'il roulait sur une route qui suivait presque le parallèle, à 56 degrés 17 minutes de latitude.

Il suffisait de prendre un virage, puis un croisement. Il s'arrêta sur l'aire de stationnement d'un garage abandonné, où l'herbe poussait en touffes désordonnées à travers les fentes du béton. Les nuages faisaient gicler une dernière rafale de pluie dans sa direction avant de filer à l'ouest. Déroutant, c'est le seul terme qui convenait pour décrire ce genre de temps. Un vent fort, qui faisait craquer et se hérisser les branches, alternait soudain avec de violentes ondées. La couche épaisse de nuages s'était déjà dispersée pour laisser passer à nouveau le soleil.

Il sortit de la voiture et sentit le sang circuler à nouveau dans ses jambes. Un oiseau chantait énergiquement dans les environs et l'eau ruisselait des feuilles d'un grand chêne. Il y avait là une porte coulissante qui ne fermait plus très bien sur ce qui avait dû être autrefois un atelier, et une vieille pompe à essence dont on avait démonté la jauge en métal voilà bien longtemps.

Il s'étira, puis, sans réfléchir, il posa les coudes sur le toit de la voiture, et sentit l'eau inonder sa chemise. Cela allait peut-être lui faire du bien, se dit-il. Un mauvais temps qui le coupait du monde, et de lui-même.

Un drapeau flottait à l'entrée de l'aire de stationnement. Après l'avoir regardé un bon moment, il se rendit compte que ce bâtiment avait été transformé en une sorte de boutique. Il alla jusqu'à la porte, et l'ouvrit, ce qui déclencha une sonnerie. Il se déplaça entre les rayons, sans vraiment regarder. Il prit un journal, du café et un paquet de biscuits. Il avait un carton plein de ravitaillement à l'arrière de sa voiture. Il n'avait besoin de rien.

"Salut !"

Elle était menue, les cheveux bruns, coupés très simplement, avec le teint rude des gens de la campagne. Il pensa qu'elle devait avoir quinze ans. Elle avait cette timidité maladroite de l'adolescence. Le sourire disparut de son visage, et elle se mit à ranger des journaux et des magazines sur le comptoir. Il retrouva dans sa poche le bout de papier avec l'adresse. Elle y jeta un coup d'œil, évitant son regard, puis se retourna vers la caisse, en faisant un signe par-dessus son épaule. Elle posa quelques pièces sur le comptoir.

"C'est là-bas : arrivé au bout de la rue, vous tournez à droite. La maison est sur la gauche, une maison verte, avec un portail cassé. La vieille femme habite à côté."

Il la remercia d'un geste. Elle posa une main sur la caisse, l'autre sur sa hanche, et le regarda se débattre avec la porte.

Debout près de la voiture, il vit arriver un tracteur rouge. Le conducteur lui fit signe de la tête pour le saluer tout en continuant à rouler sur son engin haletant.

Cette maison était l'une des dernières du village avant de céder la place à un dépôt de machines agricoles, et plus loin à des prairies où il pouvait voir des vaches en train de paître.

"Qui est là ?" demanda la vieille femme qui vint ouvrir la porte. Elle était essoufflée. Elle était toute petite, mais vigoureuse et vêtue d'une robe en acrylique, un imprimé avec des roses fanées depuis bien longtemps.

"Madame Ernst ? Je viens de la part du muséum."

Elle le scruta pendant quelques instants.

"On m'avait dit que vous n'arriveriez que lundi.

— Je m'excuse, il doit y avoir une erreur."

Il se surprit en train de parler plus fort, pensant qu'elle devait être dure d'oreille. Elle marmonna quelque chose qu'il ne saisit pas. Puis, décrochant un manteau derrière la porte, elle s'avança d'un pied ferme dans la lumière de l'après-midi : elle lui arrivait à peine au-dessous de la taille, et, quand elle marchait, elle semblait avoir quelque chose à la hanche qui la faisait se dandiner horriblement.

"C'est votre voiture ? demanda-t-elle en la montrant du doigt.

— Oui, répondit-il, un peu amusé. C'est bien la mienne.

— Elle est jolie", dit-elle avant de faire demi-tour et de s'éloigner en se dandinant de plus belle. Il crut l'entendre glousser tandis qu'elle lui montrait le chemin.

La maison était peinte en vert, du moins les portes et les fenêtres. Quant aux murs, ils étaient simplement blanchis à la chaux.

"Ma sœur et mon mari ont habité ici, mais elle est morte, et lui est parti. Elle m'a laissé la maison. J'ai essayé de la vendre, mais personne ne veut plus vivre ici. Tout le monde veut vivre à la ville. Les jeunes s'en vont tous. Parfois, en été, nous avons des locataires pendant une ou deux semaines."

Elle avait du mal à respirer et parlait d'une voix sifflante tandis qu'elle allumait les lumières, ouvrait fenêtres, placards et machine à laver.

C'était une petite maison vieillotte et quelconque. Le chaume qui recouvrait autrefois le toit surbaissé avait été remplacé par des ardoises grises tachetées d'une mousse vert pâle. La porte du fond donnait sur la cuisine, sombre mais propre et bien rangée. A côté, un salon, avec un sofa défraîchi et une petite table. La porte d'entrée avait été transformée en un placard de rangement pour les balais et la planche à repasser. On arrivait à la chambre en grimpant les quelques marches d'un escalier en colimaçon situé à côté de la salle de bains, un ancien grenier qui sentait bon le pin. Les murs étaient inclinés, si bien que Hassan ne pouvait se tenir droit qu'au milieu de la pièce. C'était bien, se dit-il, et rassurant.

"Ça vous convient ?

— Très bien, répondit-il du bas de l'escalier, c'est parfait.

— Une femme viendra une fois par semaine pour faire le ménage et la lessive."

Et tandis qu'elle s'éloignait pour poursuivre sa visite guidée, il ne l'entendit plus.

"Madame Ernst, cria-t-il de là-haut, quelle est l'orientation de cette fenêtre ?

— Pardon ?

— La fenêtre, comment est-elle orientée ?"

Il n'obtint pas de réponse, aussi descendit-il l'escalier. Elle passait son doigt sur un rebord de fenêtre.

"A l'est, à l'ouest, ou quoi ?"

Elle le regarda sans comprendre.

"Comment voulez-vous que je le sache ?"

Ils se regardèrent en silence. Il se tourna vers la porte.

"Vous n'avez pas encore vu la salle de bains."

Il sourit, comprenant trop tard sa maladresse. Elle le dévisagea à nouveau, comme si tout à l'heure quelque chose lui avait échappé.

"Vous travaillez pour le muséum, m'avez-vous dit ?

— Non, pas le muséum d'ici. Je travaille à Copenhague. On m'a demandé de venir pour examiner quelque chose qu'ils viennent de découvrir.

— Alors, vous êtes une sorte d'expert ?

— Oui, si l'on veut."

Sa réponse vague n'arrangeait rien. Elle fit claquer sa langue et commença à se dandiner vers la porte.

"Bon, si vous avez besoin de quelque chose, faites-le-moi savoir.

— Merci !"

Quand elle fut partie, Hassan remonta l'escalier. Il s'assit sur le bord du lit étroit et regarda au loin par-dessus les hautes et épaisses frondaisons. Au-delà, le terrain semblait s'enfoncer pour disparaître, et, sans en être sûr, il avait le sentiment que le lac était là, hors de portée des regards. Il s'allongea et fixa la charpente au-dessus de sa tête, et il écouta le silence.

Il s'était sûrement endormi car, lorsqu'il ouvrit les yeux, la pièce était sombre. Il sortit et prit tous ses bagages dans la voiture. Des fourre-tout, des valises, et deux grands cartons remplis de papiers et de livres. Il rangea ces derniers sur la petite table du salon, et s'assit un instant. A nouveau, il songeait au lac, à la maison. Il rêvassait, se demandant qu'est-ce qui avait bien pu changer en quatre cents ans.

Assis dans la cuisine, il écouta pendant un moment le silence de la maisonnette. Il estima que ce silence n'était pas le même que dans un appartement, moins sombre, mais plus ample que celui de la ville, avec quelque chose d'interminable. Par curiosité, il prit le téléphone. Il décrocha le combiné. La ligne n'était pas branchée.

III

Le cadi reposait de tout son long sur un sofa recouvert de soie orange. Il dormait profondément avec un ronflement régulier. Tout contre ses pieds, à genoux sur le frais carrelage andalou qui se déroulait comme un océan de turquoise, un scribe à l'allure d'oiseau polissait soigneusement un coffret de cuivre dans lequel il avait rangé ses plumes et son encre. Lorsque les gardes entrèrent, il leva les yeux et fit un signe de la tête. "Revenez demain", fit-il pour s'en débarrasser, et il se remit à polir son coffret.

Le premier garde ne dit rien, mais se contenta d'avancer et donna un coup de pied énergique au sofa. Le scribe protesta d'une voie aiguë, mais trop tard : le cadi se réveilla dans un frémissement, se lécha les lèvres et se frotta les yeux.

"Alors, demanda-t-il en bâillant, qu'a-t-il fait ?

— C'est Rachid al-Kenzy, marmonna le premier garde.

— Al-Kenzy, Al-Kenzy, Al-Kenzy ?" Le cadi fit une grimace. "Non, je ne vois pas. Qu'a-t-il fait ?

— Il a tué un membre honoré et respecté de notre communauté."

Le cadi sursauta. Et retirant ses pieds du sofa il se redressa. Un instant il regarda le sol en silence.

"Vraiment ?" Il parlait lentement, sans lever la tête. "Mais qui, au juste ?

— Maimonidès, le marchand."

Il releva les sourcils et regarda la silhouette meurtrie et boursouflée de Rachid.

"Le juif ? Tu as tué le juif ?

— Maître, je vous en supplie", murmura-t-il à travers ses lèvres tuméfiées.

Le cadi glissa ses pieds dans ses sandales, prenant tout son temps. Il se gratta la barbe et alla jusqu'à la fenêtre qui donnait sur la baie.

"Ne supplie pas, soupira-t-il sans se retourner. C'est humiliant pour qui l'entend. As-tu tué cet homme, oui ou non ?"

Le prisonnier secoua la tête sans rien dire. Le cadi, dans un haussement d'épaules, se tourna vers les gardes.

"Comment cela s'est-il passé ?

— C'est de la sorcellerie", dit le premier.

Le second opina du chef. Et ils se mirent à parler tous les deux en même temps. Le cadi leva les mains :

"S'il vous plaît, oui, j'ai deux oreilles, c'est vrai. Mais même un homme de ma sagesse ne peut pas écouter deux récits de la même histoire à la fois." Il observa soigneusement les deux hommes, puis fit signe au premier : "Tu es le plus grand, alors commence !"

Le garde reprit donc, et quand il se tut le cadi sourit et leva la main.

"Ainsi, cet homme était à la solde de Sidi Cherif, et il avait arraché sa fille à une mort pénible et prématurée, c'est bien cela ? Puis, un jour, il va dans son appartement, dans la maison où il vivait, et pour une raison inexplicable il se met à préparer une horrible potion pour mettre fin à la vie de Maimonidès, l'honorable et respectable marchand, afin de s'attirer un peu plus les faveurs de Sidi Cherif qui est, ou plutôt était, comme tout le monde le sait, son plus grand rival." Le cadi interrompit son résumé par une pause, et regarda un garde, puis l'autre. "C'est une affaire très sérieuse, déclara-t-il calmement. Qui vous a raconté ces balivernes ?

— Tout le monde !"

Les deux gardes échangèrent un regard comme s'ils étaient pris d'un doute, puis ils se remirent à parler tous les deux à la fois. D'un geste de la main, le cadi réclama le silence.

"C'est qui, tout le monde ?

— Tout le quartier était à sa poursuite.

— Et en l'arrêtant nous lui avons sauvé la vie.

— Le commis de Maimonidès nous avait averti que cela devait arriver.

— Mais comment aurait-il pu le savoir ?"

Le premier garde, le plus grand, s'avança.

"Maître, c'est ce commis qui est venu nous mettre au courant de toute cette affaire." Il haussa les épaules. "Sinon, comment aurions-nous pu savoir ce qui s'était passé ?

— C'est le genre de questions que je me pose tous les matins, dit le cadi. Savez-vous que je me demande pourquoi Dieu a créé les janissaires, pourquoi, dans Son infinie sagesse, Il les a fait venir du fond de l'Anatolie pour me récompenser au soir de ma vie ?"

Les gardes restèrent de marbre, sans laisser paraître qu'ils n'avaient pas la moindre idée de ce dont il parlait. Le cadi examina Rachid du haut en bas et secoua la tête de découragement. Puis il se leva et étira ses bras au-dessus de sa tête.

"De nos jours, la seule potion magique, c'est la poudre à canon." Il s'arrêta net, face au premier garde : "C'est de la superstition ! C'est le genre de discours que débitent les grand-mères, des idioties que l'on entend dans ces quartiers infâmes, où les infidèles ont la tête remplie des vapeurs enivrantes du vin. Que ces sauvages se battent entre eux ! Mais pourquoi venir me raconter tout ça ?

— Les gens du quartier avaient décidé de prendre cette affaire en mains.

— Ils l'auraient tué, c'est sûr !"

Le cadi respira profondément et soupira.

"J'aurais préféré qu'ils nous épargnent ce souci." D'un geste de la main, il les renvoya, et se retournant, il dit : "Ça ne me regarde pas.

— Mais alors, et Maimonidès, le marchand ?

— Le marchand ? C'était un vieillard, et il est mort. Tous les jours, il y a des gens qui vieillissent et qui meurent."

Le cadi se frotta les yeux et se rassit. D'une main, il caressait l'étoffe de sa robe. Les deux gardes se regardèrent Le second serra les lèvres, mais le plus grand décida que n'importe comment, il allait lui poser sa question.

"Si ce juif avait connu une mort naturelle, pourquoi s'en seraient-ils pris à lui ? dit-il en faisant un signe de tête en direction du prisonnier.

— Mais c'est évident, non ? Mais regardez-le !" Et il montra l'homme à genoux. "Il y a des gens qui sont comme ça depuis leur naissance." Puis il se tut, et se levant à nouveau il s'approcha de Rachid pour l'examiner soigneusement. "C'est curieux, observa-t-il, comme s'il se parlait à lui-même, la noirceur de sa peau ferait penser à un homme de basse origine, peut-être même un esclave. Pourtant, la manière raffinée dont il parle la langue du Prophète nous dit qu'il est, ou qu'il a été, un homme d'un certain rang, ou du moins, réfléchit-il un instant, un homme qui a eu de l'ambition. Il est évident qu'il a reçu de l'instruction, vraisemblablement une formation

religieuse dans quelque secte lointaine de fanatiques." Il s'interrompit, regardant Rachid al-Kenzy
droit dans les yeux. "Selon toute vraisemblance,
c'est un homme intrépide, quelqu'un de très dangereux."

Le prisonnier gardait les yeux fixés au sol. Le
cadi fit claquer sa langue et se tourna pour
revenir vers la fenêtre. A travers l'étroite embrasure, on pouvait entendre le bruit de la mer et
le vacarme plaintif des mouettes.

"La superstition a un effet néfaste sur les
gens. Cela les rend nerveux et agités. Je préfére-
rais être obligé de te condamner à mort pour
vol." Il haussa les épaules. "Et qui m'en empê-
cherait ?"

Le prisonnier respira profondément et s'inclina.

"Bien qu'on ne me connaisse guère dans ce
pays, ma réputation est sans tache dans les
régions de Tarabullus, du Caire et sur l'île de
Chypre. On peut, maître, m'accuser de beaucoup
de choses, mais en ce qui concerne la mort prématurée de ce marchand je suis innocent."

Le cadi leva la main :

"Ton discours me convainc de deux choses :
tout d'abord, tu as la parole facile, indépendam-
ment du fait que tu dises ou non la vérité, et,
deuxièmement, si je suis sûr que tu n'es pas
vraiment coupable de l'acte de sorcellerie dont
on t'accuse maintenant, je pense que tu dois
être coupable de quelque chose d'aussi grave."
Il leva les sourcils comme s'il s'attendait à une
objection, mais elle ne vint pas. Il se tourna vers
les gardes. "Messieurs, à vous de jouer. Examinez bien notre bonhomme. Regardez ses yeux.
Dieu m'est témoin, mais je parierais que, où qu'il
aille, on trouvera toujours une raison pour le
pendre." Il s'adressa aux deux janissaires : "Que

cet incident nous serve à tous de leçon. Il n'en faut pas plus pour perturber les gens. A peine un vieillard meurt-il que dans leur petite cervelle ils se hâtent de concocter ces inepties. Et voilà bien ce qui est le plus dangereux pour nous tous, chers amis : les idées folles et insensées qui germent dans la tête des gens !" Il regarda un garde, puis l'autre, et se retournant, en grognant, plein d'amertume, il mit fin à cette affaire. "Qui que ce soit, même si nous ne savons rien sur lui, laissons croupir cet homme en prison pendant un mois, et après on verra si on peut en tirer quelque chose." Puis il leur fit signe de se retirer et, s'allongeant à nouveau sur le sofa, il ferma les yeux.

Rachid al-Kenzy était né sous une mauvaise étoile, c'est du moins ce qu'on aurait pu penser à en juger par les circonstances qui entourèrent son arrivée dans le monde. Il était né d'une esclave encore enfant lorsqu'elle lui donna le jour. Elle avait depuis longtemps abandonné tout espoir de revoir son village natal, dans ce pays qu'on appelle la Nubie, ou d'entendre le joyeux clapotis de l'eau claire jaillissant des cataractes de rochers qui avaient donné leur nom à son peuple. Le seul aspect physique de Rachid suffisait à ajouter à son malheur. Il n'était pas de constitution particulièrement robuste, et sa taille était un peu en dessous de la moyenne. On ne peut pas dire qu'il était beau, et, à cause de la faiblesse de ses os, son dos était si voûté qu'il suscitait des commentaires partout où il se montrait. Mais son cœur était pur, et, bien qu'il gardât cachés tous les talents que Dieu lui avait donnés, son regard était clair et lumineux. Il était savant jusqu'aux dents, comme on dit, et Dieu dans Sa sagesse avait doté Rachid al-Kenzy d'une intelligence pénétrante dont il allait devoir épuiser toutes les ressources pour se frayer un chemin dans ce labyrinthe où le Tout-Puissant s'apprêtait à le précipiter.

Un chien au regard triste, l'air blasé, se mit à renifler un peu partout, jusque dans le coin le plus éloigné où un trou carré creusé à même le sol indiquait ce qui tenait lieu de sanitaires. Dans la cour, quelques silhouettes traînaient leurs pieds enchaînés. Le vent souleva un tourbillon de sable, le répandit sur le sol empierré et le poussa jusqu'au mur intérieur où un orifice sombre trouait la façade massive de la caserne qui se dressait comme un roc en direction du ciel.

C'était une longue caverne de pierre, voûtée, remplie d'ombres lugubres et d'une misère venue d'ailleurs. Rachid al-Kenzy décela l'odeur âcre des autres prisonniers avant même que la lumière lui ait permis de les apercevoir. Quand il ferma les yeux pour dormir, il fut rassuré de sentir ce rocher dur sous son dos. Il ne lui restait plus qu'à attendre, et à sa manière il remerciait les murs de la prison pour le répit qu'ils lui offraient. A vrai dire, il était las de ces mensonges, de ces supercheries qu'il avait dû inventer jour après jour pour convaincre des gens de bonne foi qu'il pouvait opérer des miracles de toutes sortes.

Rachid al-Kenzy passa trois mois à dormir et à rêver chaque nuit au vent du large qui s'engouffrait dans le port, et tentait de lui arracher la longue écharpe indigo enroulée autour de sa tête. Puis, au réveil, le vent s'enroule autour du quai et bondit dans le dédale tortueux des rues, des venelles et des escaliers de pierre, il longe la casbah, les hauts murs du palais du pacha et la caserne des janissaires pour arriver jusqu'à lui, tout recroquevillé et tremblant dans son coin, au milieu d'un ramassis d'assassins, de lépreux aveugles, de mendiants et de voleurs aux membres amputés. Après quoi son esprit s'attarde un instant sur la place, où les palmiers se balancent, puis s'enfonce dans le quartier espagnol où les Andalous et les matelots ivres sirotent leur café à la cardamome, et rêvent de voiles. C'est là qu'il avait joué au trictrac et passé de longues soirées à bavarder. C'est là qu'il s'était accoudé aux tables noircies par l'usure, caressant les gobelets de cuivre du bout des doigts en écoutant les femmes qui chantaient des berceuses à leurs enfants pour les endormir. C'est là aussi que son passé l'avait rattrapé, l'avait fouetté de ses longues lanières pour le punir, bien décidé à lui faire expier sa traîtrise en le déchirant membre après membre.

Sa traîtrise ?

Il ne leur avait jamais demandé de lui faire confiance.

Non, il n'avait jamais exigé leur confiance, mais il ne l'avait jamais refusée non plus. Peu après son arrivée dans ce port balayé par les vents, il y avait environ deux ans de cela, il avait été réveillé une nuit par des cris et des hurlements qui montaient de la rue. D'instinct, sa main était venue se poser sur le poignard à longue lame qu'il gardait toujours sous sa tête et qui ne le quittait pas dans son sommeil. Mais en descendant les marches pour rejoindre la foule, dont les visages éclairés par des torches vacillaient dans les coins sombres et sous les porches des maisons, il fit disparaître son arme sous ses vêtements. Toute cette agitation provenait de la maison du vieux patriarche, Sidi Cherif.

C'était une fillette, de trois ans environ. Son cœur avait ralenti, puis cessé de battre, et sa langue commençait à noircir. Il y avait un vent d'hystérie dans la cour de la maison où la fillette était étendue sur une mince couverture de laine. Rachid s'était frayé un chemin à travers la foule pour mieux comprendre ce qui se passait, lorsque tout à coup un espace s'ouvrit devant lui, et, en un clin d'œil, la foule se sépara en deux comme un banc de poissons qui change de direction. Il se trouva face à face avec l'enfant qui était en train de mourir.

Il essaya de remonter ce flot humain pour en sortir, mais la foule le cernait. Il respira profondément et parcourut des yeux le désordre indescriptible qui régnait autour de lui : tous ces hommes qui se bousculaient, ces femmes qui poussaient des lamentations.

"De l'eau, marmonna-t-il à l'homme qui se trouvait à côté de lui. Il faut lui faire boire de l'eau salée !" L'homme ne semblait pas l'entendre. Il se retourna et, pendant un instant, il regarda Rachid. Puis il se mit à gesticuler de façon frénétique, en criant, en tremblant. Rachid se retrouva soudain en pleine lumière. Ils le dévisageaient en silence, ils attendaient. Portant ses mains à ses lèvres, il fit le geste de boire, et répéta machinalement : "De l'eau salée !"

Il leur fallut un certain temps, mais à la fin ils s'accrochèrent aux paroles de cet inconnu comme à leur dernière chance de salut. Le message descendit la rue, et en retour on vit arriver l'eau et le sel. S'emparant de la coupe, Rachid força la fillette à boire, versant l'eau goutte à goutte sur ses lèvres, puis lui serrant les mâchoires pour la forcer à l'avaler. Elle se débattit, donna des coups de pied et, enfin, elle céda et, perdant toute raideur, elle ne bougea plus. Puis le sel sembla réveiller sa gorge et un frisson lui parcourut tout le corps, ce qui la fit se redresser pour se réfugier dans les bras de Rachid. Elle toussa, toussa encore, cette fois du fond de ses poumons, tandis que quelque chose bougeait dans son ventre. Son corps fragile fut secoué d'un spasme, et elle vomit sur lui tout ce qu'elle avait dans l'estomac. Les femmes se précipitèrent pour prendre dans leurs bras l'enfant en larmes et là, sur le sol, on put voir le long ver grisâtre qui avait failli la tuer.

Rachid fut soulevé de terre par les étreintes enthousiastes et les baisers de la foule qui l'entourait. Tout le monde semblait vouloir le toucher. Les femmes se penchaient en avant pour frôler son épaule ou lui tirer le bras, puis elles portaient leurs doigts aux lèvres dans l'espoir de s'approprier un peu de cette bénédiction, de cette baraka. Il se sentit porté dans les airs par leur bonté et leur gratitude, mais il sentit autre chose aussi : le pouvoir qui jaillit des mains du peuple. Il fut transporté sur le flot de leur enthousiasme jusque chez le patriarche, Sidi Cherif, vieillard grisonnant, de forte taille, qui l'embrassa avec fougue avant de s'écarter de lui pour mieux le voir. "Ma vie t'appartient", dit-il simplement.

A partir de ce jour, il ne manqua plus de rien. Dans la rue, les gens s'inclinaient sur son passage. Ils le suppliaient de venir prendre le thé chez eux, de faire le tour de leurs humbles demeures, afin qu'il leur accorde ses bienfaits par sa seule présence. C'est comme s'il était devenu un saint. Quand on le rencontrait, on l'appelait "Le Savant". "Bonjour, *ya mu'alim*, seigneur !" Les marchands faisaient livrer chez lui, sans même qu'il les ait demandés, des paquets de toutes sortes, de toutes formes et de toutes tailles. Les boutiquiers lui envoyaient des cadeaux : un pot de leur meilleur miel, des noix, des abricots, et même une fois un petit troupeau de moutons qu'il donna à son logeur, et qui rôdèrent autour de la maison jusqu'au jour de l'*Aid al Bairam*, où ils furent sacrifiés, et tout le voisinage fut invité à se joindre au festin. Les marchands et les négociants l'invitaient à venir s'asseoir en leur compagnie, et il voyait arriver devant lui des amandes, des verres de lait chaud et sucré parfumé à la cannelle. Puis les mères faisaient défiler lentement devant sa maison leurs filles à marier, et les plus résolues se mirent à s'inviter chez lui sous le moindre prétexte. Les jeunes veuves minaudaient et lui barraient le chemin, en faisant ostensiblement mine de détourner le regard quand il passait près d'elles dans les ruelles étroites. Quand il se rendait à la mosquée pour prier, les gens faisaient s'écarter leurs amis et leurs voisins pour l'inviter à prendre place à côté d'eux sur le tapis usé. D'autres venaient le voir pour lui demander conseil, ou pour le consulter à titre privé à propos de problèmes personnels : projets d'affaires, mariage imminent, maladie, stérilité, ou sur tout ce qui peut faire souci sur terre, bien qu'il ne se sentît aucune compétence pour aucun de ces sujets. Marchands et courtiers envoyaient des messagers pour lui demander quel serait le meilleur moment pour vendre ou acheter leurs marchandises. Sa réputation allait grandissant. On disait qu'il savait lire dans les astres et les étoiles, qu'il avait étudié dans l'une des universités les plus prestigieuses de l'Orient, bien que personne ne fût capable de dire laquelle. Les réponses qu'il pouvait fournir reposaient souvent sur un solide bon sens, c'étaient celles qui convenaient le mieux, mais en général il retenait celles que les gens attendaient. On devinait son savoir dans les citations dont il émaillait ses réponses, dans les exemples qu'il donnait, et dans sa façon de s'exprimer. Et plus il gagnait en célébrité, plus la chance semblait lui sourire. On aurait dit que rien n'était impossible à cet homme exceptionnel. Il revint trouver le prêteur de la casbah et put récupérer sans contrepartie les biens qu'il avait laissés en dépôt lors de son arrivée, et qui l'attendaient là. Il avait sauvé un enfant de la mort, et cela prouvait amplement qu'il était investi d'une puissante baraka.

Il faut bien dire que Rachid al-Kenzy ne chercha jamais à mentir ou à tromper son monde. Il ne se posait pas de questions sur le pourquoi ou le comment de sa chance. Il était étranger à ce pays, comme il l'avait été en d'autres lieux et en d'autres temps. Il avait appris à éprouver de la reconnaissance pour toutes les bonnes fortunes qui s'offraient à lui, quelles qu'elles fussent. A leurs yeux, il passait pour un esclave quelconque, qui ne méritait guère leur attention, et encore moins une récompense, et c'est cela qui pour eux faisait son prix. "Ainsi va le monde, se disait-il. En vérité, nul ne peut vraiment comprendre ce qui se passe dans sa vie."

Prémonition ? Instinct ? Ses intuitions étaient toujours justes. Pendant une certaine période, on lui fit confiance, et un beau jour, exactement comme ces bancs de poissons qui parcourent les océans et virent subitement dans une autre direction, la foule descendit l'escalier de pierre en hurlant pour réclamer son sang.

Mais cela ne se produisit pas du jour au lendemain.

En fait une année s'était écoulée, une année exactement. Les travaux de la nouvelle mosquée étaient terminés, le dey s'était éteint paisiblement et on l'avait remplacé par un autre. A l'est de la ville, pendant les tempêtes d'hiver, un navire vint s'échouer sur la côte rocheuse (les seuls survivants étaient trois singes à la queue argentée qui entrèrent dans le port accrochés à une épave) et, ce jour-là, Rachid al-Kenzy découvrit un poil gris sur son menton. Cela mis à part, rien d'autre à signaler.

Par la suite, il se demanda souvent ce qui aurait pu lui arriver s'il ne s'était pas laissé embarquer dans une mission qui l'emmena loin de cette ville. Que serait-il devenu, s'il n'avait pas suivi cette arche dorée qui l'entraîna en direction du nord et de la mer Verte, traçant ainsi l'épicycle de son destin à travers le royaume bigleux de la superstition, se frayant une voie dans le détroit rocheux de Gibraltar pour se voir drossé jusqu'à l'extrémité septentrionale de la terre ? Il méditait sur tout cela, sans trouver de réponse : ce qui est écrit est écrit !

Les autres prisonniers ne l'importunaient pas. Ils gardaient leurs distances depuis qu'ils avaient eu vent de la nature du crime dont il se voyait accusé. Un soir, le capitaine d'un caïque tunisien s'approcha de lui. Il se tint debout au-dessus de Rachid al-Kenzy qui était couché dans son coin, dans la cellule.

"C'est vrai que c'est toi qui as fait le coup ?

— Quel coup ? demanda Rachid qui essayait de voir, à une certaine distance derrière cet homme, un groupe qui rôdait en attendant la fin de cet échange.

— Es-tu celui qui a tué le marchand juif ?

— Allah dans Sa sagesse savait que cet homme était âgé, et que son temps était venu.

— C'est possible", fit le meneur en approchant son visage, et Rachid ne pouvait détacher ses yeux de cette tumeur qui avait poussé maintenant à la place de son oreille. "Mais tu aurais mieux fait de laisser Dieu en décider."

Rachid regarda les visages des hommes derrière lui, de ces hommes qui tenaient la prison sous leur coupe et répandaient la terreur quand bon leur semblait. Il fut surpris de voir qu'ils se méfiaient de lui.

"On dit que tu portes en toi la malédiction du diable !

— A chacun son Dieu, dit Rachid, prudent. Cet homme, je ne l'ai vu qu'une seule fois dans ma vie.

— Alors, ce qu'on dit serait-il vrai ? Que tu lui aurais jeté un sort qui l'a fait mourir dans d'horribles souffrances, en usant de sorcellerie ?

— Je suis un homme modeste et de peu de savoir."

Peu à peu, les hommes s'avançaient pour mieux voir cette silhouette étrange assise au milieu des gravats et de la poussière de leur prison. Le capitaine les chassa d'un geste impatient.

"Tu maintiens que tu n'as pas fait cela ?"

Rachid hocha la tête. Le capitaine se retourna et fit signe à un homme dans la foule. Il regarda à nouveau Rachid.

"Es-tu prêt à te soumettre à une épreuve ?

— Dieu est seul juge.

— Tout cela est bien beau, mon frère à la peau sombre, mais il y a là un autre juge pour m'assister."

Là-dessus, il se retourna et fit signe à un autre homme de s'avancer : celui-là était très maigre, il avait les joues creuses et les yeux saillants.

"Voici celui qu'on appelle Ma'sh'allah. Il sait lire dans le cœur des hommes aussi bien qu'un marin sait lire dans les flots. Donne-lui ta main !"

Alors les marins qui étaient prisonniers firent cercle autour de Rachid qui tendait sa main. L'homme maigre roulait de gros yeux tandis qu'il serrait fermement la main de Rachid dans les siennes. Ses doigts passaient et repassaient sur la paume de Rachid. Au bout d'un moment, ses lèvres se mirent à trembler.

"Que vois-tu ? demanda sèchement le capitaine.

— Il a été séparé de son frère à la naissance." Ma'sh'allah parlait avec l'accent des gens des marais du golfe oriental. "Il fait un voyage vers le nord."

Le capitaine s'impatientait.

"Que vois-tu d'autre ? aboya-t-il, repoussant brutalement un des hommes en arrière, car il gênait en se penchant trop en avant.

— Il est à la recherche de l'œil. Il pense que cet œil lui permettra de voler au-dessus des océans pour atteindre les montagnes. Il veut déplacer le soleil, et défier la volonté de Dieu."

L'homme maigre fut parcouru d'un frisson comme si quelque chose l'avait ébranlé. Il lâcha la main de Rachid et se redressa, en prenant appui contre la muraille d'hommes amassés autour de lui.

"Maudit sois-tu, Ma'sh'allah !"

Le capitaine était visiblement mécontent. Il lança son poing en direction de la tête du devin, mais celui-ci l'esquiva et disparut aussitôt. Le capitaine se tourna alors vers Rachid qui s'attendait à recevoir une volée de coups. Pourtant, le capitaine hésita.

"Dis-moi simplement une chose : qu'est-ce que ce juif t'avait fait ?

— Il m'a traité d'esclave.

— Qu'Allah nous protège dans notre sommeil, murmura quelqu'un dans la foule.

— Laisse Allah tranquille", s'écria grossièrement leur chef. Il déchira l'air de la pointe de sa dague. "Tant que cet homme sera parmi nous, j'aurai un œil sur lui. Nous monterons la garde à tour de rôle."

Ils s'éloignèrent, laissant Rachid tout seul, debout, sauvé par un crime qu'il n'avait pas commis. A partir de ce jour, il se promena dans la prison la tête haute, car personne n'osait affronter son regard, de peur d'être frappé par quelque terrible malédiction.

IV

Voici comment il vint au monde.

Nous sommes dans la région d'Alep, pendant une période de sécheresse, environ trente ans plus tôt. Par un morne après-midi, Sayed Abdel-rahman al-Jabri, un honorable marchand de soie, était allongé, couvert de sueur, dans le silence étouffant d'un été qui n'en finissait pas, desséchait les abricots sur leurs branches et les piquetait de taches brunes avant même qu'on ait pu les cueillir. Dans le verger derrière la grande maison, un soleil implacable avait fait se recroqueviller les feuilles qui pendaient maintenant comme des larmes d'ambre assoiffées. Cela faisait des jours qu'il restait couché sans dormir dans un bain de sueur, en attendant que le temps passe. A travers les fins rideaux qui pendaient mollement devant les fenêtres ouvertes, on voyait des petits nuages secs se dérouler au loin, comme de la fumée. A perte de vue, ce n'étaient que terres stériles. Depuis des semaines, le joyeux scintillement de l'eau que l'on pouvait généralement apercevoir, là-haut dans la montagne, comme une affirmation exaltante et glorieuse de la vie, avait fini par disparaître. Un air de tristesse s'était abattu sur le pays. Plus personne ne se souvenait du bruit que fait la pluie, sauf en rêve, au cours de nuits agitées.

Les gens ne se donnaient plus la peine d'étaler leurs maigres marchandises sur la place du marché, car leurs clients venaient frapper à leur porte bien avant le lever du soleil pour faire autant de provisions qu'ils le pouvaient.

La transformation brutale et l'aridité que le pays était en train de subir influaient sur le comportement des gens. Dans cette chaleur étouffante, des bagarres éclataient à l'improviste, que les protagonistes réglaient le plus vite possible en ayant recours à des procédés qui, dans des circonstances normales, auraient été énergiquement condamnés : utilisation de couteaux, poignards et flèches plantées en travers de la gorge, tout ce qui leur tombait sous la main. Personne n'aurait songé à gaspiller de l'énergie dans un combat à mains nues qui n'en finirait pas. L'humeur d'Abdelrahman en souffrait aussi. Il déambulait à travers la maison, hurlant des ordres ici et là, et jurant en des termes si grossiers que sa voisine avait pris l'habitude de se boucher les oreilles avec des tampons de cire.

Il restait allongé, seul, jour après jour, à transpirer. Aucun moyen de canaliser sa frustration, de donner libre cours à sa fureur et à sa colère. Quant à faire appel à Dieu, il l'avait déjà fait maintes fois, sans résultat tangible : il n'en avait pas recueilli le moindre fruit. Des retards inexplicables avaient empêché les caravanes d'arriver ici. Son commerce commençait à en pâtir. Personne ne voulait s'aventurer dans une vallée aussi désertique.

Aussi restait-il sur sa couche, sans pouvoir dormir, et chaque jour qui passait semblait augmenter, gonfler, alimenter et renforcer son énervement. Puis, un après-midi, en montant l'escalier, il faillit renverser Buthenya. Cette servante, agréable mais guère bavarde, était à son service depuis plus d'un an. Il s'était souvent demandé s'il n'avait pas fait une erreur en l'acceptant comme cadeau de la part d'un marchand de perles qui revenait du Caire. Il la prit à son service plutôt par politesse, et parce qu'il aurait été peu courtois de refuser un tel geste de la part d'un bon client. Sa peau était de ce brun foncé que l'on trouve en Haute-Egypte et au-delà, dans les régions barbares de la Nubie. C'est à peine s'il l'avait remarquée, mais un beau jour il l'entendit chanter. Elle chantait pour elle-même et pour les autres domestiques et cette voix qui montait des bâtiments délabrés derrière la maison, et passait par-dessus les murs élevés pour faire le tour des terrasses, ajoutait une note agréable à des soirées paisibles. Les vibrations de sa voix grave, semblables à une berceuse, avaient pour lui la tonalité primitive et paysanne des gens qui ont de la boue sur les mains, et pourtant, d'une certaine façon, cela lui plaisait. En montant cet escalier, il redressa le dos et, en toute honnêteté, il se rendit compte qu'il ne l'avait jamais vraiment regardée. Elle était petite, jeune, pas très jolie, plutôt quelconque. Elle avait la peau lisse et, bien que n'ayant vraisemblablement guère plus de quinze ans, sa silhouette était pourtant celle d'une femme.

"Cette maudite poussière se faufile partout, remarqua-t-il d'un ton irrité. Quand tu auras fini ici, il reste un coin à faire dans ma chambre."

Cet après-midi-là, il savait qu'il n'avait aucune intention de dormir, ni même d'essayer de le faire. Il la suivait du regard tandis que, pliée en deux, elle astiquait avec soin et alors il sentit ses problèmes s'envoler : il avait trouvé un remède

contre la sécheresse de ces après-midi interminables. Il lui demanda gentiment de venir près
de lui. Il prit sa main et plongea son regard
dans les grands yeux sombres qui brillaient de
tout l'éclat que donnent la sagesse et la modestie. Il était trois fois plus âgé qu'elle et pourtant,
en face d'une telle confiance devant la vie, il se
demanda combien d'années il avait pu perdre
jusqu'à ce moment. Mais son hésitation ne dura
guère. Il se mit à bavarder de façon amusante et
primesautière. Quand il lui demanda ce qu'elle
savait des hommes, elle répondit que sa grand-
mère lui avait dit : "Si le Prophète avait été une
femme, personne ne l'aurait écouté."

Cette réplique intrigua Sayed Abdelrahman et
il lui demanda : "Comment se fait-il que tu sois
devenue esclave ?"

Elle lui raconta que les gens de son village
avaient persuadé sa famille qu'elle portait malheur, que sa langue obéissait au diable.

"Il n'y a pas si longtemps, dans ces régions,
on sacrifiait des jeunes filles aux esprits de la
rivière, expliqua-t-elle calmement, faisant à nouveau appel, pensa-t-il, à la sagesse de sa grand-
mère.

— C'était sûrement avant que la parole de
Dieu ne soit parvenue jusqu'à eux", répliqua le
maître, curieux et ému.

La jeune fille poussa un grognement et secoua
la tête comme une jument rétive. Avec ou sans
l'intervention de Dieu, le mauvais sort s'était
abattu sur le village, ainsi que la maladie et la
fièvre. Elle fut vendue au premier voyageur qui
vint à passer.

Abdelrahman était fasciné par la vitalité de
cette femme-enfant. Une goutte de sueur roula le
long de son cou pour se perdre dans le décolleté

de sa robe de coton. Elle sentait légèrement la sueur, et sa mine honnête lui plaisait. Il s'aperçut que la vivacité avec laquelle elle s'exprimait ne faisait que raviver son désir. Il lui ordonna de se taire et de le suivre, ce qu'elle fit d'un air résigné. Il passa ainsi les après-midi des cinq semaines qui suivirent à lutter, jurer, haleter et gémir, à faire pénétrer toute sa colère rentrée et sa frustration dans cette fille patiente et soumise.

Au bout de cinq semaines, deux choses se produisirent : tout d'abord sa femme, intriguée par son manque d'égards, décida de prendre les choses en main et l'obligea à passer l'après-midi en sa compagnie. Deuxièmement, la pluie arriva. Jour après jour, ce fut un déluge, avec des gouttes grosses et lourdes comme des poissons, qui se déversaient à flots et inondaient les rues. La longue période de sécheresse était terminée.

Par bonheur, au cours de ce long été stérile, ce n'est pas un enfant qui fut conçu, mais deux.

Rachid naquit au mois de *ragab* ; le même mois et le même jour, la femme d'Abdelrahman donnait naissance au fils de la maison, c'est-à-dire à son demi-frère Ismaël. On pourrait se risquer à dire que dans un sens ces deux garçons étaient inextricablement liés, comme les deux parties d'un tout, ou peut-être comme ces étoiles qui composent les Gémeaux, mais, comme dans le cas de cette constellation, elles n'étaient pas du tout égales mais se présentaient plutôt comme les deux moitiés distinctes d'une même chose. Ils étaient nés, pour ainsi dire, dans les bras l'un de l'autre. Mais bien qu'il fût le fils de son père, Rachid ne devait jamais considérer Ismaël Abdelrahman que comme son maître.

Sinon, l'arrivée de Rachid al-Kenzy dans ce monde se fit en douceur. Buthenya était couchée dans cette pièce vide qui était la leur, et elle sentait l'air du soir rafraîchir les gouttes de sueur qui coulaient sur son corps. Elle ne poussa pas le moindre cri, ne laissa même pas deviner qu'elle était dans la maison, et encore moins qu'elle était en train d'accoucher. De toute façon, elle ne risquait pas d'être entendue au milieu du vacarme effrayant qui régnait à l'étage supérieur de la maison principale.

Plus tard, elle raconta souvent à son fils comment elle l'avait tenu dans ses bras tandis que de sa couche elle écoutait les hurlements ininterrompus de la maîtresse de maison qui fit des efforts sans relâche pendant les neuf heures qui suivirent, et, à cet instant, la plupart des invités avaient succombé au sommeil, ou étaient rentrés chez eux à bout de nerfs, incapables de supporter ce bruit plus longtemps. Lorsque enfin Ismaël arriva, déchirant la nuit de ses cris, la ville entière poussa un soupir de soulagement et se retourna dans son lit pour pouvoir enfin dormir. La sage-femme elle-même déclara qu'elle n'avait jamais vu d'enfant avec une aussi grosse tête, et, trois jours plus tard, elle quitta la maison en murmurant par-dessus son épaule que le maître ferait bien de prendre vite une nouvelle épouse, car elle doutait qu'aucun homme puisse trouver du plaisir là où ce monstre était passé.

Pendant quelque temps, les deux garçons furent élevés ensemble. A cet âge-là, ils n'avaient guère conscience de tout ce qui les séparait. Dès qu'ils furent capables de se tenir debout, on les vit courir ensemble des heures durant, se pourchassant derrière la maison dans la poussière du verger planté de longues rangées d'abricotiers.

Les hommes qui travaillaient sur ces terres riaient avec eux, de ce rire innocent que les hommes et les petits garçons échangent quand ils jouent. Ils allèrent ensemble à l'école du Kuttab, Rachid marchant à deux pas derrière son demi-frère. Dès l'âge de cinq ans, Ismaël avait appris certaines choses de sa mère.

Rachid aussi. Il avait appris par les regards et des remarques brutales des ouvriers de la ferme qu'il n'était plus un enfant, et que s'il allait à l'école, c'était un privilège auquel sa naissance ne lui donnait pas droit. Ils lui rappelaient qu'il était l'un des leurs. Les garçons plus âgés s'amusaient à le poursuivre à travers champs, mais, cette fois-ci, c'était pour le punir puisqu'il n'avait pas de père, et tout le monde savait ce que cela voulait dire. Ils le battaient et lui enfonçaient la tête dans une poussière si fine qu'elle l'étouffait et qu'il croyait qu'il allait se noyer. Ils disaient que le maître des lieux n'allait pas se contenter d'avoir une esclave noire, mais qu'en plus il avait un penchant très marqué pour les petits garçons à la peau douce.

Or, si à l'extérieur de sa belle maison perchée sur la colline d'Alep le comportement du maître mettait les gens dans l'embarras, à l'intérieur, il était la cause de soucis tout aussi pesants. La mère d'Ismaël s'était enfoncée dans un abîme de tristesse et de folie le jour où elle avait appris qu'elle avait une rivale dans le cœur de son époux, et que celle-ci vivait dans les communs. Elle suffoquait de honte. Elle s'enferma au dernier étage de la maison et refusa de se montrer à la famille et aux amis. Elle engagea une autre esclave entièrement à son service. Cette fille dégringolait les escaliers dès que sa maîtresse s'endormait et, assise dans la cuisine, elle distrayait avec ses histoires les domestiques qui n'en croyaient pas leurs oreilles. Leur maîtresse était toute tordue, elle était devenue sèche comme un sarment de vigne et, à force de se tenir assise la tête au-dessus d'un brasero où brûlait de l'encens, elle avait fini par perdre tous ses cheveux ; elle était vêtue de noir et, partout où elle allait, elle répandait des cendres sur son passage.

Quand les garçons eurent treize ans, on alla chercher le *feki*. Il arriva, l'air tendu et soucieux, et monta l'escalier quatre à quatre en marmonnant (comme il le faisait toujours) quelque chose entre ses lèvres. Le temps était venu de parler de leurs études. Si Sayed Abdelrahman occupait une position avantageuse, bien que sa contribution aux impôts du sultan et, localement, à la fortune personnelle du wali aient fini au cours des ans par constituer une coquette somme, néanmoins, il était bien connu que les gardiens du savoir se montraient fort circonspects quand il s'agissait de décider qui allait avoir l'honneur d'entrer dans cette prestigieuse *madrasa*.

Le *feki* parla avec hâte. Il est vrai que dans ce cas particulier la maison jouissait d'une grande félicité. L'œil de Dieu la protégeait puissamment, sans doute à cause de la bonté qui régnait dans le cœur plein de piété du maître de la maison. Abdelrahman sourit avec bienveillance, comme toutes les fois qu'un compliment lui plaisait. "Merci, hadj, Dieu fera sûrement croître votre prospérité."

Le vieil homme approuva du chef et s'inclina, mais il était impatient de reprendre le fil de son discours. Il continua à lui adresser des louanges enthousiastes. La naissance d'un garçon dans cette maison ne pouvait qu'honorer grandement le nom de son père. Le visage épanoui d'Abdel-rahman al-Jabri se fendit d'un large sourire. Il avait à ce moment une expression de sotte vanité. Bouffi d'orgueil paternel, il se dirigea vers la porte de la salle de réception et demanda qu'on aille chercher Ismaël. Le *feki* bredouilla quelque chose, toussa et faillit avaler sa langue. Il y avait eu un malentendu. Il n'avait pas été assez clair. Il inclina la tête très bas. Peut-être avait-il suscité de faux espoirs.

Le maître de la maison était perplexe, et, ne pouvant plus supporter les tergiversations et les grognements incompréhensibles du *feki*, il lui cria sèchement : "Mais explique-toi donc !"

Les mauvaises langues s'agitent beaucoup, c'est normal, reprit le *feki*. Ce n'est pas qu'il prê-tait attention à ces ragots perfides, mais il en avait déduit que Sayed Abdelrahman avait adopté l'autre garçon comme si c'était son propre fils, et que l'envoyer à la Kuttab était pour lui une façon d'officialiser la chose. Sayed Abdelrahman resta de marbre, le visage sans expression. Le vieux *feki* se lécha les lèvres. Bien sûr, il était évident qu'Ismaël, en dépit de sa grosse tête, avait du mal à comprendre et encore plus à rete-nir quoi que ce soit. Les mots semblaient vole-ter, incapables de se poser dans cet espace vide. Ce garçon était agité, instable, c'était dans sa nature. Il était impulsif, mais il lui fallait du temps pour envisager les conséquences de ses actes. Il avait acquis la réputation d'être renfrogné, iras-cible, ne sachant ni patienter ni pardonner. Bien entendu le vieux *feki* ne fut pas assez sot pour dire ouvertement toutes ces vérités. Pourtant, il fallait bien se rendre à l'évidence : l'autre garçon montrait plus d'aptitudes. Il avait l'esprit vif comme un faucon. Il ne répétait que ce qu'il avait compris, et n'avait pas peur de poser des questions. En conclusion, le *feki* se fit conciliant en déclarant :

"Envoyez-y les deux garçons, seigneur. A eux deux, ils feront certainement honneur à notre belle ville ainsi qu'à cette maison."

Sayed Abdelrahman fut comme pétrifié. Il s'écroula sur le divan, tassé sur lui-même. Rien n'était simple, de nos jours.

"Ah, ma femme ! soupira-t-il. J'avais envisagé de congédier l'esclave et son petit, murmura-t-il dans sa barbe, mais ce serait de la folie. Où vivraient-ils, et que deviendraient-ils ?"

Le vieux *feki* fit un signe d'approbation.

"Leur donner congé, c'était les plonger dans la honte. En ce cas, pour un esclave, il n'y a pas de bonheur possible. Je me souviens que…"

S'apercevant qu'Abdelrahman levait la main pour réclamer le silence, il s'arrêta brutalement : ce n'était pas le moment de raconter des anecdotes.

"Ils seraient dans le dénuement le plus complet. Personne ne voudrait les accueillir, de peur qu'ils ne soient porteurs de quelque vice terrible ou, pire encore, d'une maladie."

C'était bien simple : Ismaël ne pourrait pas vivre une semaine au rythme exigeant de la *madrasa*, mais si l'autre garçon l'y accompagnait comme un esclave à son service, alors, ensemble… Le *feki* leva les mains pour exprimer un optimisme modéré. Abdelrahman se gratta la barbe. Il lui semblait qu'en dix minutes il avait vieilli de dix ans. D'un air las, il fit signe qu'il était d'accord.

"A chaque tournant de notre chemin, le Tout-Puissant juge bon de nous enseigner quelque chose.

— Chaque jour, il entreprend de grandes choses", ajouta le professeur avec un sourire, et sans aucune ironie.

C'est de cette façon que Rachid put franchir les portes de la prestigieuse école qui marqua les débuts de l'itinéraire étrange et tortueux de son éducation. La *madrasa* comprenait quatre salles reliées entre elles par un mur extérieur circulaire. La première était une mosquée, la seconde était consacrée à l'étude des hadiths, c'est-à-dire des traditions et des paroles du prophète Mahomet, et la troisième à l'étude de l'histoire et du droit. C'est dans celle-ci qu'on pouvait étudier les exploits de Saladin, la chute de Jérusalem, Nabuchodonosor et son royaume de Babylone, toutes les batailles, les victoires et les exploits héroïques des temps anciens. La dernière salle était réservée à l'enseignement de la voie des soufis. C'est là que Rachid passa de longues heures à écouter leurs mélopées, et à méditer sur les mystères de leurs dévotions.

Au début, pendant les cours, les deux garçons étaient assis côte à côte. Ils étaient égaux bien que l'un d'eux, bien sûr, fût un peu plus égal que l'autre. Peu à peu l'irritabilité d'Ismaël devint de plus en plus évidente, comme l'étaient son manque de concentration et le mépris qu'il affichait pour le monde en général, et pour ses maîtres en particulier. C'est bien le fils de sa mère, se lamentait Sayed Abdelrahman, dégageant ainsi toute responsabilité. Buthenya ne comprenait rien à tout ceci, et quand Rachid rentrait de l'école l'après-midi elle insistait pour qu'il aille aussitôt plumer la volaille et moudre le blé, comme il l'avait toujours fait. Elle était effrayée par le flot de galimatias qui sortait de sa bouche, et qui y avait été déposé par ces vieux barbus enturbannés de la *madrasa*. A voix basse, elle priait le Tout-Puissant d'enlever cette boue maléfique de la bouche de son enfant. A son tour, Rachid lui expliquait patiemment que tout ce qu'on leur enseignait était un savoir béni par le Prophète.

"Tout cela est bien beau, et ça peut passer dans la grande maison là-bas, mais surtout n'oublie pas que ta place est ici, dans la cuisine !"

De cette façon, Rachid apprit à faire le tri dans ce qu'il pouvait raconter à sa mère. Par exemple, il ne lui dit pas que tous les après-midi, il allait en cachette dans les appartements de Sayed Abdelrahman, quand toute la maisonnée était endormie, tout comme elle l'avait fait jadis. Cependant, il proposait au vieil homme des distractions d'un genre un peu différent, puisqu'il lui récitait tout simplement ce qu'il avait appris pendant la journée. Et il ne parlait pas à sa mère de ce qui l'intéressait le plus, à savoir les Sciences Révélées, les sciences telles qu'on les décrivait dans les textes sacrés. Les splendeurs et la sagesse de Samarkand ne le laissaient pas indifférent : elles le faisaient rêver. Son esprit vagabondait dans ces pages d'histoire, à tel point qu'il ne savait plus à quelle époque il vivait. Il en oubliait que l'époque d'Haroun al-Rachid était révolue, et que depuis longtemps l'observatoire de Samarkand n'était plus que cendres et poussière. Dans sa quête de savoir, il était encouragé par l'un des maîtres de l'ordre soufi qui résidait à l'école. Ce nouvel ami s'appelait Nouradin, "Lumière de la foi". Nouradin lui enseigna bien des choses, et c'est lui qui, quelques années plus tard, devait l'emmener, en passant par les montagnes de l'Orient, jusqu'à la communauté de savants hérétiques connue sous le nom de vallée des Rêveurs.

"Autrefois, le savoir ne connaissait pas de limites, le savoir faisait un tout dont toutes les branches se valaient, lui disait souvent Nouradin. C'est Al-Kindî le magnifique qui enseignait que nous devrions accueillir toute forme de savoir, quelle que soit son origine, même étrangère." Et levant le doigt, il se mettait à lui déclamer ceci : "Pour celui qui cherche la vérité, il n'y a rien de plus élevé que la vérité elle-même.

— C'était à quelle époque ? murmura Rachid.

— Il y a des centaines d'années de cela. Lorsque le savoir des Grecs nous parvint dans la langue du Prophète, que Dieu le protège !

— Mais comment les Grecs étaient-ils devenus si savants ?

— Ils ne savaient pas tout, mais ils étaient intelligents et savaient raisonner avec justesse. Mais les Grecs de l'Antiquité ne connaissaient pas Dieu, contrairement à nous.

Il y a toujours un aspect du savoir dont Allah est le seul à posséder la clef. C'est pourquoi ils finirent par sombrer dans la décadence."

Rachid passait des heures à fouiller du regard ces espaces vides, essayant de comprendre les choses. Ce comportement étrange de son fils rendait sa mère à moitié folle de colère. Avec le temps, la préférence qu'avait pour lui Sayed Abdelrahman devint de plus en plus nette. L'inaptitude d'Ismaël était accentuée par les talents de son bâtard de frère. Les mauvaises langues allaient bon train, et tout le monde sut bientôt que le maître de maison avait légué sa sagesse et son intelligence à des domestiques plutôt qu'à sa propre femme.

Aussi la nuit où Ismaël Abdelrahman al-Jabri quitta ce monde prématurément à la suite d'un accès de fièvre, on se retrouva en pleine tragédie.

Un cri de désespoir s'éleva à l'unisson vers le ciel, exprimant le chagrin de tous. La longue file de ceux qui venaient présenter leurs hommages serpentait depuis les portes de la ville et faisait le tour des vieilles murailles en pente. Rachid trouva sa mère en pleurs, seule dans le quartier des domestiques, derrière le poulailler, au fond de la grande demeure. Elle s'arrachait les cheveux, et ses yeux ruisselaient de larmes. "Pleure, ô mon enfant, car ce monde est arrivé à son terme."

Il ne dit rien. Il savait, bien sûr, qu'elle avait raison. Le lendemain même de la mort de son fils, la maîtresse de maison se montra sur la véranda qui dominait la cour et la fontaine. Tout d'abord, personne ne la reconnut, car depuis quinze ans on ne l'avait pas vue à la lumière du jour. Sa peau était si pâle qu'elle en était presque transparente. Elle avait les yeux gonflés, et ses cheveux étaient blancs comme de la chaux. Elle se tenait agrippée à la balustrade de bois en grinçant des dents et des filets de bave sortaient de ses lèvres. Elle n'eut pas besoin de dire un mot.

Ils s'enfuirent la nuit même, leurs effets enveloppés dans un baluchon.

L'œil meurtri de la lune recueillit ces pauvres réfugiés dans le sombre berceau de la voûte céleste. Nouradin se frotta les yeux et dit que la situation était grave. Il regarda la mère et l'enfant et fut lui aussi d'avis qu'ils cherchent un refuge, puisque maintenant ils n'étaient plus au service de quiconque. Personne ne les accueillerait maintenant, par respect pour le nom d'Abdelrahman al-Jabri, et de crainte qu'ils ne soient porteurs de quelque mauvais sort. La seule solution était de quitter le pays.

"C'est pour le petit que je me fais du souci, dit Buthenya. Je veux que mon enfant puisse mener sa vie librement."

Nouradin s'assit et réfléchit un instant.

"Tu es très intelligent, Rachid", déclara-t-il au bout d'un moment. Buthenya s'était assoupie et le soufi bâillait. "Que veux-tu faire de ta vie ?

— Mon unique désir est de me consacrer à l'étude de l'univers tel que Dieu le créa dans toute sa splendeur !"

Le maître soufi faillit rire, mais il se rendit vite compte que l'enfant était sincère. Il fit un signe d'approbation.

"En ce monde, seul le savoir donne la liberté. Mais tu ne peux pas rester ici. Il y a un endroit où tu peux aller. Un endroit où depuis des décennies des hommes cherchent à se libérer de ceux qui voudraient entraver leur esprit et leur corps.

— Et quel est ce lieu ?"

Nouradin sourit.

"A une semaine de route, un lieu dont peu de gens ont entendu parler et que presque personne ne connaît. On le nomme wadi Al-Halimeen, la vallée des Rêveurs. Là, tu seras en sécurité."

V

Hassan se leva de bonne heure, et rendit visite
à Mme Ernst qui l'informa que son cousin avait
emprunté la prise du téléphone, mais qu'elle le
prierait de la rendre dès qu'elle le verrait.
Hassan monta dans sa voiture, roula sur la route
qui surplombait des champs tout en longueur,
et descendit les lacets qui traversaient une
ravine puis longeaient la pointe du lac. Il s'arrêta au bord de la route et laissa la voiture sur
un talus herbeux, près d'une barrière en bois. Il
n'y avait personne alentour. Derrière lui, sur les
flancs de la vallée recouverts d'une forêt clairse-
mée, un cheval pommelé fouinait dans l'herbe
haute et agitait de temps en temps sa queue au-
dessus de la rosée. Il enjamba la barrière de
bois, descendit la pente herbeuse en direction
du lac. L'air était vif, et la surface de l'eau calme
et immobile. Sur la berge de gauche, qui d'après
ses calculs devait être orientée à l'est, il y avait
une forêt, un rectangle de pins droits et plantés
dru qui s'avançaient vers le lac comme une
colonne de fantassins. Quand les gens regar-
dent un paysage, ils croient qu'il a toujours été
là. Comme si on pouvait faire confiance au sol
que nous foulons ! Les arbres de cette plantation
n'avaient guère plus de trente ans. Avant cela, il
devait y avoir une lande dépouillée, sauvage,

façonnée par les dernières glaciations. Au-dessus de la plantation, le sol nu et battu par les vents s'élançait vers un replat, où l'on apercevait une série de bâtiments agricoles. L'altitude du lac faisait paraître la colline plus haute et plus abrupte qu'elle ne l'était en réalité. Pourtant, elle se détachait dans le paysage et s'élevait au-dessus du lac avec une certaine majesté. Derrière les bâtiments agricoles, il devinait le champ de fouilles, avec ses petits carrés de toile blanche qui claquaient au vent, taches vives sur le fond sombre de la colline.

Tout en écoutant le bruit du moteur, il avança entre les arbres. La journée allait être chaude, sèche et ensoleillée. Quand il sortit de la voiture, derrière la ferme, il entendit un bruit de voix. Une jeune fille passa, en short et grosses bottes. Ses cheveux blond très clair tombaient sur ses épaules en deux nattes bien sages. Hassan la salua et lui demanda son chemin : elle montra du doigt, en haut de la colline, une tente située au-dessus de la ferme. Il la remercia d'un geste et prit son sac dans la voiture.

Cette tente servait de bureau de fortune. Sur toute sa longueur, on avait dressé des tréteaux où se trouvaient de nombreuses pièces déjà étiquetées. Un homme à la silhouette trapue était à genoux. Il avait une épaisse barbe grise et de longues mèches de cheveux blancs, plutôt rares, pendaient de chaque côté de son visage.

"Hans Okking ?"

L'homme leva la tête et regarda par-dessus ses lunettes. Il se releva en s'essuyant les mains.

"Oui ?

— Je travaille à l'Institut du Moyen-Orient de Copenhague."

Okking le regarda fixement avant de parler.

"C'est Jensen que j'attendais."

Hassan sourit, regarda autour de lui, et dit en haussant les épaules :

"Eh bien, il faudra vous contenter de moi !" Okking le fixait toujours du regard. Hassan fit glisser son porte-documents d'une main à l'autre et expliqua : "Il a considéré que, du fait de la nature du matériau, je serais mieux qualifié pour cette tâche. Il devait essayer de vous contacter avant de partir pour la Finlande.

— Ah, je vois." Okking scruta un instant le porte-documents de Hassan. Puis, ayant pris sa décision, il leva la main en l'air. "Pas de problème ! Si vous êtes ici, c'est que ce travail est pour vous." Il passa devant, en direction de la sortie. "Allons là-haut jeter un coup d'œil, d'accord ?"

Le sentier serpentait entre la petite maison et une rangée de bâtiments agricoles. Sur leur passage, une vache passa la tête par l'ouverture d'une porte. Le chemin était sablonneux et bien tracé.

"Nous avons de la chance, dit Okking.

— Vous voulez dire à cause du temps ?

— Depuis qu'on fait des relevés, c'est l'été le plus sec qu'on ait jamais connu."

La silhouette dodue d'Okking était trompeuse. Il était plein d'énergie, et grimpa rapidement, sans la moindre pause et sans montrer aucune fatigue, en dépit de son allure. Hassan, bien que deux fois plus jeune, avait du mal à suivre. Il arriva en nage et tout essoufflé en haut de la côte pour découvrir avec surprise qu'un réseau compliqué de tranchées avait été dégagé.

Des travailleurs bénévoles peinaient sous le soleil ardent. L'équipe était de bonne humeur, on appréciait ce beau temps. On ne cessait d'échanger des propos anodins. Ils étaient une quinzaine en tout, certains à genoux, d'autres se reposaient, ou étudiaient de près quelque fragment minuscule. D'un bond, Hassan évita de justesse une lourde brouette poussée par une jeune fille corpulente qui s'était fait tondre et n'avait gardé que quelques poils sur la tête. Okking avait repris la parole.

"Ce rocher a des arêtes aiguës, taillées comme au ciseau, rien à voir avec les blocs ronds que l'on trouve quelquefois et qui ont été apportés ici pendant la période glaciaire. Au début, nous avons cru qu'il s'agissait d'installations militaires, d'une sorte de fortification, à cause des tranchées et des blocs de rochers.

— Y avait-il ici quelque chose à défendre ?

— Voilà bien le problème ! Cela n'aurait aucun sens. Aucun document n'indique quoi que ce soit à cet égard." Okking guidait cette visite du champ de fouilles. Il donnait des explications sur la statue de Mercure. "Il était censé donner à chaque planète une forme féminine, ricana-t-il, vous imaginez un peu ça ?"

Ils arrivèrent à une échelle qui descendait dans la plus profonde des huit tranchées. Elle était assez large pour que les deux hommes puissent s'y tenir côte à côte. A l'extrémité de la tranchée, une bâche de toile pendait comme un rideau. Okking l'écarta et se déplaça pour permettre à Hassan de jeter un coup d'œil.

Hassan se pencha au-dessus de cette zone d'ombre. Un espace avait été dégagé, creusé dans la colline, en forme de trou carré aux arêtes franches. Dans cette cavité dont les parois avaient été soigneusement nettoyées, reposaient des restes humains. Le squelette était parfaitement conservé, à l'exception de la tête. Le corps était couché sur le côté droit, recroquevillé, comme un enfant endormi, pensa Hassan.

Okking s'était remis à genoux.

"Vous voyez ceci ?

— Ce crâne a été fracturé.

— Oui, par un coup violent. Ce corps, une fois allongé, avait la tête qui dépassait. Celui qui a voulu l'enterrer n'avait pas fait un trou assez long. Et pour le faire rentrer il a fallu qu'il lui brise le crâne.

— Mais c'est un vrai travail de détective que vous avez fait là !"

Clin d'œil bleuté.

"Nous avons fait appel à un expert de la police criminelle."

Okking commençait à plaire à Hassan.

Devant eux, les os blanchis étaient étalés sur le sol comme un puzzle.

"Meurtre rituel ?"

Okking, écartant ses longs cheveux de son visage, eut un sourire épanoui.

"Ne vous laissez pas entraîner par votre imagination. Il était dans un cercueil et on n'a pas trouvé le moindre indice, le moindre détail inhabituel, rien qui ait une signification particulière. Si l'on tient compte qu'à ce moment-là on a dû faire circuler beaucoup d'argent, ne serait-ce que pour payer la pierre, cette sépulture est très modeste. Ou bien il se passait quelque chose d'étrange, ou bien il est mort pendant qu'on creusait ces tranchées bizarres." Son visage déjà large se fendit d'un sourire encore plus large. "Un véritable roman à suspense, pas vrai ?

— Avez-vous la moindre idée de qui ça pouvait être ?"

Il faisait chaud dans cette tranchée, abritée de la brise qui venait du lac. En sortant de ce trou, il perçut une odeur de transpiration à laquelle il ne s'était pas attendu : celle de l'archéologue. Du fait de la chaleur, le visage d'Okking était légèrement rouge. Il montra du doigt le bas de la colline

"A l'emplacement de cette horrible bâtisse moderne, il y avait un autre édifice. Nous pensons qu'il devait s'agir d'une vaste maison. Certains des anciens abris ont conservé des restes de cette construction. Elle a été sans doute détruite par le feu au XVIIe siècle, ou peut-être plus tôt. Nous aimerions bien pouvoir examiner en détail tout ce coin en bas, mais le fermier, une vraie tête de cochon, nous force à régler d'abord les problèmes de paperasse." Okking pointa son doigt vers l'horizon : "Ce devait être à peu près quatre fois aussi grand que le bâtiment actuel. Et ça appartenait à un certain Heinesen.

— C'était donc un domaine important, non ?"
Okking fit une sorte de moue.

"Nous ne savons pas vraiment. Les archives ne nous disent rien là-dessus." Il chercha un canif dans sa salopette, sortit une grosse pomme rouge qu'il se mit à peler méticuleusement. "Mais, à en juger par sa taille, je pense que l'hypothèse est valable.

— Ceci cadrerait avec cela", dit Hassan en montrant le squelette.

Okking se lécha les lèvres et, tenant un morceau de pomme entre le pouce et le couteau, il l'introduisit dans sa bouche.

"C'est une région où on élevait des chevaux. A cette époque, c'était un commerce lucratif.

— Des chevaux ?"

Okking ramena son collègue vers la plus grande tente. Un homme aux cheveux bruns et rares était agenouillé sur le seuil. Okking lui présenta le nouveau venu.

"Jens, voici l'homme qu'on nous a envoyé pour déchiffrer ces écrits bizarroïdes que nous avons trouvés."

Jens se redressa, remontant ses lunettes et, ce faisant, il laissa une trace de boue sur le bout de son nez.

"De l'arabe, fit-il d'un ton saccadé et sec. Je pense que c'est de l'arabe." Il regarda Hassan pendant un moment, sans rien dire. "Evidemment, je n'en suis pas sûr." Il se tourna vers Okking : "Je croyais qu'on allait nous envoyer Jensen ?

— Cela n'a pas été possible, dit Okking en essayant vite de parler d'autre chose. Alors, où l'as-tu caché ?"

Dans un coin de la tente dont les pans étaient retenus par une corde, il y avait une série d'objets disparates. Jens enjamba la corde et souleva soigneusement l'un de ces articles. Il tira de sa poche une brosse souple, épousseta cet objet pour le placer sur la table, au milieu de la tente. C'était un fourreau de cuir à l'intérieur duquel se trouvait une inscription compliquée, comme si on y avait tatoué un entrelacs de lettres et de signes. Quand on l'ouvrait, on découvrait une petite boîte en cuivre, de forme allongée. Elle avait la taille d'une boîte à chaussures, mais moins profonde. D'autres signes étaient gravés sur le dessus. Sur le devant de la boîte, il y avait un fermoir compliqué que celui qu'on appelait Jens fit coulisser pour l'ouvrir. Il recula d'un pas, fit un geste en direction d'Hassan, et lui sourit comme un maître d'hôtel présentant un chef-d'œuvre culinaire.

"A vous de jouer ! Toutes les hypothèses se valent, même les vôtres."

Au moment où il rentrait chez lui en voiture, la lumière du jour commençait à décliner. Hassan se sentit soudain fatigué. L'excitation que lui avait procurée sa récente découverte était maintenant refroidie à l'idée qu'il allait trouver une maison vide.

En route, il s'arrêta à l'épicerie. La jeune fille qu'il avait rencontrée la première fois était partie, remplacée par un grand garçon efflanqué, de dix-neuf ou vingt ans. Ses cheveux d'un noir de jais et bizarrement teints étaient trop longs et pendaient d'un côté de son visage, si bien qu'il devait les écarter à tout instant.

Les yeux de ce garçon bougeaient sans répit, fuyant tout contact. Hassan fit le tour des étagères. Il n'avait pas faim. Il chercha dans un casier réfrigéré, et en sortit un plat de poulet. Il hésita un moment devant les étagères de bière. Puis, après réflexion, il prit une bouteille et se mit à lire l'étiquette.

"C'est moins cher si vous l'achetez en carton de six.

— Pardon ?"

Le garçon indiqua du doigt une pile derrière Hassan.

"On fait une promotion sur celles-là. On en a six pour le prix de cinq."

Hassan regarda la pile de cartons, puis le garçon derrière son comptoir.

"Je ne connais pas cette marque. Elle est bonne ?

— C'est fait par une brasserie du coin, fit le garçon en haussant les épaules. Tout le monde en boit.

— Alors, essayons !" Hassan attendait pendant que le garçon enregistrait ses achats sur sa caisse. "Dites-moi, demanda-t-il, l'église là-bas, savez-vous de quand elle date ?"

Le visage du garçon resta sans expression. Il avait sûrement passé toute sa vie ici, mais il ne s'était jamais posé la question.

"L'église ?"

Après un instant, il fit signe de la tête, comme soulagé.

"Aucune idée !

— Ça ne fait rien. Je trouverai.

— Le prêtre habite la petite maison en face de l'église. Il doit savoir.

— Merci."

Le garçon répondit par un sourire crispé. Hassan prit son sac plein de provisions, et lui dit au revoir. Il se demandait si ce garçon et cette fille étaient frère et sœur, et si c'était une affaire familiale. Au moment où il traversait la rue, une voiture remplie de jeunes garçons du pays freina en faisant hurler ses pneus et s'arrêta devant le magasin. Le petit véhicule vibrait de leurs éclats de rire et du battement rythmé de leur musique. Qui se souciait de savoir de quand datait cette église ?

Plus tard dans la soirée, il s'assit à la table de la salle de séjour. Il repoussa la pile de livres et de journaux qu'il avait jetés là en vrac la veille, et posa le coffret de cuivre. Il était enveloppé dans un chiffon, un bout de couverture grise qu'il enleva, et aussitôt une odeur de terre se répandit dans la pièce. Pendant un moment, il regarda fixement le coffret, puis se leva. Il alla jusqu'à la cuisine et ouvrit la dernière bouteille de bière. Il se tenait près de la porte, regardant fixement l'endroit de la table où le cuivre miroitait faiblement dans le petit cercle de lumière répandue par la lampe posée là. Il se rendit compte que ce coffret ne laissait voir qu'un seul côté, celui qui n'était exposé qu'en partie à la

61

lumière. Hassan se souvint qu'on appelait cela la pénombre, cette zone d'ombre partielle que l'on voit lors d'une éclipse, soit juste avant, soit juste après l'obscurité complète. Il comprit qu'il aurait beau scruter le passé, il ne percevrait jamais qu'une bribe de cette réalité disparue.

Il resta là, à l'entrée de la pièce, jusqu'à ce qu'il ait fini sa bière. Au loin, il entendit une voiture, une seule. Puis ce fut le silence. Mais il ne put contenir sa curiosité plus longtemps. Il s'assit devant la table et respira profondément. Puis il avança sa main, fit glisser le fermoir et lentement, précautionneusement, il souleva le couvercle du coffret de cuivre.

VI

L'étroit réduit de pierre est profondément ense-
veli sous le sol. L'endroit n'est pas facile à trouver, au milieu d'une succession interminable de
cages d'escaliers et de corridors obscurs. On
arrive à une salle circulaire isolée comme une
île. Au milieu se tient le capitaine Qouraishy,
courtaud, robuste, la peau tannée par le soleil et
l'eau salée. Autour de la tête, il porte un misérable bandeau de ce qui a dû être de la fort
belle soie. Il manque un bouton à son gilet. Il
est debout, mal à l'aise dans ce lieu peu ave-
nant qui lui est étranger. Il était capitaine à bord
d'un petit vaisseau, et ce navire, en dépit de la
rumeur qui voulait qu'il ait parfois transporté
des marchandises autorisées, était davantage
réputé pour sa hardiesse à faire la guerre de
course, à s'attaquer aux autres navires, à piller
leurs cales pour les envoyer ensuite par le fond.
Il aurait été difficile de trouver un homme
moins digne de confiance que Qouraishy. Mais
il pouvait à l'occasion être opiniâtre et borné, et
c'est cet entêtement à ne vouloir s'adresser
qu'au cadi qui retint finalement la curiosité de
celui-ci.

"Parle."

Le capitaine s'éclaircit la gorge, redressa ses
épaules rondes et lourdes, et prit le temps de

jeter un coup d'œil autour de la salle avant de parler. S'il était intimidé par ce cadre, il le cachait bien. Il était assez intelligent pour savoir que c'était exactement ce que souhaitait le cadi qui l'avait envoyé chercher au milieu de la nuit, et l'avait fait venir ici au lieu de le conduire, comme le voulait la coutume, dans la salle de réception publique de l'aile principale du palais. Il se lécha les lèvres, et n'inclinant la tête qu'à partir du cou, après un bref salut, il se présenta.

"J'ai vu bien des choses au cours des quelques années que le Seigneur du Ciel a bien voulu m'accorder. Une histoire étrange comme celle que je vais vous conter n'arrive peut-être qu'une fois dans la vie. Les chemins de notre vie ne cessent de se croiser, et pourtant, bien souvent, nous n'avons pas conscience de ce qui s'est déroulé sous nos yeux ! Notre devoir est de nous préparer à recevoir les joyaux les plus éclatants dans les endroits les plus invraisemblables." Il reprit son souffle. Il avait préparé son discours avec soin, et fut surpris de percevoir dans son auditoire une impatience grandissante. Il poursuivit : "Occasionnellement, un homme peut avoir la chance de parvenir à cette conjoncture de temps et de lieu qui lui fournit ainsi la plus opportune des opportunités." Il fit un clin d'œil, et s'inclina un peu plus bas.

Le cadi, malgré son impatience, était intrigué par le numéro de comique de ce lascar qui n'en était pas moins une crapule, et il lui demanda de poursuivre.

Six mois auparavant, Qouraishy naviguait dans la mer de Marmara, s'apprêtant à intercepter une caravane de marchands de soie dans le port de commerce de Takriri… Pris dans une violente tempête, le capitaine fut obligé d'accoster et de se réfugier pour quelques jours dans un port de pêche sans importance. Irrité par ce retard, il battit la semelle pendant deux jours, attendant que le ciel se dégage. Un après-midi, tandis qu'il scrutait la mer depuis la maison qu'il avait réquisitionnée pour s'abriter, le rire de ses hommes dirigea son regard vers une curieuse silhouette au milieu de la rue, encadrée de deux chevaux trempés, d'une mule et d'un serviteur qui ne cessait d'éternuer. Aram Kevorkian était un voyageur arménien qui se prétendait d'origine macédonienne. Petit, énergique, il avait des yeux globuleux qui larmoyaient sous des sourcils extraordinairement touffus et complètement blancs. Après avoir été séparé de sa caravane, il avait perdu son chemin, indéniablement par pure malchance, mais aussi, sembla-t-il à Qouraishy, par manque de compétence. Il était enfoncé jusqu'aux chevilles dans une mare de boue pendant que son serviteur, grelottant à ses côtés, tendait un pan de toile devant son maître en guise de maigre protection. Curieux spectacle ! Les vêtements de Kevorkian montraient des signes d'usure. En fait, tout sur sa personne semblait indiquer un homme fortuné qui avait subi des revers. Il était évident que la pluie et la boue n'arrangeaient pas les choses. Intrigué et agacé par le mauvais temps et les maigres distractions que lui offrait son équipage, le capitaine Qouraishy invita notre homme à venir s'abriter chez lui. De petite carrure, Kevorkian agissait avec précipitation, mais il avait le comportement d'un homme habituellement prudent. Il gravit lentement les marches du portique, essayant de décrotter ses bottes et de faire partir la pluie tombée sur ses vêtements par de petits gestes inefficaces.

"Si Dieu voulait nous faire vivre dans l'eau, alors pourquoi nous a-t-Il fait porter des chaussures ?" demanda-t-il en secouant ses bottes.

Le capitaine Qouraishy fut pris de sympathie pour cet homme plus âgé que lui qu'il jugeait inoffensif et qui, pour l'instant, n'avait rien de menaçant. Il fit apporter un petit poêle que l'on approcha du voyageur pour qu'il puisse se réchauffer. Kevorkian hocha la tête en signe de timide remerciement et jeta un regard circulaire sur tous ces hommes qui s'activaient pour obéir aux ordres de Qouraishy.

"Vous êtes un homme riche, à ce que je vois", remarqua-t-il.

Qouraishy haussa les épaules et se mit à rire.

"Nous sommes des gens de mer, nous dépendons les uns des autres. Dans Sa sagesse, Dieu a jugé bon de me placer au bon endroit au moment opportun. Je ne me fie qu'à mon instinct."

Kevorkian tordit sa chemise et émit un petit rire. Qouraishy fut frappé par la conversation très limitée de cet homme.

Kevorkian lui dit enfin : "Je devine une certaine curiosité de votre part, et il s'installa près du poêle. Et comme vous m'avez jugé digne de votre générosité, je vais essayer de satisfaire votre curiosité."

Dans le jour finissant, les nuages de pluie laissaient la place à l'obscurité. Les deux hommes avaient un poêle rien que pour eux deux, et l'Arménien commençait à se sentir mal à l'aise.

"Vous ne savez pas exactement quelle est ma profession. Eh bien je vais vous le dire. Nous sommes dans deux branches d'activités moins éloignées l'une de l'autre que vous ne pourriez le croire. Moi aussi, je suis dans le commerce, mais moi je ne vends pas des marchandises, comme vous, mais de l'information." Il leva les yeux et reconnut cet air légèrement dérouté qu'il avait déjà vu sur le visage de son interlocuteur. Cela semblait l'amuser, sans que l'on sache bien pourquoi, et il ne chercha pas du tout à connaître les causes de son étonnement. "Je ne suis pas un espion, poursuivit-il, si c'est ce que vous avez en tête, mais j'aurais pu facilement le devenir. Je ne suis ni à la solde des chefs de l'Eglise de Rome, ni du roi d'Espagne, encore moins du sultan, même si chacun d'entre eux m'a accordé des récompenses à tour de rôle. J'agis en toute liberté et suis maître de mes mouvements. Aucun d'entre eux n'oserait me nuire, de peur de perdre des informations qui pourraient leur servir un jour, ou par crainte de me voir livrer à l'ennemi quelque chose le concernant.

— J'ai l'impression que vous naviguez dans des eaux un peu troubles, si vous tenez à savoir ce que j'en pense !

— Je pars du principe que le savoir ne connaît pas de limites. Puisque nul n'est tout à fait sûr de pouvoir tout connaître par le détail, ce qui est impossible, je n'ai pas à m'en faire. Je fais commerce d'histoires dont certaines sont vraies, d'autres pas. L'important, c'est que je puisse les convaincre que ce que je leur dis est vrai. Nous vivons une époque pleine d'incertitude, cher ami, et personne n'est jamais tout à fait sûr de rien.

— Je préfère faire commerce des choses que je peux tenir dans mes mains", grommela Qouraishy, en agitant ses poings.

Le visage d'Aram Kevorkian était resté dans l'ombre.

"En général, je trouve que faire commerce d'ambiguïtés vous donne plus de puissance que tout l'or du monde."

Qouraishy commençait à se dire qu'il s'était peut-être trompé en croyant tout d'abord que ce personnage très ordinaire était inoffensif. "Dites-moi, demanda-t-il, si ces affaires dont vous me parlez vont si bien, comment se fait-il que vos vêtements soient élimés, et que vous soyez si mal équipé pour ce voyage que vous avez entrepris ?"

Kevorkian attendit avant de répondre. Puis il inclina la tête avec une certaine grâce.

"Le temps, cher ami, nous rattrape tous. A vrai dire, j'ai cessé mes activités et je prévois de passer la fin de ma vie dans la ville où je suis né, à une semaine de voyage d'ici. Comme vous avez été généreux avec moi, je voudrais vous payer de retour."

Qouraishy éprouva quelque réticence à l'idée de recevoir quoi que ce soit de cet homme. Celui-ci avait sûrement plus d'un tour dans son sac. D'un geste, il écarta l'offre qui lui était faite. Ce n'était pas la peine de le remercier. Il n'avait fait que ce que tout le monde aurait fait. Qui, en effet, n'aurait offert un abri à un étranger dans pareille tourmente ? Aucune âme vivant dans la crainte de Dieu ne l'aurait chassé, et de plus le partage faisait partie de son métier : il s'était fait une spécialité de redistribuer des richesses matérielles.

"Quoi qu'il en soit, je vous suis quand même reconnaissant. En échange, je vais vous raconter une histoire, dit Kevorkian, dont maintenant je n'ai que faire. Vous en ferez ce que bon vous semble et de la sorte vous pourrez dire que vous n'avez rien reçu directement en échange de votre générosité, vous voyez ?"

Qouraishy plissa le front mais il n'eut pas le temps de contourner cet argument et c'est ainsi que Kevorkian put raconter son histoire.

"Ville de Francfort-sur-le-Main, dans les Etats hanséatiques."

Les connaissances du capitaine Qouraishy en géographie continentale étaient plutôt limitées, c'est le moins que l'on puisse dire. Il commerçait avec tous ceux qu'il lui était donné de rencontrer et n'avait aucun scrupule à attaquer des navires chrétiens. Mais toute autre langue que la *lingua franca* pratiquée dans les ports était pour lui dénuée de sens, et donc sans intérêt. Il se gratta la cuisse et demanda qu'on lui apporte à manger.

Devinant son embarras, Kevorkian suggéra doucement :

"C'est le siège du Saint-Empire romain, là où les Habsbourg sont couronnés. C'est là que se tiennent tous les ans plusieurs foires commerciales. Celle qui nous intéresse était une foire aux livres.

— Aux livres ?" fit Qouraishy en écho, tout en crachant des arêtes par terre.

Il commençait à se dire que cet homme pouvait devenir ennuyeux. Il était encore plus bavard que la vieille putain portugaise que Qouraishy avait autrefois rencontrée en Sicile. Son interlocuteur ne sembla pas remarquer qu'il avait été interrompu.

"C'est pendant mon séjour dans cette ville que j'ai entendu raconter cette curieuse histoire, continua Kevorkian en se mouchant dans un carré de soie qu'il avait tiré de son manteau. J'entendis par hasard une conversation dont le contenu me parut aussitôt d'un grand intérêt."

Il s'interrompit pour s'assurer que son public le suivait toujours. Qouraishy grommelait et mastiquait. Kevorkian inclina légèrement la tête et poursuivit.

"Un jeune Hollandais parlait à voix haute, avec une certaine agitation, à un homme plus âgé. Je suis toujours intrigué par ce genre d'échanges. Le jeune homme parlait avec enthousiasme, ce qui semblait effrayer son compagnon, qui avait l'air de considérer qu'il était un peu fou. J'aurais peut-être cessé de m'intéresser à leur conversation que j'aurais pu traiter comme un vain bavardage, compte tenu du fait que le jeune homme avait de toute évidence absorbé de grandes quantités de bière, boisson très à la mode de nos jours. Dans l'obscurité, on entendit un rire étouffé. Je me serais désintéressé de toute cette affaire que j'aurais pu traiter comme les divagations d'une âme abandonnée de Dieu, si je n'avais pas entendu prononcer un nom, celui de Simon Mayr."

La nuit était tombée et le capitaine Qouraishy, après avoir fait ses adieux à une journée de plus passée à terre en pure perte, perçut dans le ciel où scintillaient les étoiles une légère lueur d'espoir. Demain, un temps plus favorable leur permettrait peut-être de reprendre leur voyage. Il se leva de son siège pour avoir une meilleure vue du ciel. Dans l'ombre, il aperçut vaguement la silhouette volumineuse qui sans se presser alla jusqu'au portique et s'appuya sur la barrière. Kevorkian reprit son histoire.

"Ce nom ne vous dit peut-être pas grand-chose, mais pendant de nombreuses années il a été associé au savoir de ceux qui contemplent les étoiles. Simon Mayr, un Allemand, est un des savants les plus réputés dans le domaine de l'astronomie. L'un des deux hommes que j'avais entendus parler, celui qui avait bu, était en train de proposer à l'autre un instrument pour lequel il demandait un prix très élevé. Ce dernier était de toute évidence un client de Mayr. Le Hollandais affirmait que sa découverte était unique,

que personne jusque-là n'avait réussi à fabriquer un pareil instrument. Il était venu à cette foire avec la ferme intention de vendre son invention au plus offrant."

Qouraishy s'éclaircit la gorge. Au loin, on entendit une chouette, à quoi s'ajoutaient le son doux et berceur de la mer sur la côte rocheuse en contrebas et le silence. Pas un nuage dans le ciel.

"Pardonnez-moi, dit-il d'une voix pleine d'ironie, je ne suis qu'un capitaine de vaisseau ignorant. Toutes ces histoires de bouquins, moi, je n'y comprends rien. Et tout cela, où est-ce que ça nous mène ? Pour ce qui est de l'invention à laquelle ces hommes faisaient allusion, je ne vois pas de quoi il s'agit.

— Il s'agit d'un télescope, d'un instrument d'optique, dit Kevorkian, en levant les mains pour se faire comprendre. Ce sont des lentilles de verre, disposées de telle façon que leur combinaison permet à l'œil de voir des choses qui sont à une distance de plus d'une journée à cheval.

— Ça ne sert à rien, déclara Qouraishy dans un grognement. On a déjà vu ce genre de choses. Ça vous rend aveugle.

— Vous parlez des verres de perspective, rectifia Kevorkian. Ce n'est pas du tout la même chose. Cet instrument permet de voir beaucoup plus loin, et l'image est aussi nette que si vous l'aviez juste devant vous."

Kevorkian poursuivit, expliquant qu'il avait demandé à ses agents de l'étranger de le tenir informé au cas où ils en entendraient parler. En quelques semaines, il reçut deux confirmations. La première d'Anvers, d'un homme avec lequel il était en relations et qui l'informait qu'un instrument de ce type avait été mentionné dans une dépêche officielle envoyée par la province de Zélande aux états généraux de La Haye. L'agent avait joint à sa lettre une copie de cette dépêche. La seconde dépêche provenait directement de La Haye, elle décrivait l'inquiétude et le bouleversement qui s'étaient emparés de la délégation militaire espagnole venue à La Haye pour négocier la paix entre les Espagnols et les Hollandais. Leur commandant, Ambrogio Spinola, venait sans doute d'apprendre que les Hollandais étaient déjà en possession de ce type d'instrument.

"Il est évident qu'une telle invention allait changer complètement l'art de la guerre. Le camp qui l'aurait en sa possession était sûr d'emporter la victoire, quelles que soient les forces de l'adversaire. A une demi-journée de distance, on pourrait observer les navires, ainsi que l'infanterie." L'Arménien leva les bras : "A partir de maintenant, cette histoire vous appartient. Faites-en ce que vous voudrez. Moi, j'ai réglé ma dette. Dans de bonnes mains, elle pourrait rapporter une fortune. Celui qui apportera cet instrument au palais du sultan pourra mener grand train pour le reste de sa vie. Mais cela demande promptitude et habileté. Cette invention ne restera pas longtemps sur le marché."

Le capitaine Qouraishy se tut et changea de position. Le cadi restait impassible. Sur son visage, pas la moindre trace du dégoût que lui inspirait cet homme, même lorsque Qouraishy recommença à se gratter le ventre.

"Je ne sais pas quel prix vous attribuez à la vie, capitaine, mais je soupçonne que ces informations que vous êtes en train de me communiquer en valent au moins une, sinon davantage.

— Qu'il me suffise de vous dire qu'Aram Kevorkian n'est jamais arrivé à Istanbul, dit Qouraishy.

— Dites-moi, capitaine, pourquoi venez-vous me raconter tout ça ?

— Je ne suis qu'un marin, seigneur. Si j'essayais de m'approcher du palais, à Istanbul, on se moquerait de moi. Il me faudrait peut-être un an ou même plus, pour essayer simplement d'avoir une entrevue avec un responsable. Dans ce port, je suis chez moi. C'est un peu plus facile pour moi." Qouraishy fit une pause avant d'ajouter : "Je savais bien que vous seriez assez généreux pour m'accorder quelques instants."

Les deux hommes se regardaient, et il était difficile de savoir lequel des deux méprisait le plus l'autre.

"Vous n'en avez parlé à personne ?"

Qouraishy fit non de la tête.

"La mort de cet Arménien a-t-elle été rapide et discrète ?"

Le turban crasseux s'agita à nouveau.

Le cadi s'avança jusqu'à la porte. "Il n'est pas question pour vous de quitter ces lieux tant que le problème n'est pas réglé. J'en aviserai le dey et vous ferai connaître sa décision." Il fit appeler les gardes à l'extérieur pour qu'ils ouvrent la porte. "Veillez à ce que cet homme ne manque de rien tant qu'il sera notre invité."

Puis il disparut.

"Si vous estimez, dit le dey en guise de conclusion, qu'on ne peut pas compter sur ce Qouraishy pour une telle mission, alors il nous faut trouver quelqu'un d'autre qui servirait de compagnon à notre cher capitaine, pour s'assurer que l'affaire sera bien menée."

Le cadi traversa à nouveau la grande salle. Une odeur d'encens montait du brasero de cuivre qui oscillait doucement, suspendu par de longues chaînes à la voûte du plafond. Cette fenêtre-là donnait sur les montagnes. Un mur descendait à la verticale vers les cours de la prison, où l'on voyait de minuscules silhouettes accroupies au soleil.

"Que pensez-vous de tout cela ?"

Le cadi leva la main d'un geste dubitatif.

"Je n'accorde pas beaucoup de crédit à cette histoire, ni au fait que cet instrument puisse accomplir des miracles. Cependant si pareil objet existait, il assurerait à nos vaisseaux tout le long de la côte une supériorité comme nous n'en avons pas connu depuis l'époque de Barberousse !

— Donc, nous devons agir, mais, de grâce, sans trop de frais."

Le cadi leva les sourcils, les baissa, et se tourna vers le dey.

"Seigneur, l'homme qui serait le maître d'un pareil instrument serait en avance sur les infidèles à tous points de vue."

Le dey se lécha les lèvres et approuva du chef.

"Il nous faut agir avec discrétion. Nous devons soigneusement brouiller nos pistes. Il est essentiel qu'en cas d'échec on ne puisse pas remonter jusqu'à nous. Pas un mot de tout ceci ne doit parvenir à des oreilles ennemies. Devons-nous nous encombrer de ce pitre de marin ?

— Je crois que, dans une certaine mesure, il peut nous être utile."

Le dey acquiesça de la tête.

"Il faut que son compagnon soit un homme de valeur." Il réfléchit, fronçant les sourcils. "Mais aussi un homme qui ne serait en rien indispensable. Nous ne voulons pas prendre trop de risques dans cette affaire. Un homme de savoir, mais qui n'ait pas trop d'idées personnelles. Un homme avec un idéal." Dans un bâillement, il s'accouda à nouveau sur son divan. "Croyez-vous qu'il existe encore des hommes avec des principes ?

— Le conseil doit toujours guider le savoir, déclara le cadi.

— Nous cherchons un homme qui reste fidèle à ce projet, qui soit reconnaissant pour la chance qui lui est offerte, et qui pourtant se sente contraint." Le dey tourna son regard d'acier vers le cadi. "Pouvez-vous me trouver pareil homme ?"

Le cadi eut tôt fait de réfléchir.

"Aussi sûrement que le soleil se lève !" dit-il dans un sourire.

VII

La première fois que Rachid al-Kenzy posa son regard sur le capitaine Qouraishy et sur son navire, il resta sans voix. Ses jambes l'abandonnèrent, et il s'effondra sur le rebord de la malle de bois qui contenait la totalité de ses biens terrestres. Il resta là quelque temps, incapable de bouger, sur un tapis d'arêtes et de plumes de mouettes qui s'étalait sur les dalles irrégulières du quai. Le bruit du port s'atténua, et deux choses lui vinrent à l'esprit. Tout d'abord, le sentiment que tout était absolument et irrémédiablement perdu. Le capitaine était robuste et trapu. Ses bras sortaient comme des troncs d'arbre de son torse en forme de barrique, et ses jambes ressemblaient à deux nains qu'on aurait glissés en dessous pour le soutenir. Il jurait, criait, et de toute évidence ou bien il était ivre, ou bien il était fou, ou peut-être les deux à la fois. Dès qu'il le vit, Rachid eut la certitude que tout était perdu. Le dernier des crétins qu'on aurait tiré du fond des égouts du port aurait mieux convenu que ce fou. Mais le cadi ne l'avait-il pas rassuré ? Il avait dit que l'on prendrait toutes les mesures nécessaires pour que cette expédition soit un succès, ainsi que des précautions spéciales pour que l'objet de leur voyage demeure secret. Rachid regardait le capitaine Qouraishy à l'instant où il jetait un malheureux membre de l'équipage contre le bastingage et lui donnait de méchants coups de pied. Les trois janissaires qui avaient accompagné Rachid depuis la prison ricanaient entre eux.

"Tu étais mieux chez nous, mon gars", dit l'un d'eux en riant.

L'autre sujet d'étonnement de Rachid, ce fut le bateau car, contrairement à ce qu'on lui avait laissé croire, ce n'était pas un navire solide, capable d'affronter l'océan, et il n'était pas construit avec les meilleurs bois des vastes forêts du Grand Nord. Non, c'était plutôt une espèce de galère en piteux état, un vestige de ces antiques modèles qui s'étaient laissé ballotter depuis la nuit des temps, ou plus exactement, depuis l'invention de la rame, et que l'on avait remplacés par des navires plus robustes, plus faciles à manœuvrer, et plus rapides. La coque présentait des signes évidents de délabrement, voire de décrépitude. A n'en pas douter, divers projectiles, y compris des boulets de canon, l'avaient heurtée en divers endroits. Tout le long de la poupe, les silhouettes décharnées des esclaves s'accrochaient aux bastingages, hélant les marchands de fruits, de sucreries, de noisettes grillées, de riz, de soupe, pour mendier des bribes de leurs marchandises. Un petit cercle de gens s'était rassemblé autour d'un jeune marchand de dattes. Ils montraient le bateau du doigt : "Regardez, criaient-ils, voilà ce que Dieu fait des infidèles !" En effet, il y avait là des Grecs, des Espagnols et des Vénitiens, ainsi que des mercenaires du Grand Nord, venus chercher fortune contre les puissants Turcs.

Un des gardes appela le capitaine et commença à lui expliquer qui était Rachid. Le capitaine Qouraishy hocha la tête d'un air dédaigneux : oui, tout cela, il le savait. Qu'on fasse monter ce philosophe à bord, il n'a rien à craindre. Les gardes se mirent à bavarder joyeusement avec le capitaine. Rachid al-Kenzy se détourna. C'était tôt le matin. Le soleil était déjà haut, au-dessus des montagnes. Le port s'était réveillé, et le brouhaha des voix et du trafic contrastait avec le doux bercement des vagues. Amarrés autour du promontoire rocheux, il y avait une quantité de bateaux grands et petits, de minuscules barques de pêche et des petites galiotes découvertes. Il y avait aussi un ou deux grands navires : un espagnol plein d'arrogance, chargé de soieries, de sel et d'huile, en partance pour Wahrân, en Orient, dominait les embarcations plus frêles. Au large, on voyait approcher un autre beau bateau, toutes voiles dehors dans le bleu du ciel.

Il se revoyait enfant, seul et terrifié, avec la même douleur au creux de l'estomac qu'il avait ressentie durant sa première journée à l'académie de la vallée des Rêveurs. Le grand porche de pierre se dressait à nouveau devant ses yeux : le Beit Al-Hikma, qui devait son nom à cette Maison de la Sagesse fondée à Bagdad par le célèbre calife 'Abd Ma'mûn. Dans le lointain, les ombres assises au frais avec, au-dessus de leurs têtes, une phrase d'une graphie élégante : *"L'encre du lettré vaut mieux que le sang du martyr"*, tout cela lui parvenait en écho en même temps que la voix des récitants. Il avait rêvé alors de visiter les grandes bibliothèques du Caire, de voyager de par le monde et de vivre dans un observatoire pour se consacrer à la science des sphères célestes, *ihm al falaka*. A l'époque, il n'avait pas plus de treize ans : ah, s'il avait pu se laisser tomber derrière le vieil érudit qui le guidait fièrement vers l'intérieur, s'il avait pu pleurer comme un enfant, pour que sa mère vienne le chercher et le ramène à la maison ! Mais il n'était pas question pour Rachid al-Kenzy de faire voir son dos au capitaine et à son bateau minable, pas plus qu'il n'avait pu se détourner de son destin de nombreuses années auparavant. "Les noms et les lieux changent, pensa-t-il en son for intérieur, mais la peur demeure." Perdu dans cette rêverie sur son enfance, Rachid se voyait à nouveau dans la peau de ce garçon un peu gauche, fils d'une esclave qui n'avait pour tout bien que quelques marmites et un ballot de vêtements. Comme dans le mouvement des corps célestes d'Aristote, sa vie ressemblait à une série de coquilles emboî- tées les unes dans les autres. Enfant, il n'était pas laid, mais son dos trop maigre était courbé comme un arc. Il n'était pas beau non plus, mais, quand elle ne le grondait pas parce qu'il passait son temps à regarder le ciel comme un oiseau stupide, elle le douchait avec amour.

Un galérien sortit la tête par une écoutille de la coque, le temps de cracher un long jet de salive en direction de l'eau, et Al-Kenzy estima qu'il avait bien de la chance de quitter ce port peuplé d'estropiés, de vagabonds, de métèques et de vieilles boiteuses. Il avait de la chance d'en partir vivant. On aurait dit que pour le remercier de les tenir en si haute estime les habitants de la ville s'étaient assemblés près des remparts, et agitaient leurs mains en signe d'adieu, vers lui peut-être, ou vers quelqu'un d'autre.

Il se leva et tourna le dos à la mer pour jeter un long regard sur cette ville qui avait été la sienne pendant près de trois ans.

Dans cet avenir qui l'attend au loin, l'instrument d'optique hollandais brille comme une chimère. Quelque chose qui tient de la magie, mais non de la sorcellerie, car avec un pareil instrument quelles n'auraient pas été les découvertes du grand mathématicien Ibn al-Haytham ? Combien d'années aurait-il gagnées dans ses travaux pour mesurer la largeur du vaste ciel bleu, ou pour calculer la trajectoire du soleil dans l'éther ? Cette mission était vraiment un don du ciel.

Rachid al-Kenzy ne souhaitait pas être au service du sultan. Il avait appris beaucoup depuis le funeste jour où il avait quitté sa maison, mais il avait surtout appris que le monde était divisé en deux sortes de gens : ceux qui sont nés pour commander, et ceux à qui il ne reste plus qu'à obéir. C'était un esclave, et, pis encore, un esclave en fuite. Il n'avait aucun statut, même pas l'honneur d'être au service d'un maître, mais, maintenant, il avait un projet. Si son entreprise était couronnée de succès, s'il pouvait rapporter un télescope pour le dey, alors il connaîtrait peut-être cette paix de l'esprit dont il s'était toujours vu privé. Sa vie était une succession de départs qui tous, semblait-il, devaient l'amener ici. Etait-ce là la mission qu'il avait passé sa vie à attendre ? S'il en revenait vivant, s'il réussissait à rapporter cet instrument d'optique hollandais, est-ce qu'il trouverait l'apaisement, le réconfort qu'il cherchait ?

Le voyage avait commencé et l'on pourrait, avec un peu d'imagination, le décrire ainsi : dire que la mer est comme la page d'un livre ouvert, une feuille vierge parcourue par l'encre du savoir et de l'histoire qui suit le flux et le reflux des marées. Quand notre main quitte la surface de l'eau, les mots sont là, mais seulement pour un très bref instant, avant de retourner aussitôt à la mer.

Alger était le premier nœud dans ce long sarment sinueux qui allait l'emmener à l'ouest, en se glissant comme une aiguille à travers le détroit de Gibraltar pour ressortir dans le bleu du vaste océan occidental sur lequel Colomb avait navigué, dans sa quête du Nouveau Monde. Là, la route allait prendre la direction du nord, on allait tendre les voiles, l'air deviendrait plus froid, les rayons du soleil commenceraient à pâlir. Tout cela, il l'avait appris. Il avait étudié la géographie d'Ibn Khaldoun, et les sept parties du monde. Vraiment, on aurait dit qu'il avait passé toute son existence à préparer cette mission.

Rachid al-Kenzy a recouvré sa liberté, sa vie a été épargnée. Il s'est assis sur le vieux bastingage et s'y agrippe, et il entend les membrures qui gémissent, les esclaves qui ahanent sur leurs rames et, en bas, il voit les crêtes blanches des vagues qui l'entraînent dans un périple qu'il ne peut ni prédire ni prévoir. Au-dessous, dans une petite cabine, simple recoin dans l'entrepont protégé par des tentures, il s'agenouille pour prier.

Le temps passe, le soleil roule dans le ciel, la lune se lève. La galère avance lentement, laborieusement sur la route que le Tout-Puissant a tracée pour eux. Le monde est une sphère, parfaite et ronde, le soleil, les étoiles et tous les corps célestes tournent autour d'elle. Dieu a placé l'homme au centre de cet univers pour qu'il puisse témoigner de la magnificence de son Créateur. Nous utilisons les voies de l'intelligence pour tenter de comprendre les lois de ce monde, mais nous avons besoin des textes sacrés et des rêveries des philosophes pour imaginer ce qui existe dans cet au-delà.

La côte se déroule, jour et nuit. Ils s'arrêtent dans des ports, dans des villes étranges. Les hommes sont tendus, craintifs, et se méfient des étrangers. Ils chargent du bois de chauffage, de la nourriture et de l'eau. Le capitaine Qouraishy connaît bien ces latitudes. Il connaît par cœur chaque courbe, chaque pointe rocheuse. Il devine un navire à plus d'une demi-journée de distance et quand la terre se rapproche il la sent. Il saura les mener là où ils veulent aller. On dirait que la terre, elle aussi, le connaît car quel que soit l'endroit où ils débarquent chaque soir, les gens les reconnaissent. Le capitaine Qouraishy choisit ses mouillages avec le plus grand soin. Avec une obstination incroyable, quel que soit leur itinéraire, il s'arrange pour dénicher un joli port où ils s'endormiront bercés par une houle légère. Même sur les côtes les plus difficiles d'accès, il sait les amener dans des criques paisibles, là où ils n'avaient vu que des rochers acérés. A chaque escale, des tas d'affaires les attendent. On charge des marchandises, on les décharge, et on les charge à nouveau. Abasourdi, Rachid a du mal à suivre ce qui se passe. Il y a des mèches d'arquebuse fabriquées en Crète et en Bretagne, des fils de cuivre, des clous, de l'alun, des biscuits italiens et du sel. Le capitaine Qouraishy a deux vieux canons de fonte et pour annoncer son arrivée il tire une salve au-dessus des villages aux terrasses d'argile. Parfois, on lui répond, mais Rachid s'aperçoit que tout cela n'est que de la mise en scène. "C'est un jeu", remarque-t-il, au comble de l'étonnement, rien qu'un jeu.

Leur voyage fut encore retardé par une nouvelle accalmie. Et quand ils mirent en panne, un
après-midi, sur le journal qu'il tenait pendant ce
voyage, Rachid en était à dix-huit jours. Devant
eux le ciel était parsemé de nuages qui, semblables à des bancs de poissons argentés, glissaient paresseusement sous une coquille de
turquoise transparente. On hissa le pavillon et
le pont retentit soudain du bruit de mille pas
pressés. Les roues de métal du canon roulèrent
sur le plancher. Dans un léger sifflement, on
alluma les mèches et de minuscules bouffées de
fumée apparurent au loin, au-dessus des fortifications dont le temps avait fini par user les
arêtes. Des visages curieux se montrèrent à travers les fentes des murs. Le petit bateau amarré
tanguait sous la gîte. Le pont était glissant et
Rachid rampa vers le capitaine, les yeux irrités
par la poudre. D'épais nuages de fumée traversaient lentement le ciel. Un drapeau blanc
s'éleva au-dessus des murs couleur d'argile. Le
capitaine Qouraishy aboya quelque chose d'incompréhensible et lacéra le ciel de son sabre
ébréché, et cet homme dont la silhouette avait
toujours quelque chose d'imposant était maintenant saisi d'une véritable fureur. A la fin, les
canons se turent et, lorsqu'ils arrivèrent à quai,
on entendit une musique, mélange frémissant et
émouvant de tablas et de cordes. Un homme
chantait en espagnol. Un groupe de femmes
s'étaient rassemblées pour acclamer l'équipage
qui entrait au port. Déjà, les festivités allaient
bon train et à cette occasion on avait même
détaché les esclaves de leurs chaînes. Le capitaine Qouraishy débarqua rapidement, et l'on
mit des tonneaux en perce. Pour Rachid, c'était
comme un conte bizarre au milieu d'un rêve.

Ils se retrouvèrent coincés dans ce port pendant onze jours. Onze jours sans qu'il se passe rien. C'était un ancien préside espagnol tombé depuis longtemps dans l'oubli. Maintenant, le roi d'Espagne et le sultan jouaient aux dés ensemble. Ils ne se battaient plus. L'arrivée spectaculaire de Qouraishy était un hommage rendu à la grandeur du passé. Aujourd'hui, avec le nombre croissant de corsaires anglais et hollandais, on avait d'autres soucis.

L'équipage se prélassait sur le pont et dormait au soleil. Le capitaine avait disparu. On disait qu'il cachait une femme de l'autre côté des fortifications de pierre, dans les spires verticillées de boue et de calcaire décoloré. Une chose était sûre : personne n'aurait osé demander au capitaine ce qu'il allait faire là-bas. Il ne leur restait plus qu'à attendre. Et quand un après-midi Qouraishy revint enfin au bateau, il était visiblement de bonne humeur. Il arriva chargé de cadeaux, et le pont fut aussitôt jonché de sacs de dattes, de filets de fruits et de barils de poisson salé. Il émanait de lui une joie communicative tandis qu'il rassemblait l'équipage pour une fête improvisée. Dans son humeur joviale, le capitaine faisait penser à un oncle riche qui leur aurait rendu visite et Rachid se risqua à entamer une conversation avec lui. Il ne demandait pas mieux que de parler. Al-Kenzy apprit que Qouraishy n'était pas son vrai nom, qu'il était de sang arabe et né en Espagne. En tant que Maure, il avait été obligé de renoncer à sa foi, mais il était revenu à l'islam dès qu'il avait débarqué à Alger. Sa famille avait péri au cours des massacres des Maures à Grenade, au temps de la pragmatique sanction. *"Quien tiene Moro, tiene oro"*, déclara-t-il en faisant un grand moulinet du bras.

"J'ai pris la mer il y a quarante ans", dit-il. Avec son père, il était allé à Saldas, dans la région d'Almería, pour acheter des armes aux corsaires. *Un cristiano por una escopeta*, c'était leur tarif. C'est à peine si les marins, somnolant au soleil, levèrent la tête pour écouter : ils avaient sûrement entendu cette histoire des centaines de fois. Un chrétien contre un mousquet. La carrière du capitaine Qouraishy avait débuté de la même manière qu'elle allait se poursuivre. Son père mourut en mer et le jeune Qouraishy fut adopté par une bande de corsaires. Ce genre d'histoire n'était pas rare. Ce mode de vie, pour rude qu'il fut, attirait irrésistiblement beaucoup de gens. Se déplaçant rapidement sur leurs petites galères, ils attaquaient des navires plus grands et plus lents qu'eux. Armés de petites arquebuses ou simplement de coutelas, ils s'embarquaient avec un minimum de vivres : du sel, un peu de farine, un peu d'huile. La fortune qui était en jeu engendrait bien des rêves. Ils vivaient comme des soldats endurcis, mais, à la différence des troupes enrôlées, ils avaient tous une chance de devenir riches comme des rois, même si dans la plupart des cas il ne se produisait rien de tel. Souvent, le butin était maigre : on ne devient pas riche avec un chargement de sel et de noix de galle, mais c'est possible avec un chargement de soie ou de bois de charpente. S'emparer des navires faisait également partie de leur trafic, car les bateaux qu'ils arraisonnaient valaient souvent plus que leur cargaison. Les Vénitiens eux-mêmes ne pouvaient plus faire autrement que de fournir un abri sûr pour leur flotte. C'est en vain que les galères de la Sérénissime s'efforçaient, par des rondes fébriles, de défendre l'honneur et la richesse de

Saint-Marc. Le capitaine renversa la tête et rit en se souvenant des audaces de sa jeunesse.

De nos jours, ce n'était plus la même chose. Les navires marchands étaient plus rapides, plus petits, et ils pouvaient déjouer les manœuvres de n'importe quelle galère. La mer était envahie par une engeance de pirates chrétiens aux mœurs cruelles qui s'aventuraient jusqu'à la mer Egée. En hiver, en passant sous le nez des Espagnols à Gibraltar, les Anglais et les Hollandais s'emparaient des gros navires alors que ces bâtiments étaient au mouillage. On disait qu'avec leurs galiotes et leurs trois-mâts barques, ils faisaient la traversée de Cartagena à Smyrne en moins de quarante jours. Leurs canons de cuivre étaient plus légers et plus robustes que les vieux canons de fonte. Ils avaient de la poudre et de l'étoupe en abondance, et quand ils s'attaquaient à un navire, quel qu'il soit, ils le dépouillaient plus vite que ne l'aurait fait une nuée de sauterelles, puis ils y mettaient le feu. Pour sa part, Qouraishy n'avait plus de goût pour ce genre de vie. Il ne s'écartait plus de sa route pour courir sa chance. Il se contentait de ce que le hasard voulait bien mettre sur son chemin et passait bien sûr le reste de son temps à assourdir les gens avec ses vieilles histoires. De nos jours, on courait le risque d'être capturé par les chevaliers de Saint-Etienne qui traitaient leurs esclaves plus mal que des bêtes. D'ailleurs, on racontait qu'ils étaient allés jusqu'à arraisonner des navires transportant des pèlerins à La Mecque : ils ne respectaient rien. Siciliens, Maltais, ou Napolitains, ils viennent tous se repaître dans cette plaie ouverte laissée par Barberousse.

C'était peut-être l'endroit où ils se rendaient qui faisait que ces récits de cruauté des infidèles prenaient une telle importance. Ce soir-là, Rachid demanda au capitaine : "Cette route vers le nord, vous la connaissez bien ?"

Qouraishy cacha de son mieux son sourire confiant, cligna malicieusement de l'œil et caressa les bords de sa moustache tombante.

"Monsieur, je ne me hasarderais pas à mettre vos vies en danger en ne me fiant qu'aux maigres renseignements portés sur mes cartes, ou à mon modeste savoir." Il inclina la tête en une imperceptible révérence. "Là-bas, il y a intérêt à savoir ce qu'on fait, car les vagues ne pardonnent rien et le vent est assez féroce pour vous déchirer vos voiles en un clin d'œil." Ce qu'il fallait, c'était un bon pilote. Il donna une tape dans le dos de Rachid et l'envoya se coucher. "Ne vous en faites pas, monsieur, laissez faire Qouraishy. A Cadix, dit-il, il y a l'homme qu'il nous faut."

VIII

C'est le jour de son quinzième anniversaire que
Rachid arriva à la vallée des Rêveurs et fut
admis à l'académie. Ils rasèrent son corps du
haut en bas, et le lavèrent avec du vinaigre pour
s'assurer qu'il n'avait plus de poux.

La salle spacieuse baignait dans une lumière
fluide qui se déployait en colonnes d'albâtre
blanches comme des coquilles d'œuf, puis s'en-
roulait au-dessus des écailles pétrifiées de poissons morts. La voûte sombre de la coupole porte
le ciel. L'air est humide et chaud. Un homme, nu
jusqu'à la taille, avec un torse de lutteur, marche à
pas lents dans la pénombre ; des gouttes de sueur
dégoulinent de son corps. Il soulève le lourd
baquet de bois qui oscille dans sa main. Le ruban
sinueux de l'eau se déploie dans l'air comme de
longs doigts de lumière, légers et élégants.

Le jeune garçon se tient debout devant la
porte, sa tête qu'on vient de raser picote encore.
Sa gorge se serre à la vue d'une ombre fugace
qui effleure la bande de treillis d'argile encas-
trée tout en haut du mur d'en face, par où le
jour pénètre, signalant ainsi qu'à l'extérieur des
oiseaux passent dans le soleil.

L'eau et la pénombre maintiennent la fraîcheur.
Le lutteur se retourne lentement et s'avance, la
tête baissée ; les baquets se balancent au bout

de ses bras puissants et des perles de sueur sortent lentement, comme une buée, des poignées de corde tressée. Aux oreilles de l'enfant, sa respiration est comme un jaillissement de sphères planétaires. Tout là-bas, au fond des corridors de l'infirmerie, une voix psalmodie les paroles du grand poète Alaeddin Mansour, qui racontent l'histoire de la connaissance et comment elle est parvenue jusqu'ici. La légende de Taqi al-Din et de l'observatoire de Tabriz, celle de Ibn Hazm, et comment naquit la confrérie des Hamamas, tout cela et bien d'autres choses encore sont là pour rappeler à ce jeune novice l'immense valeur de ce don qu'on va lui confier.

La brise rafraîchit les hauts murs des corridors en tournoyant autour du grand bâtiment. Elle apporte avec elle l'odeur moisie d'argile humide et de sang propre aux labyrinthes. Odeur matricielle. Elle pénètre dans sa tête et il se retrouve poussé en avant, tiré le long des dalles de marbre où de gros poissons à l'agonie ouvrent toutes grandes leurs mâchoires pour dire un dernier bonsoir. Certains se débattent encore, arcs-en-ciel luisants pêchés le matin même. L'eau les maintient au frais et empêche les écailles de se soulever. Bruit des gouttelettes qui tombent lentement des bords arrondis sur le sol dallé. Il passe devant les tables où l'on va bientôt lui apprendre à se servir d'un scalpel et se dirige vers le groupe rassemblé à l'autre bout de la longue salle dont les ombres épaisses sont si profondes et si pesantes qu'elles lui donnent l'impression qu'il est sous l'eau. Ses jambes sont lourdes, ses bras pendent mollement dans la nouvelle tunique qu'il vient de revêtir. Le bruit des voix, qui se sont faites douces et respectueuses, lui parvient comme de très loin.

Ce lutteur n'est pas du tout un lutteur, c'est un esclave astreint à une tâche. Le bruit de ses pieds nus s'est éloigné vers un autre coin de la salle où il attend, accroupi. En robe de coton blanc et en babouches, l'enfant Rachid est un novice. Il est libre. Il est ici pour apprendre.

Les garçons les plus âgés sont rassemblés autour de la table, à l'autre bout de la salle maintenant très animée. Armé d'un couteau, le maître est en train de découper le visage d'un cadavre en lamelles qui se soulèvent sous ses doigts comme du papier. "Examinez chaque lamelle, découvrez quels mystères sont ici cachés, car les voies de Dieu sont impénétrables", leur dit-il.

Les oiseaux traversent la lumière, et l'esprit de Rachid s'envole.

Maintenant, il se retourne dans son sommeil et il entend l'équipage éparpillé sur le plancher de l'entrepont. Cela lui rappelle la longue salle de l'académie où il avait passé tant de nuits sur une simple natte de roseaux posée à même le sol d'argile. Le bateau grince et, sous son dos, le pont oscille, bercé par une houle légère. A cette époque il se demandait, et il se demande encore, au rythme des ronflements du capitaine Qouraishy qui grondent dans l'obscurité, comment il avait bien pu faire pour se retrouver en un tel lieu.

Dans son sommeil, les souvenirs lui reviennent. Pendant plus de dix ans, il n'a pas pensé un seul instant à ses années passées à l'académie. C'était alors un enfant, qui avait la chance d'être en vie, qui était heureux d'être libre, et décidé à se consacrer à une grande tâche. Si bien que l'étude était devenue sa vie, sa famille, sa maison.

Le bruit des sphères de cuivre se balançant dans l'air comme des pendules est pareil à celui d'un faucon immense qui lui soufflerait dans les oreilles. Il sent le battement fort de ses ailes. Il sent une poussée dans son ventre et préférerait être le mouvement lui-même, plutôt que l'oiseau. Tout au fond des entrailles du puits d'observation, l'air est chaud et épais, caressé par le mouvement de ces sphères qui bourdonnent dans la pénombre. Elles sont énormes. Deux hommes, en tendant leurs bras, pourraient à peine faire le tour de la plus grosse. Chaque globe représente une des planètes du ciel. Suspendus à des tiges de cuivre creuses, ils tournent dans l'air en parfaite synchronie. Il a fallu dix ans pour construire ce modèle. A cette époque-là, l'observatoire de Tabriz avait été détruit, mais dans la vallée des Rêveurs, dans ce lieu tenu secret, la recherche continuait.

Ce modèle de l'univers se dressait au cœur de sa mémoire : les bords polis scintillent dans les frêles colonnes de lumière qui filtrent par le trou circulaire, en haut du toit ; une de ces sphères est située au centre, elle représente la Terre, car, dans cet univers, tout est en rotation. Comme elles tournent vite, et comme c'est beau, de pouvoir contempler une pareille précision de mouvement !

L'observatoire et l'académie, avec ses écoles de médecine, de mathématiques et de géographie, étaient en réalité un refuge pour un petit groupe de gens, tous passionnés, dont la vie était en danger. La Confrérie de la Colombe, les Frères du Hamama. Ils étaient entourés de mystère et ils l'entretenaient, car cela les protégeait. Ils avaient fui pour toujours, et maintenant ils protégeaient farouchement leur retraite. Nichée dans des montagnes abruptes et impénétrables qui avaient jadis abrité une secte intraitable de fanatiques et de hors-la-loi, cette vallée avait attiré les ermites à cause de sa réputation de lieu maudit et redoutable. Ils cherchaient la solitude pour pouvoir se consacrer aux astres sans être dérangés par le monde extérieur. Personne n'aurait songé à venir les trouver ici. Ils ne cherchaient pas à attirer des étudiants, et n'étaient prêts à accueillir un élève que si celui-ci était envoyé par quelqu'un de confiance. On disait qu'ils avaient trouvé protection auprès d'une certaine reine à laquelle l'un d'entre eux, il y avait bien longtemps de cela, avait prédit l'avenir, lui épargnant ainsi un mariage malheureux. Elle leur en avait été éternellement reconnaissante. Cet argent avait été utilisé pour acquérir des instruments. A part cela, ils produisaient tout ce dont ils avaient besoin.

Pendant un an, il leur cuisina des pois chiches et des lentilles, au point qu'il était imprégné jusqu'à la moelle par l'odeur de l'ail. Ses doigts étaient enflés et endoloris à force de toucher l'eau. Mais on lui interdisait toujours l'accès au monde sacré de la connaissance.

La nuit, il quitte sa cellule et traverse la cour lisse comme un bassin où la lune se reflète pour prendre la relève à la tour de l'observatoire. Règles parallactiques telles qu'elles sont décrites par Uluğ Beg de Maragheh, sphères armillaires, quadrants géants, astrolabes, tout cela a été sauvé de la destruction, rassemblé, sauvegardé et amélioré. Il a quitté les cuisines et se retrouve promu au polissage et au graissage des instruments. Ses mains caressent leurs surfaces lisses avec toute la tendresse dont seul un orphelin est capable.

Il est surtout fasciné par les médecins qui consultent leurs mystérieux schémas de circuits et d'organes, qui discutent sans cesse entre eux. Schémas de la Chine antique représentant les circuits de l'âme aux prises avec les scalpels couverts de sang.

Avec le temps, le besoin de liberté se faisait sentir et les liens ténus, invisibles, qui le ratta- chaient à ses bienfaiteurs commençaient à se rompre l'un après l'autre. Le monde se faisait plus grand, plus coloré, plus animé et plus lumineux que ce qu'il avait connu dans la grande maison où, de par sa naissance, il aurait dû être un serviteur. Il ouvrit la cage des mathé- matiques, fit tourner la clef du langage mystique d'Al-Jaber, qui donna son nom à l'algèbre. Il s'éleva de façon continue vers l'ordre sublime des corps célestes. Là, il n'y avait pas trace de hasard et il n'était pas question de coïncidences fortuites, car chacune des distances entre les étoiles était mesurée en pouces, en empans et longueurs de lances. Leur luminosité était clas- sée en degrés. Elles se répartissaient en mai- sons, en familles et constellations d'une telle magnificence qu'il en était ému aux larmes, quand au plus noir de cette nuit océanique elles clignotaient dans un enchantement plein d'in- nocence. C'est le Créateur qui avait rédigé là leur message afin que l'homme puisse l'étudier, pour éveiller ses sens et son intelligence. Le mouvement des astres pouvait se mesurer en angles et en distances, alors que sa vie échap- pait totalement à cette méthode et à cette ordonnance.

Azimuts, écliptiques, précessions, il traversait tout cela comme autant de couches de chaleur qui s'écartent tandis que l'on gravit une mon- tagne et que l'on avance régulièrement dans une lumière plus vive et plus dure. Chaque avancée révélait un horizon nouveau, et un seul d'entre eux aurait suffi pour remplir une vie entière. Tel était le privilège du savoir transmis. Chaque couche était donc une vie en soi, comme pour le serpent dont on mesure l'âge au nombre des peaux qu'il perd. Les mystères des cieux ne pouvaient pas être démêlés par un seul homme. On se passait le flambeau, des Babyloniens et des pharaons aux Grecs et aux Perses, puis aux Indiens et aux Chinois. Les murs de l'académie résonnaient de leurs noms, si nombreux qu'une vie suffirait à peine pour apprendre uniquement ce qu'ils étaient et ce qu'ils avaient fait. Imhotep, Akhenaton, Ammir Sadonqa, Thalès, Anaximandre, Pythagore, Eudoxe, Aristote, Aristarque qui inventa le scaphe pour mesurer le temps. Apollonius et ses épicycles, Hipparque qui nous laissa la précession, l'*Almageste* de Ptolémée qui permit plus tard à Abdelrahman al-Soufi de faire un tracé des cieux. Abou Machar et le juif Mash'allah qui éclairèrent d'un jour nouveau la théorie sassanide qui veut que tous les événements politiques majeurs coïncident avec la conjonction de Saturne et de Jupiter.

Al-Bîrûnî, Abu Wafa, Ibn Yûnus, Ibn al-Haytham, Nâser al-Dîn Tûsî et Ibn Shatir : étaient-ce leurs ombres immenses qui semblaient planer au-dessus de lui ? Est-ce qu'au plus profond de son esprit couvait l'idée qu'un beau jour le nom de Rachid al-Kenzy viendrait s'ajouter à cette illustre liste ? L'esprit de l'homme est vraiment la chose la plus éthérée. Avec la foi et la loyauté qui étaient les siennes, une vanité personnelle aurait-elle pu l'amener à croire que les voies de l'homme ont plus de valeur que le sentier illuminé par Dieu ?

Le processus du raisonnement est clairement défini par la métaphysique d'Al-Fârâbî et de quelques autres. Où finit l'invention de l'homme, et où commence la volonté du Tout-Puissant ? Un homme seul ne saurait sonder les mystères des cieux. Et puis il y a ceux qui maintiennent que le message sacré du Coran ne sera entièrement compris qu'à la fin des temps, et que c'est la sottise et la vanité qui font prétendre aux ulémas qu'avec leur savoir ils pourraient comprendre tout ce qui est écrit dans le Livre. Or, n'est-il pas écrit que le plus humble des hommes est égal au plus noble d'entre eux, et que c'est la foi qui relie chaque homme à son Créateur ? Mais de tels arguments sont une bien mince protection contre les fanatiques quand ils arrivent, armés de leurs épées et de leurs lances, comme ce fut le cas, finalement, à la vallée des Rêveurs.

IX

Les galions espagnols qui rôdaient alentour les saluèrent lorsqu'ils passèrent au large de Gibraltar, à vive allure car la baie de Cadix les attendait. Elle croulait sous de nouvelles richesses, elle était couverte de vaisseaux en tout genre et des caraques étaient mouillées en file, formant un arc de cercle plein d'élégance. Des caïques, des pontons, des tartanes, des lougres en provenance des Pays-Bas et d'Anvers se balançaient doucement à l'ancre. La masse énorme d'une antique nef vénitienne avançait lentement son nez vers l'orient. Lorsque huit ans auparavant les Anglais avaient pillé cette ville, ils s'étaient emparés de ses richesses, mais n'avaient pas réussi à lui dérober son honneur et elle avait préservé sa fierté. Ses clochers pointus, ses larges avenues bordées de palmiers tendaient leurs doigts hâlés en direction du ciel, comme pour les accueillir sans faire de courbettes.

Tandis que Rachid al-Kenzy errait sur les places où se pressait la foule, il avait l'impression d'avoir pénétré dans un autre monde. Les entrepôts regorgeaient de bois de construction, de grain, de poutres venues des Etats hanséatiques, d'argent d'Amérique, de parfums de Valence, de chapeaux de Cordoue et de tissus de Tolède. Les marchands et les *marineros* jouaient des coudes dans cette masse de gens qui se bousculaient pour avoir un peu d'espace. Rachid en avait le souffle coupé et fut pris de vertige. Des calèches tirées par de beaux chevaux passaient devant lui au petit trot. Des officiers de la marine royale se promenaient en groupes, arborant leurs plumes et leurs boutons dorés. L'afflux des richesses venues de la Nouvelle Espagne par l'océan occidental n'avait pas apporté que des roues cerclées d'argent ou des bottes aux renforts brillants, mais aussi un tas de déchets humains, un ramassis de marginaux, d'étranges personnages qui fouinaient çà et là, cherchant fortune sur les places et dans les artères de la ville. Ils vendaient des colifichets et des articles en cuir bon marché. Des jeunes filles tenaient à bout de bras des guirlandes de fleurs fanées et offraient leur corps. Des mères présentaient leur bébé en demandant des pièces. Des petits Indiens agiles faisaient des culbutes, des hommes aux cheveux longs et aux yeux de braise avalaient des torches enflammées. Rachid al-Kenzy errait au milieu de ce spectacle dans une sorte de vertige, incapable de détacher son regard de cette vision colorée, de cette inépuisable galerie de visages nouveaux. Il entendit des hommes discourir à l'infini, parlant de pestilence et de mort, de la colère de Dieu et de la corruption des âmes. Dans cette lumière grise et voilée, il avait le sentiment que des esprits impies et païens avaient été relâchés sous l'autorité de ces chrétiens qui émanait des églises aux clochers terrifiants et aux murs menaçants. C'était un monde tourné sur lui-même et qui voyait loin devant lui, conscient qu'il se trouvait au centre d'une roue beaucoup plus vaste.

Le chuintement de l'eau stagnante venait claquer dans cette rue étroite comme un coup de fouet, éclaboussant Rachid qui se tenait dans la pénombre : il hésitait. La *bodega* était bruyante, l'odeur lourde d'un vin épais et des rires s'échappaient par la porte ouverte, comme des battements qui se répandaient ensuite dans les artères sombres de la ville. La femme recula à l'intérieur, balançant son seau vide au bout de sa main. Au fur et à mesure qu'il longeait ces rues en s'écartant du port, Rachid se sentait de plus en plus intrigué par la tâche qui l'attendait. Le cadi lui avait donné un paquet cacheté, enveloppé dans un morceau de toile, portant un nom et une adresse. "Quand tu arriveras à Cadix, il est très important que tu ailles immédiatement à cet endroit, et que tu leur donnes cette lettre. Par ailleurs, il est essentiel que personne, et surtout pas le capitaine Qouraishy, ne soit au courant de tout ceci. Le succès de cette entreprise dépend entièrement de toi."

Sortant de l'ombre, Rachid respira profondément, se fraya un chemin et franchit la porte. Il ne s'attendait pas à pareil désordre. Il se sentit poussé et comme bousculé par des vapeurs d'alcool et les grosses pitreries des clients avinés. A l'autre bout de la salle, il y avait une arche de brique sous laquelle la foule s'était rassemblée. Son regard fut attiré par un homme de forte carrure qui portait quatre jarres et criait pour qu'on le laisse passer. Tout en continuant à se frayer un passage, Rachid pensa que cet homme était le patron de l'établissement parce que tout le monde avait l'air de le connaître. L'homme se retourna brusquement et se retrouva nez à nez avec Rachid. Il le toisa et fit une remarque facétieuse qui attira l'attention des hommes appuyés nonchalamment sur le comptoir. Il allait s'éloigner lorsque Rachid l'attrapa par le bras. A nouveau, l'homme le regarda, mais cette fois avec circonspection. Il regarda la main posée sur son bras, et parla à nouveau, mais sur un ton différent. Rachid le lâcha et lui tendit la lettre. L'homme la prit dans ses grosses mains, la retourna plusieurs fois, puis la lança en l'air. La lettre disparut au milieu de la foule. Un homme jaillit de cette cohue. Son visage avait l'aspect d'un bois verni, son crâne rasé de près était luisant. Autour du cou, il portait une épaisse lanière de cuir sur laquelle était attachée toute une série d'objets : une dent de requin, une grosse pièce d'argent, une clef rouillée et ce qui ressemblait aux ossements d'une main humaine. Il parlait la *lingua franca* des marins.

"Eh toi, qu'est-ce que tu fais ici ?"

Rachid, d'un geste, lui montra sa lettre.

"Je dois remettre ceci à la femme dont le nom est écrit là-dessus."

L'homme regarda Rachid de la tête aux pieds à plusieurs reprises, puis fit un signe de tête par-dessus son épaule : "Suis-moi, je vais te montrer le chemin."

Ils quittèrent la *bodega* et s'éloignèrent. Au bout de quelques minutes, ils quittèrent l'artère principale et pénétrèrent dans une rue déserte et tranquille bordée de hautes maisons. Rachid regarda par-dessus son épaule, en partie pour s'assurer que personne ne les suivait, mais aussi pour prendre ses repères. Il glissa sa main dans la manche de son manteau de lin et sentit, ce qui le rassura, que son poignard était toujours attaché à son bras.

L'homme de grande taille parla sans se retourner. "Un jour, vois-tu, j'ai été poignardé. Depuis, je porte sur moi la main qui tenait le couteau." Et tout en secouant la collection d'objets qu'il avait autour du cou, il rit.

Ils tournèrent de rue en rue et arrivèrent enfin devant une maison étroite. La porte s'ouvrit et ils montèrent les marches de pierre d'un escalier en colimaçon. Une servante les épiait, cachée derrière la porte entrouverte. Ils entrèrent mais Rachid resta sur le seuil. La servante s'assit sur un petit siège à côté de lui et, les mains sur les genoux, elle regarda droit devant elle, sans bouger. L'homme réapparut quelques instants plus tard, et passant devant Rachid sans dire un mot, sans même jeter un regard dans sa direction, il franchit la porte et disparut. Rachid regarda la servante. Elle leva les yeux puis, d'un signe, elle lui indiqua la porte ouverte qui menait à une salle située à l'intérieur.

Tout d'abord, il ne put distinguer une femme qui se tenait debout dans la maigre lueur s'échappant des lampes de cuivre encastrées dans les murs. Il faisait chaud, et il régnait dans cette pièce une bonne odeur d'huiles parfumées. Rachid resta où il était, près de la porte. Tout contre son visage, il sentait l'odeur de la flamme et de la fumée d'une lampe. Elle était debout, un pied posé sur un petit tabouret, près de la cheminée où miroitait un fourneau ouvert. Elle prenait un bain. Les jupes relevées jusqu'aux hanches, elle versait sur ses cuisses une eau qui luisait comme du cuivre. Rachid ne bougeait plus.

"Viens plus près", dit-elle sans manifester le moindre embarras. Elle leva les yeux. Ses cheveux tombaient sur ses épaules nues en boucles noires négligemment nouées en un chignon. "Ne reste pas là, planté comme un croque-mort ! Ferme la porte."

Il étendit la main et, sans tourner la tête, il ferma la porte derrière lui. Elle puisa une autre jatte d'eau dans la poterie qui chauffait sur les charbons d'un brasero. Il regardait les petits ruisseaux scintillants qui dansaient sur sa peau. Son visage était arrondi. Dans la pénombre, ses yeux formaient deux petits points noirs.

"Est-ce que tu sais ce qu'il y a là-dedans ?"

Rachid fit non de la tête. La lettre était maintenant ouverte, sur la table, à côté d'elle. L'enveloppe extérieure était une bande de tissu dans laquelle on avait cousu treize pièces d'or. Elle posa la jatte et, s'écartant du feu, fit retomber ses jupes.

"Il faut que tu fasses venir ici ton capitaine demain soir, à la même heure. On se chargera de tout."

Rachid ne dit mot. Il restait immobile.

"Pars tout de suite. J'attends une visite", dit-elle en le congédiant d'un signe de la main.

Il quitta la pièce, la tête encore remplie d'un étrange mélange de parfums. Quand il arriva dans la rue, un attelage très élégant s'arrêta devant la maison. Deux valets mirent pied à terre. Rachid aperçut un homme d'un certain âge, à l'air distingué, qui descendit de la calèche et disparut à l'intérieur en faisant tourbillonner sa cape.

En marchant, Rachid put entendre le son d'un glas qui venait de la mer obscure. Il avait l'intention de revenir au bateau, mais il se surprit en train de prendre des détours et de changer de direction tout à fait au hasard. Il était très mal à l'aise. Il avait accompli sa mission : alors, pourquoi éprouvait-il une telle inquiétude ? Il poursuivit son chemin. Près de lui, il entendit un veilleur de nuit dont les bottes résonnaient sur les dalles imprégnées d'eau salée. Il essaya de retrouver son calme. Bien sûr, la mission qu'on lui avait confiée était bizarre, et le secret qui l'entourait ne faisait qu'ajouter à son mystère, mais le cadi devait avoir ses raisons, n'est-ce pas ?

La nuit était humide, et on entendait au loin le martèlement des coques de bois qui jouaient des coudes à marée montante. Les arbres de la calle de San Miguel s'étiraient nonchalamment dans l'odeur forte des marécages remplis de palétuviers et de papayers qui pourrissaient lentement dans leurs feuillages moites, de l'autre côté de l'océan. L'argent de l'Amérique du Sud tintait dans les poches des marchands aux yeux cerclés de noir qui, chapeau sur la tête, se pressaient le long d'Almeda Vieja, les mains enfouies dans les poches : ils cachaient leur fortune dans les cales calfatées de ces navires qui se glissaient sous la lune, le long des bancs de sable et des récifs miroitants des Antilles pour s'en aller à l'ouest, au milieu des chants. On échangeait des poignées de main et des contrats, et, dès lors, la ville se retrouvait prise au centre d'un réseau complexe où le sort des quatre coins du monde se réduisait à des marchandages.

Tout à coup, Rachid al-Kenzy n'eut plus envie de voir les froides latitudes du Nord. Il avait entendu parler de leur climat, de la saleté et des mœurs des chrétiens qui, si l'on en croyait la rumeur, étaient encore plus primitifs que ceux qui venaient se débarbouiller à chaque marée descendante. Mais lorsqu'il avait de telles pensées, il se sentait devenir vieux et indigne. Au milieu du vacarme des carrioles et des chariots chargés de barils de poisson salé et d'huile, Rachid se dirigea à nouveau vers le port.

"Alors, on demande que je me rende d'urgence auprès d'elle, dis-tu ?"

Le capitaine Qouraishy interrogeait Rachid du regard. Ils revenaient vers la demeure de cette femme. Mais ils étaient trois, car le capitaine avait insisté pour que le bosco les accompagne. C'était la volonté du capitaine, et Rachid ne parvint pas à l'en dissuader. Tout en traversant la ville, Rachid essayait d'éviter de regarder dans la direction du bosco, craignant qu'il ne se doute de quelque chose.

"On t'avait dit de venir seul", dit la servante en regardant le bosco.

Le capitaine avait déjà pénétré jusqu'à la salle de l'intérieur. La porte se referma derrière lui en silence. Le bosco se tourna vers Rachid, puis à nouveau vers la servante.

"Attendez votre tour", fit-elle d'une voix ferme avant de s'asseoir pour reprendre sa couture. Le bosco sembla accepter. Il lança un regard lubrique à Rachid, et se mit à arpenter le vestibule à grandes enjambées, calmement, les mains dans les poches. Rachid se taisait. Il restait là, sans rien dire. Des éclats de rire leur parvinrent de l'intérieur, et le bosco lança un clin d'œil à Rachid. Puis un long silence. Pas un seul mouvement. La servante restait là, la tête baissée, regardant l'aiguille d'argent qui était entre ses doigts.

Quand il comprit ce qui se passait, c'était trop tard. Il laissa échapper un cri, et en deux pas il gagna la porte et l'ouvrit. La femme était debout près du lit. Elle baissait la tête et ses longs cheveux lui couvraient le visage et descendaient jusqu'à son collier d'or. Elle était en train de boutonner le devant de sa chemise blanche. Il aperçut la courbe de ses seins qui sortaient de l'échancrure. Il passa devant elle en la poussant

sans qu'elle offre la moindre résistance. Le capitaine Qouraishy gisait sur le lit, couché sur le
dos, le pantalon baissé jusqu'aux chevilles, les
yeux grands ouverts, la bouche béante. Rachid
pivota sur lui-même. La femme recula brusquement pour se mettre hors d'atteinte. Ses yeux se
firent encore plus noirs, comme si leur obscurité
avait étouffé les lampes. Il s'approcha, et avança
une main pour écarter la chevelure noire. Ses
yeux pénétraient le regard de la femme tandis
que sa main glissait sur le globe de son sein
gauche. Celui-ci était froid au toucher, il se soulevait et s'abaissait légèrement dans sa main
tandis qu'elle respirait. Ses doigts suivaient le
doux renflement de la peau. Le téton était en
érection et dur au toucher. Il passa son pouce
sur la pointe luisante et le porta à son nez.

"C'est du miel ?"

Elle soutenait toujours son regard.

"N'en mets pas sur ta langue, sinon tu ne
pourras plus jamais rien goûter."

Il se retourna pour regarder le cadavre du capitaine. La femme lui écarta la main, se tourna légèrement et continua à boutonner ses vêtements.

"Va-t'en, maintenant. Tu n'as plus rien à faire
ici. Emporte-le, et laisse-le dans la rue derrière
la maison. Dans ce quartier, il y a toujours des
gens qui meurent."

Derrière la femme, Rachid vit le bosco qui
s'était précipité dans la pièce à sa suite.

"Qu'est-ce que toute cette sorcellerie ? s'écria-
t-il, en se penchant au-dessus du corps du capitaine.

— On a donné des ordres, on les a exécutés,
dit la femme. On s'occupera de tout. Partez maintenant et ne dites jamais un mot de ce que
vous avez vu." Elle regarda calmement le bosco.

"A moins que vous ne souhaitiez subir le même sort."

Il n'en fallut pas plus au bosco. Il s'éloigna à reculons, et, dans sa hâte à sortir de la pièce, il renversa une lampe. La femme attrapa Rachid par le bras alors qu'il s'apprêtait à la quitter. "Va au port, et demande un homme du nom de Darius Reis. Il t'emmènera à Anvers, prochaine étape de ton voyage.

— Pourquoi ?

— Sait-on jamais ? sourit la femme. Le cadi est un homme qui prend toutes ses précautions. Sois simplement reconnaissant que l'on t'ait trouvé supérieur à celui-ci", dit-elle en montrant le cadavre du capitaine.

Dans sa précipitation à sortir de la maison, Rachid dévala l'escalier. Il rattrapa le bosco qui titubait dans la rue, criant et jurant de toute la force de ses poumons. Rachid le saisit par le bras. L'homme se retourna avec violence, le regard plein de haine.

"Ecoutez-moi, dit Rachid. Je n'étais pas au courant de ce complot."

Le bosco lui cracha au visage.

"Maudit soit le jour où mon regard s'est posé sur toi !"

Il dégagea son bras, mais Rachid l'arrêta à nouveau.

"Ce qui arrive arrive par la volonté de Dieu. Vous devez m'aider à trouver ce Darius Reis.

— N'aie crainte, l'esclave. Tu es peut-être maudit, mais on m'a payé pour que je t'emmène à destination et te ramène vivant. Ça, je l'ai juré, et, quoi qu'il advienne, je suis un homme d'honneur ! C'était peut-être un homme dur, que Dieu ait pitié de lui, mais c'était un homme juste.

— Alors, on est d'accord ? Pas un mot de tout ceci à personne, hein ?"

Le bosco avait les traits tirés de fatigue et de peur, et ses yeux étaient gonflés. Dans la rue devenue sombre, la lueur du ciel au crépuscule donnait l'impression que les contours dessinés par le soleil étaient découpés dans de la pierre.

"D'où êtes-vous, le bosco ?

— De l'île de Chypre.

— Je la connais bien."

Un rire creux s'échappa des lèvres du bosco.

"Sache une chose, l'esclave. Si je viens avec toi, c'est pour une seule raison : non pas parce qu'on m'a déjà payé, ou par loyauté à ton égard, mais parce que je veux être là au moment de ta mort."

Le bateau était un grand urca, un vaisseau d'environ cent vingt tonneaux, de style nordique, avec une poupe lourde et plate. Construit à Lübeck, il avait été affrété par un marchand de Séville qui l'avait expédié au Brésil pour faire du commerce. Ce bateau, endommagé sur les récifs et insuffisamment armé, avait été confié à Darius Reis afin qu'il le ramène vers les arsenaux hanséatiques pour y subir des réparations urgentes. Le bosco s'était informé, et il avait appris que Darius Reis était une sorte de mercenaire. Ses talents de pilote étaient incomparables et ses services étaient très recherchés. En général, il ne perdait pas son temps dans les ports, mais cette fois-ci il avait échoué à Cadix voilà plus de deux mois, après avoir perdu son dernier navire dans un pari contre deux frères portugais.

Le bosco expliqua tout cela à Rachid pendant qu'ils regagnaient le navire à bord d'un petit caïque qui dansait sur la mer, en faisant claquer sa voile courte au-dessus de leur tête.

Ils constatèrent que Darius Reis était à la fois curieux et impatient de mener cette affaire le plus rapidement possible. Il était mince, ses yeux d'un bleu vif, furtifs comme ceux d'un oiseau, brillaient dans la lumière de l'après-midi. Il faisait des signes de tête, haussait les épaules, et c'est à peine s'il regarda ses nouveaux passagers. Il se contenta de dire qu'il s'était attendu à les voir.

Le peu de bagages qu'ils avaient fut déposé sous le pont, et ils se retrouvèrent bientôt dans un étroit compartiment qui devait leur servir de logement pendant la traversée. Ce Darius Reis est un homme dangereux et quelque peu excentrique, continua le bosco.

"Il y a peu de régions du monde qu'il ne connaisse pas. Pendant plusieurs années, il a transporté du coton et de l'huile d'Alexandrie, des clous et du bois des pays du Nord. De l'étain, des poutres. Il a longé toute la côte ouest de l'Afrique. Le seul ami qu'il ait au monde, c'est un singe qu'il a trouvé dans les jungles de ces pays-là.

— Un singe ?

— Grand comme un enfant, et plus malin qu'un homme, à ce qu'on dit !

— Peut-on faire confiance à un individu qui accorde plus de valeur à la vie d'un animal privé de parole qu'à celle d'un homme ?"

Le bosco haussa les épaules et poussa un grognement.

"Qu'importent ses mœurs, il paraît qu'il est l'homme qu'il faut pour pareille tâche."

Le bosco s'étira sur sa couchette et ferma les yeux pour dormir. Il n'y avait rien d'autre à faire que d'attendre la marée. Mais Rachid restait là, couché dans l'obscurité, sans pouvoir dormir. Il se sentait seul et hésitant. Qouraishy disparu, il était maintenant le seul homme, hormis le dey et le cadi, à connaître le vrai but de sa mission. Il se retourna sur le côté et ferma les yeux. L'image lugubre de Darius Reis se dressait devant lui. Quelle sorte d'homme, se demandait-il, avait des yeux d'oiseau ?

X

"Tu m'as bien dit que tu connaissais Chypre ?
— En effet", répondit Rachid.

Rachid et le bosco étaient assis, et il s'ennuyait tellement au cours de cette traversée qu'il avait fait taire sa réticence à nouer tout contact avec son compagnon. Cela faisait maintenant trois jours qu'ils étaient enfermés dans cette cabine lugubre, tendant l'oreille pour écouter la charpente qui gémissait tout doucement là-haut, au-dessus d'eux.

Dans les années qui firent suite à la destruction complète de la vallée des Rêveurs, Rachid se mit à vivre au jour le jour. C'est ainsi qu'un matin ensoleillé il débarqua à la première marée sur les côtes de Chypre. Il se retrouva embauché par un riche marchand de bois de charpente, Sidi Ahmed Hazin, un homme déjà marqué par l'âge et à moitié aveugle. Sidi Hazin était arrivé sur cette île des années auparavant, à l'époque où les Turcs avaient fini par réussir à rejeter les Vénitiens à la mer. Il acheta tout ce qui lui tomba sous la main et, plus tard, il fit fortune en reconstruisant la flotte ottomane qui avait été lamentablement détruite à Lépante sous les ordres de don John, le chef de la flotte du Vatican. Fortune faite, Hazin demeura sur l'île, ne cessant d'allonger la liste de ses clients qui s'étendait du Bosphore au golfe de Biscaye. Ses navires revenaient chargés de sacs d'or et d'argent. Et au cours des ans, parmi les biens que ses navires rapportaient dans leurs cales, les devises devinrent beaucoup moins importantes que les produits de luxe destinés à sa jeune femme, qui n'avait pas le droit de quitter le modeste palais qu'il lui avait fait construire avec les pierres d'un fort chrétien. De l'encens, des parfums provenant des Indes, de belles soies de Chirâz, bref, tout ce qui, pensait-il, pourrait lui plaire. Il dépêcha sur chaque navire un corps spécial de commis en qui il avait confiance, avec pour mission d'acheter absolument tout ce qui pourrait attirer leur regard : nouveautés, bibelots, instruments de musique, poneys frémissants, oiseaux au chant mélodieux. Il en résulta que cette vaste demeure se remplit du haut en bas de toutes sortes d'objets hétéroclites. Il n'aurait jamais dû épouser cette fille sur un coup de tête, et il allait payer ce caprice pendant tout le reste de son existence. Le temps s'écoulait vite au sablier de sa vie. Et pourtant, rien ne semblait aller à sa guise. La jeune femme, car elle était très jeune, s'était installée dans la tristesse et la mauvaise humeur. Elle s'ennuyait, en dépit de tous les efforts qu'il déployait pour la distraire, et elle le méprisait, le trouvant physiquement répugnant ; quant à son palais, construit à l'en croire sur le sang des infidèles, il la dégoûtait. Pour elle, c'était une cage et elle déclarait que c'était comme si elle dormait dans la boutique d'un boucher.

Rachid arriva à peu près de la même façon que les objets magnifiques qui encombraient les salles et les couloirs du palais de Hazin. Il fut découvert par un commis sur un trottoir du bazar de Tyr où il louait ses talents d'écrivain public. Sidi Hazin cherchait quelqu'un, lui expliqua le commis, qui pourrait l'aider à organiser sa bibliothèque. Ce n'est qu'après son arrivée sur l'île qu'il apprit la vraie raison pour laquelle Hazin l'avait engagé. Il découvrit que ses commis qui se donnaient tant de mal pour trouver des distractions susceptibles de réjouir une épouse insatisfaite avaient amassé une énorme collection de livres, dans l'espoir que les histoires qu'ils contenaient pourraient consoler son âme inquiète. Malheureusement, elle ne manifestait pas le moindre intérêt pour la pile de manuscrits et de rouleaux qui s'amoncelait : les poèmes attendaient qu'on les lise, les aventures suppliaient qu'on les choisisse, les contes érotiques étaient tellement évocateurs que la voix de Hazin lui manqua au moment où il les lui montra en lui faisant faire le tour de son palais. C'est à peine s'il pouvait lui parler. Le marchand de bois interrompit la visite en ouvrant son cœur à Rachid. Il avait espéré que les dernières années de sa vie allaient s'écouler dans les bras lascifs d'une jeune femme follement amoureuse, qu'elle allait lui offrir des nuits de plaisirs incomparables, qu'elle allait redonner une jeunesse à son cœur et qu'en plus elle lui aurait laissé une abondante progéniture d'héritiers mâles pour qu'ils puissent jouir de sa fortune. Il refusait de la prendre par la force ce qui, avouait-il au milieu des larmes, prouvait la sincérité des sentiments qu'il éprouvait pour elle. Il ne s'était jamais attendu à ce qu'un pareil malheur s'abatte sur lui à un âge aussi avancé, alors que le reste de sa vie lui avait tant souri. "Rien de plus cruel qu'un amour qui n'est pas partagé !" dit-il en pleurant et en posant sa main sur l'épaule de

Rachid al-Kenzy. Rachid lui promit qu'il l'aide-
rait de son mieux.

Il se mit à l'œuvre avec fébrilité. Il commença
aussitôt par explorer et classer cette collection
de documents. Il les divisa en textes légers, émou-
vants, amusants, romantiques, ou sans intérêt,
lesquels il mettait au feu. Il comptait jouer sur
chacun de ces sentiments au moment précis qui
serait le plus opportun pour pouvoir obtenir
l'effet optimum. Il travaillait comme un alchi-
miste, mesurant et calculant l'impact et le poids
des mots et des émotions. Une fois rassemblés,
ils allaient se former en un éventail de gammes,
comme sur un instrument de musique. Il allait
jouer de son cœur comme d'un luth.

Etait-ce là le fait du destin, ou un simple
hasard, mais toujours est-il qu'il se retrouva soudain en possession de moyens lui permettant
d'étancher la soif de connaissances qui s'était
emparée de lui depuis des années, c'est-à-dire
depuis dix ans, lorsqu'il avait dû quitter précipi-
tamment la vallée des Rêveurs. Sans qu'il ait pris
conscience de ce manque cruel, un grand vide
s'était installé en lui. Il se manifestait par une
souffrance, ou une fringale qu'il ne parvenait
pas à calmer, et par une brûlure qu'il ne pouvait
pas nommer.

Maintenant, il en avait le temps et les moyens.
Mais il avait aussi une élève récalcitrante, la
jeune épouse de Sidi Hazin. Tous les après-
midi, il s'installait avec elle dans le pavillon sur
la colline, et s'il faisait mauvais temps ils se
déplaçaient dans la grande salle de la maison
principale éclairée par des torches fumantes.
Mais, au-dessus de la grande maison, le pavillon
était un endroit bien aéré, où une brise légère
venait souffler dans les rideaux de coton blanc

qui empêchaient la lumière crue reflétée par une mer de bronze de les distraire. Il posait le livre ouvert sur le petit pupitre, s'asseyait par terre en tailleur et commençait à faire la lecture pendant qu'elle arpentait la pièce. Ce pavillon était un endroit propre à la contemplation et il ne comportait donc ni mobilier ni aménagements d'aucune sorte. Le sol de marbre était dans les tons olive veinés de noir. Il y avait un long divan et une grande amphore phénicienne. Hormis cela, des colonnes de bois peintes en blanc, des rideaux de coton, l'air et la mer, c'était tout. C'était un endroit où il faisait bon s'asseoir, et Rachid s'y sentait bien. Le plus étrange, c'était qu'on le payait pour faire ce qu'il aimait le plus : lire.

On lui avait demandé de faire la lecture à la jeune femme deux heures par jour, et il s'en acquittait. Le sablier à côté de lui, il lisait tout simplement ce qu'il avait choisi pour cette journée-là. Il ne prêtait aucune attention à la jeune femme, ce qui était préférable, car elle faisait tout ce qu'elle pouvait pour le distraire de sa tâche. Elle se promenait autour de lui, d'un pas lent, en virevoltant, ou même en dansant. Il était incroyablement, farouchement décidé à concentrer son esprit, à parcourir les lignes à un rythme régulier, à bien rendre les sons, les pensées et les mouvements de l'âme tels qu'ils étaient évoqués par les mots. Il s'interdisait de lever les yeux pour la regarder directement. Il entrait dans la salle, sa pile de livres sous le bras et les yeux rivés au sol. Il s'inclinait légèrement devant elle avant de prendre sa place au milieu de la pièce. Il retrouvait sa page et dès que le sable commençait à s'écouler dans le sablier il se mettait à lire. Pourtant, il n'était pas totalement indifférent à sa présence. Et même s'ils n'entraient que rarement en conversation, il savait qu'elle estimait que c'était pour lui une perte de temps, voire une corvée ennuyeuse (elle s'endormait parfois pendant qu'il lui faisait la lecture, et il se contentait alors de continuer au rythme léger de ses ronflements). Persuadé qu'il aurait outrepassé ses devoirs en la dérangeant, il se gardait bien d'interrompre son repos.

Toutefois, au bout de quelque temps, il eut l'impression qu'il parvenait à deviner ses humeurs, presque de façon instinctive, et il commença à sélectionner ses lectures en se fiant à ses propres intuitions. Il changea de méthode et apporta chaque jour un grand choix de textes pour être sûr de pouvoir répondre à tout ce que les humeurs de la dame exigeaient. S'il la sentait inquiète, comme c'était souvent le cas au début, il lui lisait par exemple des *qassidas* d'auteurs de *mu'allaqât* (Al-Qays, Tarafa, Al-Hârîth) car le rythme de leurs odes était apaisant. Quand il la sentait quelque peu somnolente, il puisait dans les poètes abbassides du IXe siècle, tels qu'Abû Nuwâs, car il avait le sentiment que leur style inhabituel la stimulait. Dans d'autres cas, il s'enfonçait tête baissée dans la fumée et les flammes du *Châhnâme*, "Le Livre des rois", et lui racontait les nobles batailles et les victoires du preux Rustum. Ou encore, il l'amusait avec les descriptions fleuries du monde que l'on trouve dans le chef-d'œuvre d'Al-Jâhiz, *Le Livre des animaux*.

Les mois passaient, et il s'aperçut qu'il avait de plus en plus envie d'explorer en profondeur cette collection d'écrits. Il pouvait agir à sa guise, car Sidi Hazin, comme tant de ses semblables pour qui richesse est synonyme de sagesse, accordait moins d'importance à la lecture ou à l'écriture qu'il n'aurait bien voulu le reconnaître. Tout compte fait, il n'était jamais qu'un marchand et ne valait ni plus ni moins qu'un homme en train de vendre des radis sur la place du marché. L'énorme collection de livres était empilée dans un entrepôt inutilisé à l'arrière de la maison. Le corridor longeant cet endroit grouillait d'insectes et de souris, et il aurait fallu peu de temps pour que ces bestioles ne parviennent à se frayer un passage entre les pierres du mur pour dévorer les livres et les précieux manuscrits.

Pendant un an, Rachid passa tout le temps dont il disposait dans la journée, et une bonne partie de ses nuits, assis à une petite table qu'il avait placée dans l'entrepôt, à lire des piles, des montagnes d'écrits qu'il avait trouvés là. Bientôt, la poésie ne fit plus partie de ses lectures personnelles, et il s'orienta alors vers ce qui l'intéressait le plus, les étoiles. Il commença par s'intéresser globalement aux sciences de l'Awail. Un fragment légèrement endommagé du manuscrit d'Ibn Khaldoun, le *Muqaddima*, lui servit de point de départ. Puis d'autres pages de cet ouvrage le menèrent vers les progrès accomplis en sciences et en mathématiques. Là, il trouva des références renvoyant à d'autres domaines qui retinrent son attention. Ce livre se trouvait au milieu d'une pile d'autres que l'on avait achetés à un homme demeurant en l'île de Rhodes, qui les tenait de son grand-père, l'un des derniers survivants des chevaliers de Saint-Jean, assez sage pour se convertir à l'islam soixante-dix ans plus tôt au moment où cette île, point stratégique important sur la route de la Méditerranée occidentale, avait succombé aux galères de Süleyman le Magnifique.

Les étoiles, l'astronomie : c'est avec passion qu'il s'enfonça vite dans les merveilles qu'elles lui offraient et dans le secret de leurs mouvements. Il trouva des ouvrages sur les *Planètes* de Ptolémée, sur Al-Bîrûnî, Ibn al-Haytham, ainsi que le *Catalogue des sciences* d'Al-Fârâbî et le *Traité des merveilleuses mécaniques* d'Al-Jazari qui le fascinèrent pendant des semaines entières.

Il était tellement absorbé par la peine qu'il se donnait pour parfaire une éducation qu'il avait dû interrompre quand il avait fui cette vallée, qu'on serait tenté de lui pardonner de n'avoir pas prêté attention aux changements qui se manifestaient dans l'esprit et le cœur de son unique auditrice de l'après-midi. A ce jour, ils avaient partagé un nombre considérable d'heures, avec de brefs moments étincelants et lumineux, faits de découvertes soudaines et d'éclats de rire imprévus. Imprévus, car ils venaient rompre l'animosité qui avait régné entre eux au début de cette collaboration qui leur avait été imposée. Et lorsqu'il se rendit compte que quelque chose n'allait plus, c'était beaucoup trop tard. A un certain moment, il s'était bien aperçu que son rythme de lecture subissait des transformations inexplicables. Des mots qui jusque-là étaient sortis en bon ordre de sa bouche experte, et à une vitesse qui convenait parfaitement, se bousculaient maintenant pour le faire trébucher. Ils refusaient de sortir au rythme qui aurait convenu, et, retenus dans la bouche, ils prenaient du retard, se télescopaient et s'emmêlaient. Il commença également à remarquer sa présence physique. Il s'était entraîné à y demeurer insensible en s'impliquant si profondément dans sa tâche qu'il aurait fallu un énorme tremblement de terre pour le faire vaciller, mais ce n'était plus le cas. Maintenant, la moindre chose le distrayait : des odeurs insolites, le chant d'un oiseau perché sur un arbre voisin, et au loin, dans les champs, le crissement des criquets.

Le temps passait et sa patience commençait à s'user. Il était mécontent de voir que ses efforts ne produisaient pas l'effet escompté. Il continuait à rassurer Hazin en disant au vieil homme qu'il pourrait bientôt récolter les fruits de son travail. La tristesse semblait s'être enracinée dans les yeux de Hazin, et au cours de cette année qu'il avait passée auprès de lui Rachid avait commencé à se prendre d'affection pour ce vieil imbécile grincheux. Plus il observait la jeune femme et son indifférence totale aux lectures qu'il avait choisies pour elle, plus il était persuadé qu'elle avait un cœur de pierre. Un jour, et c'était un jour comme un autre, il comprit qu'il ne savait plus comment s'y prendre. Il ne parvenait plus à décider quel texte il allait lire. Il regarda la pile de livres posée près du pupitre et prit la mesure de son désarroi. Il y avait là de grands poètes : Al-Mutanabbî, un intellectuel de haut vol, mais il se rendit compte qu'il était trop subtil. Abû al-'Atahiyah, trop morbide. Omar Khayam, complètement fou. Il fut pris d'un vertige et sentit que la jeune femme posait sur lui un regard circonspect. Le temps filait à toute allure et ces grands yeux, telles deux olives humides, le tenaient captif.

"Alors, monsieur l'érudit, quand allez-vous commencer ?"

Il soupira.

"Après tout, peut-être faut-il plus que des mots pour gagner un cœur ? fit-elle avec regret.

— Peut-être."

C'est tout ce qu'il put trouver à lui dire. Il fixait du regard les motifs géométriques du petit tapis sur lequel il était assis en tailleur. Chaque forme concentrique se refermait sur elle-même, et il n'était pas possible de sortir de ce laby-rinthe.

"Jamais aucun mot ne pourra me faire aimer ce vieillard. Pourquoi l'aimerais-je ? Dès qu'il a posé son regard sur moi, il a été conquis. Il est incapable de me faire le moindre mal. Alors, où est le charme ?

— Ainsi, j'ai échoué.

— Il vous a demandé d'avoir recours à des mots pour trouver le chemin de mon cœur. Quelle femme pourrait aimer un homme qui demande à un autre de faire le travail à sa place ?

— Un homme en plein désarroi."

Il ne leva pas les yeux. Il n'osa pas le faire.

"Vous croyez que je n'ai pas de cœur ?"

Rachid ne répondit rien. Elle lui prit la main.

"Mon cœur ne peut être conquis par une âme lointaine, mais par un homme de chair et de sang."

Elle posa la main de l'homme sur son sein et, à travers la finesse de la soie, il sentit la dou-ceur, le souffle léger et la rondeur de son âme. Il leva les yeux et rencontra son regard. Elle s'allongea sur le tapis devant lui.

"Viens", dit-elle en l'attirant vers elle, et, rele-vant le bord de sa robe par-dessus sa tête, elle se montra nue. Le vent faisait voler les rideaux et emporta toute sa raison. "Fais en sorte que son souhait se réalise, et donne-lui donc l'héri-tier dont il rêve."

Il s'allongea sur elle, et sous ses mains les courbes gracieuses de son corps coulaient comme l'eau tiède d'une rivière. De toute sa virilité, il pénétra entre ses cuisses, elle laissa échapper un cri étouffé et il sentit qu'elle lui offrait son corps. Ils se berçaient, ne faisaient plus qu'un, des prières sortaient par bribes de ses lèvres comme des gouttes d'eau de la bouche d'un homme qui se noie. Elle s'agitait comme si un démon la possédait ; les mains de Rachid étaient partout à la fois, sur ses épaules, elles couraient le long de son dos, entre ses jambes, cherchant son poids, sa taille. Il se mit à la chevaucher plus fort, mais chaque assaut était englouti par sa douceur. Le vent arracha un long voile de cotonnade qui s'accrocha un instant aux amants allongés sur le sol, puis il glissa et, prenant sa liberté, il s'envola au-dessus du paysage ponctué de rochers verts. En ouvrant les yeux, il vit cette banderole qui s'élevait dans les cieux, vers la mer scintillante.

Ils restèrent un moment dans les bras l'un de l'autre. Il préféra fermer ses yeux au monde.

"C'est fou !" haleta-t-il.

Elle rit.

"Je te l'ai dit : un bref instant entre mes jambes vaut mieux que mille ans de poésie !"

Il roula sur le dos, regardant les voilages gonflés du pavillon. Pendant un instant, ils sentirent toute leur complicité. Le temps qu'ils avaient passé ensemble était devenu si fort que plus rien ne pouvait les distraire.

"S'il n'y a pas la poésie pour tenir la folie en laisse, alors nous sommes tous perdus.

— Parfois, il faut embrasser la folie pour découvrir notre propre poésie."

Bien des années plus tard, il secouait la tête d'émerveillement en se souvenant du bonheur que pouvaient procurer des propos aussi frivoles. Il se souvenait de son regard perdu dans le lointain et, songeant à cette bande de tissu qui s'envolait au-dessus de la colline, il se disait que cette aventure amoureuse était d'une façon ou d'une autre profondément reliée à ce qu'il avait pu découvrir dans les mots et les rythmes d'innombrables *qassidas*, ces odes à l'amour. Elle avait la forme et les stries étranges d'un galet rejeté sur le rivage par l'océan immense. Elle était lourde comme son sein dans sa main. Et cet amour qu'il n'avait pas recherché était étrangement complet et lui laissait sa liberté. Il restait là, à genoux, sentant la douceur de ses cuisses frémir contre sa joue comme les plumes d'un petit oiseau, et il sentait qu'il y avait de fortes chances pour que ce soit le dernier bonheur qu'il aurait dans ce monde.

Une chose était sûre, c'est que du jour au lendemain l'ambiance dans la maison fut transformée. Hazin était aux anges. En une seule nuit, le caractère de sa femme avait été métamorphosé. Dès le lendemain, avant que les oiseaux n'aient eu le temps de se réveiller, il se précipita vers l'appartement de Rachid et fit irruption dans sa chambre. Rachid poussa un cri de frayeur et se mit à prier avec ardeur. Sidi Hazin l'embrassa chaleureusement.

"Dis-moi donc, qu'est-ce que tu lui as lu hier ?

— Omar Khayam, répondit-il en lui faisant un gros mensonge.

— Ah, soupira Hazin en faisant un clin d'œil, je m'en doutais ! Elle ne s'en souvenait pas, mais on ne peut pas tromper un vieux renard comme moi." Il ordonna à son esclave d'apporter vite un coffre de beaux vêtements. "Ta récompense. Un modeste gage de ma reconnaissance.

— Reconnaissance ?"

Le vieil homme s'assit à côté de Rachid et prit sa main dans les siennes.

"Je dois avouer que je commençais à douter fortement de toi, à imaginer que tu ne pourrais pas remporter une victoire." Il secoua lentement la tête. "L'homme est parfois bien sot et sans courage.

— Vous voulez dire que… que ?

— La nuit dernière, ma femme m'a attiré vers elle dans une étreinte comme je n'en ai jamais connu. Son corps était en feu. Elle ne me laissait aucun répit." Il secoua la tête d'étonnement. Ses yeux pétillaient. "Jamais, dans aucun de mes rêves, je n'avais imaginé que je pourrais vivre encore de tels transports. Au-delà de toutes mes espérances !" Il écarta les bras. "Regarde-moi, j'ai retrouvé ma jeunesse."

Rachid se mit à genoux et baissa la tête.

"J'en suis heureux pour vous, sidi. Puisque ma tâche est accomplie, je vous prie de me rendre ma liberté."

Sidi Hazin fronça les sourcils.

"Tu es un drôle d'oiseau !" Il parut réfléchir. "Comme je m'en doutais, tu es plus sage qu'il n'y paraît.

— Vous me faites bien de l'honneur.

— Pas du tout. Je crois que tu as bien des dons, mais tu as aussi un point faible.

— Lequel, sidi ?

— Tu n'es de nulle part. Voilà des mois que tu es à mon service, que dis-je, cela fait plus d'un an. Je pense que tu as beaucoup appris pendant ton séjour ici. Tu viens d'accomplir le miracle que j'attendais de toi." Sidi Hazin hésitait. "Tu me plais, Rachid al-Kenzy, mais je ne sais rien de tes sentiments. Tu te consacres entièrement à ton travail. Je ne sens aucune animosité de ta part, et pourtant j'ai toujours eu la certitude qu'à tout instant tu pourrais t'enfuir et disparaître dans le bleu du ciel sans crier gare."

Pendant un moment, tous deux gardèrent le silence.

"Pars avec ma bénédiction, Rachid al-Kenzy, et que Dieu te guide vers la récompense qui t'attend !"

Rachid, qui n'était pas tout à fait sûr de la sincérité de ces paroles, laissa échapper un cri de frayeur quand le vieil homme l'entoura de ses bras pour déposer un baiser sur ses deux joues.

"Tu m'as redonné la vie", s'écria-t-il.

Oui, pensa Rachid, pour sa part il aurait pu dire exactement la même chose, car il craignait encore que Sidi Hazin n'attende le moment opportun pour lui trancher la gorge. Etait-il protégé par quelque baraka particulière ? Il avait rendu un vieillard heureux dans les dernières années de sa vie en ce monde. Il avait été récompensé de ses efforts de bien des façons. Maintenant, il était assis au port sur un beau coffre de bois rempli d'or et de cadeaux, et il méditait sur le fait que, quels que soient les mystères des étoiles, ils n'étaient rien en comparaison de ceux qui étaient dans les replis sombres et incommensurables de l'âme humaine.

Rachid al-Kenzy entreprit un périple qui l'emmena à Alexandrie, puis au Caire et à Tripoli, pour aboutir à Alger. Ce matin lumineux lui tenait toujours compagnie. Dans la fraîcheur de la brise, voguant sur une mer couleur de cannelle où les vagues dessinaient des veines de marbre, tandis que les oliviers s'éloignaient à l'horizon, le bruit des voiles tendues éveillait dans son oreille un écho, celui de rideaux légers, celui des vêtements de soie d'une certaine femme.

XI

Une lune bouffie d'orgueil dévalait le ciel à l'instant même où ils s'engageaient dans son sillage, gerbe scintillante de particules argentées. Darius Reis, le pilote, un Franj, semblait fort compétent, aussi l'équipage faisait-il son éloge, à sa façon, sans l'exprimer, avec une prudence superstitieuse. C'est au-delà de la péninsule Ibérique que se situait le danger, là où les vents du sud sont dominants et peuvent entraîner un navire le long de la côte ouest de l'Afrique sur quarante lieues sans jamais se calmer. En conséquence, on mit le cap à l'ouest, où l'océan immense et sauvage dresse ses vagues comme des montagnes frémissantes et vertigineuses et où le navire, errant de-ci de-là, n'était plus qu'un petit os entre les mâchoires d'un chien furieux. Le navire était solide et cela valait mieux, car un bateau fragile comme la galère du capitaine Qouraishy se serait écrasé comme une mouche. Rachid, qui avait la nausée, gisait dans ce navire humide et froid et, à tout instant, il craignait pour sa vie, se disant qu'il fallait être fou pour s'être lancé dans pareille entreprise. Car aucun savoir ne méritait de pareilles souffrances.

On rapporte qu'Al-Ma'mûn, le septième calife de la dynastie des Abbassides, vit apparaître le Grec Aristote dans son sommeil. Ce rêve devait être atroce car le matin il se réveilla l'air hagard, et une terreur sans nom lui serrait le ventre. Fou d'angoisse, il laissa échapper un cri déchirant qui fit trembler toutes les portes de son palais. Sans plus tarder, il convoqua tous les vieux sages et les conseillers de Bagdad et leur ordonna de traduire sur-le-champ toutes les bribes de savoir qui pourraient leur tomber sous la main, et qu'elle qu'en fût la langue, grec, persan, sanskrit, chinois ou sogdien : tout et n'importe quoi, mais surtout, fit-il d'un doigt menaçant, tout ce qui avait été produit par les Grecs. C'est de cette façon que le savoir fit son entrée dans la langue du Prophète. Avant cela, les Arabes devaient se contenter de légendes et de religion. Le savoir ainsi révélé, les sciences de l'Awail, pratiquement, tout cela leur était inconnu. "Allez chercher la connaissance partout où elle se trouve, même en Chine !", peut-on lire dans le Livre des livres. C'est ainsi que les œuvres d'Aristote, de Platon, de Socrate et de Ptolémée firent leur apparition et transmirent leurs lumières qui furent mises en valeur par des hommes qui s'y consacrèrent de tout leur zèle. Et voilà comment le message des grands penseurs de l'âge d'or est parvenu jusqu'à nous. Rachid al-Kenzy a toujours rêvé de se hisser à ce summum de savoir. Il a adopté le nom de son peuple, les Kunouz, en espérant qu'eux aussi ils prendraient leur place dans l'histoire afin qu'on puisse parler d'eux, au lieu de passer inaperçus et de n'être jamais cités. "Quelle vanité !" se dit-il en ravalant une fois de plus une gorgée de bile amère. Il est couché dans le ventre de ce navire vert comme une figue pas mûre, il tend l'oreille, il entend la charpente qui craque, il ne sent plus que l'odeur du goudron et du vomi.

Les Grecs tiraient leur savoir des anciens Egyptiens qui avaient rattaché la Terre aux étoiles au sein d'un système complexe qui les fascinait et les obsédait. Ils adoraient des idoles : le chat, le chacal, le poisson et Sobek, le crocodile. Ils sacrifiaient des enfants aux esprits de la rivière. Oui, le savoir qu'il avait accumulé allait le rendre célèbre auprès de quelques-unes des grandes académies de ce monde. Mais, pour l'instant, il est seul. Le défi de toute une vie l'attend. Est-ce que ce voyage était véritablement inscrit dans le livre de son destin ? Peut-être commence-t-il à douter de la voie qu'il a choisie. Ou alors aurait-il commencé à douter de Dieu ?

Ils ont laissé derrière eux les rues de Cadix, ses perpendiculaires raides comme le tracé d'une carte, et ses *plazas* toutes plates. Le savoir qui est le leur n'est ici d'aucune utilité car c'est de plein gré (même s'ils l'ont fait en toute innocence) qu'ils ont pénétré dans leur propre Océan d'Ignorance. Le passé s'estompe rapidement. Et ils se retrouvent suspendus aux confins de cet horizon sombre qui s'appelle la découverte. Rien n'est plus évident que ces vides d'obsidienne nichés entre les étoiles qui gravitent au-dessus des marins, ils se battent afin de dompter les djinns qui viennent jouer dans la toile de leurs voiles et s'acharnent sur eux pour les détruire.

Rachid craint pour sa vie, mais voici que la nuit s'achève, et les vivants connaissent alors la délivrance du matin.

Le bosco a peur des infidèles. Ce soupçon n'est pas fondé, il provient de la fièvre qui s'est emparée de lui dès qu'ils eurent mis le cap sur l'Atlantique. Dans son délire, il lance des appels, persuadé que les fantômes d'anciens matelots, de parents, d'enfants décédés et de capitaines assassinés sont également à bord de ce navire, et qu'ils ne cherchent qu'à déceler tout ce que son cœur peut avoir d'impur. "Moi, je suis un homme de la mer, gémit-il. L'océan, je ne sais pas ce que c'est." Dès l'instant où ils ont fait route à l'ouest, il a perdu tout espoir.

Quand il comprit que le bosco ne souffrait pas que du mal de mer, Rachid sentit monter en lui une nouvelle crainte. Tous les marins sont superstitieux comme des vieilles femmes, et ils se méfient de tout passager car leur organisme pourrait bien vous communiquer sa maladie ou sa folie. Rachid savait que dès que l'équipage apprendrait que l'un d'entre eux était malade ils n'hésiteraient pas à le donner en pâture aux poissons. Pourtant, il ne pouvait rien y faire, même si la puanteur qui régnait dans l'espace étroit qu'ils étaient obligés de partager avait de quoi vous inciter au meurtre. Il se contenta de lui resserrer sa ceinture, et, tandis qu'ils remontaient péniblement les flots glacés et traîtres de la côte portugaise, il le soigna du mieux qu'il put.

La lumière est grise, l'air étrangement froid et humide. Ils dérivent lentement vers les côtes de la France et de la Manche. Rien ne bouge, et rien n'indique si ces régions sont habitées. Un autre jour passe, et le vent faiblit encore. Un brouillard épais étend sur eux ses bras poisseux. Les matelots n'aiment pas cette étreinte, et ils discutent entre eux à voix basse, comme s'ils craignaient d'être entendus. Ils n'ont pas envie de déranger les démons de la mer, au cas où ils sommeilleraient.

Dans ses instants de lucidité, lorsque sa fièvre baissait, le bosco déroulait le fil apparemment interminable de ce qu'il savait sur ce pilote, Darius Reis, lequel, semblait-il, n'avait pas la réputation d'être un cœur tendre. A l'époque où il était pirate, il avait eu l'honneur, tenez-vous bien, de rencontrer la reine d'Angleterre. Il n'avait de fidélité qu'envers l'argent. Lorsque Philippe II expédia son Armada contre les Anglais, Darius Reis était un espion pour qui on avait le plus grand respect. Il ne cessait de changer de camp, et en de nombreuses occasions il échappa de peu à la mort, mais il en profita pour accumuler une petite fortune. Il avait été engendré, c'est ce que l'on disait, par un matelot turc qui avait survécu au massacre de Lépante, en 1571, quand les Vénitiens avaient détruit la flotte du sultan. Un navire anglais récupéra le marin turc alors qu'il s'accrochait à un morceau d'épave, et, en guise de remerciement, celui-ci séduisit la jeune épouse du capitaine. Dans cette vie rude et pleine de turbulences, la mer représentait le seul élément stable. On disait aussi qu'un jour, après s'être querellé avec un Français, il avait écorché ce pauvre homme à vif et avait, en guise d'avertissement, cloué sa peau au grand mât. Rachid estima qu'il avait intérêt à éviter tout contact superflu avec leur pilote.

Le brouillard se leva, et ils commencèrent à traverser les latitudes comme s'il s'agissait des anneaux polis de l'immense sphère armillaire de cuivre d'Ibn Yûnus, assez vaste, à ce que l'on disait, pour qu'un escadron de cavalerie puisse passer au travers. Au-dessus de leur tête, les couchers de soleil se succédaient et on aurait dit qu'ils passaient sous des cercles étincelants de métal. Tous ces passagers naviguaient à l'aveuglette, sans savoir ce qui les attendait à la sortie de cet étrange labyrinthe. Rachid scrutait l'horizon, cherchant en vain à voir Sirius, l'étoile du Grand Chien. Au fil des jours, tandis que chaque mille les entraînait vers le nord, des étoiles qui lui étaient si familières devenaient de plus en plus faibles, plus lointaines.

L'état du bosco empirait. Son thorax était rempli de pus et de sang, et en quelques jours il était devenu gris, squelettique, pareil à un paquet d'arêtes bouillies. Il n'avait plus la force de porter une tasse à ses lèvres.

Un vrai tombeau.

Dans cette cabine froide et luisante d'humidité, Rachid s'agenouille à côté de lui, lui prend la tête entre ses mains pour que sa bouche puisse atteindre la tasse. L'eau s'échappe de la commissure de ses lèvres et se répand sur le plastron souillé de sa chemise. Il postillonne, comme un homme qui jaillit de l'abîme et ses yeux révulsés vont de droite à gauche de façon alarmante.

"Il faut faire demi-tour", dit Rachid dans un murmure. Il n'a pas le courage de finir sa phrase, et c'est de sa propre peur qu'il parle.

Pendant un instant, le bosco reprit conscience. Il se redressa, lança en travers de la pièce un crachat qui vint s'écraser sur le mur en une lente traînée. Il esquissa un vague sourire, faisant craquer ce masque couleur de cendre qui était le sien depuis plusieurs jours.

"Si je m'en vais, je t'emmènerai avec moi, l'esclave !"

Ses dents s'étaient déchaussées et ses gencives saignaient. Le pus, dans ses poumons, s'était transformé en haine.

"Si Dieu en Sa sagesse a décidé que mon temps est venu, alors, je suis prêt à partir."

Le bosco rit d'une voix rauque.

"Tu vois, l'esclave, Dieu est resté derrière nous, avec le capitaine. Et maintenant, nous sommes entre les mains des infidèles.

— Ce pilote s'y connaît, et je pense que c'est un brave homme."

Le bosco frissonna, puis il éternua à la façon d'un chat, ce qui donna à son visage une expression embarrassée.

"C'est un *mouthadin*, non ?"

Oui, fit Rachid d'un signe de tête, car lui aussi il avait entendu dire que Darius Reis avait renoncé à l'ignorance des chrétiens pour embrasser la vraie foi. Mais les marins étaient connus pour leur art de changer de camp, ou de foi, au gré de leurs intérêts.

"Nous avançons toujours et il ne faut pas que le temps te fasse perdre courage." Et il affirma au bosco qu'une fois à terre il se rétablirait très vite.

Le bosco secoue la tête : "La mer va venir me prendre."

Effectivement, la houle se creuse, elle monte des profondeurs pour les bercer doucement. Rachid se souvint alors du problème de la providence, tel qu'il apparaît dans les débats des anciens astrologues. Ibn Sinâ avait avancé que tout était inscrit dans les étoiles, et que par conséquent on ne pouvait aucunement infléchir son destin par l'action. En ce cas, à quoi bon prédire l'avenir ? Nâser al-Dîn Tûsî lui avait répondu par une histoire : "Si on laisse tomber une grosse pierre d'une grande hauteur, seul l'homme qui en a été prévenu n'aura rien à craindre."

Il lui manquait un signe, une indication quelconque quant à l'issue de ce voyage, lui permettant de savoir s'il devait le poursuivre. Il écoutait la respiration du malade et, au-dessus de lui, le bois de la coque qui craquait. S'il avait su qu'il allait se retrouver allongé dans la coque humide et puante d'un navire, avec cette peur bleue qui lui glaçait le sang, en train de soigner un mourant, est-ce que pour autant il aurait pu l'éviter ? Pas de réponses. Rien, rien que ces vagues qui s'élevaient et descendaient, et les relents d'un navire en train de pourrir. Le froid lui pénétrait les os comme une fièvre qui aurait envahi son âme.

La nuit est claire, Rachid est monté sur le pont, il observe le ciel, essayant tout à coup de comprendre ce qui s'y passe. Comme d'habitude, cela lui fait chaud au cœur. Ces faibles éclats de lumière sont sa seule famille. Il repère le Sagittaire et Cassiopée. Quand il était petit, il pouvait passer des heures éveillé sur son lit, à côté de la cuisine, pour tenter de percer ce mystère. Plus tard, il apprit les figures écrites dans le *Zij* d'Abdelrahman al-Soufi, un maître persan. Jour après jour, il apprit à lire ces lignes, à mesurer les intervalles : ceux du doigt, de la paume, d'une longueur de lance. L'intervalle entre celle-ci, la main, puis entre la main et le doigt, et puis ce noir... ses doigts étaient couverts d'encre, laquelle, en pénétrant dans sa peau, lui passait dans le sang.

Le Scorpion est formé, à l'intérieur, de vingt et une étoiles, et de trois à l'extérieur. La huitième, c'est l'étoile rouge dont l'éclat est du second degré et suit la septième : ensemble, elles constituent ce qui est représenté sur l'astrolabe par le cœur du Scorpion, Galb al'Agrab, et c'est là la dix-huitième maison de la lune. Derrière se trouve Al-Kous, la constellation de l'arc du Sagittaire. Les lignes du ciel sont inscrites dans son cœur avec plus de clarté que celles de sa vie.

Cet instrument d'optique hollandais n'a aucune réalité. Il ne parvient pas à justifier un tel sacrifice, une telle dépense. Il aimerait bien croire qu'il fait tout cela au nom de la science, mais il sait bien que ce n'est pas vrai. Est-ce par amour de l'aventure ? Mais il n'a que faire d'un pareil défi. Considérer que c'était inéluctable est un argument de peu de poids. Il avait assez de ressources en lui et, s'il l'avait voulu, il aurait pu trouver une issue. Il aurait pu disparaître dans les rues de Cadix, n'est-ce pas ? Mais non, il est guidé par la flèche du destin. Les paroles, les intervalles, les contraintes, tout cela est inscrit dans son destin comme ces capillaires de diamant qui parcourent le ciel. Les étoiles n'illuminent qu'une partie des cieux, et leur éclat nous éblouit encore alors que la clef du problème est enfouie dans l'obscurité, dans les espaces sombres qui les séparent. Rachid se demande qu'est-ce qu'il peut bien y avoir là pour qu'on veuille le cacher à nos regards ? Qu'est-ce qu'il y avait dans sa personnalité qui ait pu persuader le cadi qu'on devait lui confier cette tâche, et qu'il l'exécuterait ? C'est peut-être là que se trouve la réponse à sa question.

On ne peut plus distinguer le jour de la nuit. Les voiles pendent, flasques, et tandis qu'ils s'avancent ce brouillard anglais les étouffe. Un navire qui patrouille dans la Manche passe près d'eux sans les voir, com me un fantôme, avec son faible fanal. A l'arrière de la quille du navire, le fer à cheval de la lune se retrouve pris en remorque.

Le bosco est en train de mourir. Il est étendu sur les planches gémissantes du pont par où sa vie s'échappe, pendant que Rachid, agenouillé dans un coin, récite les versets sacrés. Il redoute d'être seul, aussi prie-t-il pour un homme qui n'aurait pas hésité à lui trancher la gorge s'il l'avait pu. Et comme il se penche en avant, une main jaillit de l'obscurité et le serre férocement à la gorge.

"Tu partiras avec moi, l'esclave !" grogne le bosco en train d'agoniser. A l'intérieur de ce compartiment étroit, les deux hommes se battaient. Rachid fut stupéfait de voir la vigueur de son adversaire. Il saisit la main qui le serrait à la gorge et se débattit pour s'en libérer, et se sentit pris de panique : il haletait, l'air lui manquait. Comme un fou, il le frappait de ses bras et lui donnait des coups de pied. En un ultime effort, il se rejeta en arrière, et en rampant dans le noir il se glissa vers la porte. Parvenu là, il resta allongé, cherchant à reprendre souffle.

Le navire se recouvre peu à peu d'algues et d'une croûte verdâtre, et tandis que l'on dérive chaque jour qui passe, chaque fraction de latitude qu'on laisse derrière un sillage extravagant rend l'équipage plus agressif. Ils se tiennent accroupis dans la cale avant, au milieu des sacs de farine, en écoutant les rats en train d'aiguiser leurs dents. Rachid sent l'odeur de cette agressivité. Elle s'accroche à leurs vêtements, se fixe au coin de l'œil, sous leurs ongles cassés, comme une infection. Cette maladie se répand tandis que l'eau devient plus froide et que le nord silencieux se rapproche d'eux. On dirait qu'ils anticipent sur ce qui les attend : il leur faudra se diviser, prendre parti, faire des choix.

Et pendant que le climat à bord se détériorait, il devint évident que le pilote était tout à fait capable de commettre un meurtre. On pouvait entendre sa voix qui pestait et tempêtait, s'abattait sur l'équipage pour l'abreuver d'insultes. Rachid comprit qu'ils ne tenaient plus le cap. Ce pilote n'avait pas la moindre idée de l'endroit où ils se trouvaient. On avait le sentiment que Darius Reis s'apprêtait à jeter les membres de l'équipage par-dessus bord, l'un après l'autre, pour se défaire de leur hargne lorsque là-bas, dans l'obscurité, quelqu'un aperçut une lumière.

XII

Le téléphone cessa de sonner. Hassan resta là un instant, dans la pièce du bas, affalé sur son bureau, se demandant qu'est-ce qui avait bien pu le réveiller. Dans la maison, toutes les lumières étaient allumées ; dehors, il faisait nuit, une nuit sombre et gluante comme du mazout. On ne pouvait rien voir à travers la fenêtre qui lui faisait face. Aucun son ne provenait du monde extérieur. Le bourdonnement de l'auto-route, que l'on pouvait parfois entendre dans le lointain, s'était tu. Une feuille de papier s'était collée sur le côté de son visage. Lorsqu'il se redressa, elle tomba. Pendant un instant il regarda le téléphone en se demandant qui avait bien pu l'appeler à pareille heure.

Le contact de l'eau froide le fit sursauter. Il ferma le robinet et, à l'aveuglette, il chercha une serviette. Et comme il se séchait les cheveux, des gouttes d'eau tombèrent sur ses souliers. Il revint à sa table, et repoussa sur le côté une masse de papiers et de dossiers qui l'encom-braient. S'emparant d'une feuille de papier vierge et d'un crayon, il se mit à prendre des notes sur ce qu'il avait appris jusque-là.

Tout d'abord, ce coffre : un boîtier de cuivre de 42 centimètres par 23 centimètres, et d'une profondeur de 11,8 centimètres. On avait gravé dessus le nom de l'artisan qui l'avait confectionné, Fateh Abdoullah Ibn al-Kashi, ainsi que le lieu et la date de fabrication, en l'an 970 de l'hégire, à Damas.

Le nom de l'artisan : Al-Kashi. Hassan s'était demandé si cet artisan était un parent de Jashmid Ibn Mad'ud al-Kashi qui avait composé au XVe siècle un chef-d'œuvre d'arithmétique arabe, ou alors pouvait-il s'agir d'une allusion à la ville de Kâshân, en Perse ? Il calcula que l'année 970 de l'hégire correspondait à 1562. Cette pièce représentait donc quelque chose d'assez nouveau, étant donné la date tardive de cette inscription. Sur la face intérieure de cet instrument en cuivre, on pouvait lire une dédicace, plus tardive, car elle datait de 1595. Cet instrument était un cadeau offert par un certain Sidi Ahmed Hazin de Chypre à "son humble et très dévoué serviteur, Rachid al-Kenzy".

Le problème est donc de savoir, se dit Hassan en repoussant son crayon, si l'instrument était demeuré entre les mains de cet Al-Kenzy, et si c'était bien lui qui l'avait apporté dans le Nord.

Hassan sentit qu'à nouveau ses paupières étaient gonflées de sommeil et que cette fois-ci une douche froide ne suffirait pas à le ranimer. Il éteignit les lumières et monta se coucher.

Le lendemain matin, il se réveilla tôt, prit une douche, se rasa, après quoi il alla faire une petite promenade jusqu'à la boutique du coin pour s'acheter de quoi se faire un petit déjeuner. Lorsqu'il entra, un fermier se tenait devant le comptoir, il achetait du tabac pour sa pipe. Le grand garçon leva les yeux et lui fit un signe de la main.

"Bonjour."

Pendant les deux semaines qu'il venait de passer dans ce village, Hassan s'était pris d'une sorte d'amitié pour ce garçon efflanqué qui se tenait derrière le comptoir. Il était curieux de tout, de tout ce qui se passait en dehors de son village, et comme ce garçon s'apprêtait à quitter le village Hassan estimait que cela expliquait sa curiosité.

Quant au fermier, il avait décidé que, pour lui, rien ne pressait. Aussi resta-t-il au comptoir, prenant tout son temps pour ouvrir son paquet de tabac. Le garçon comptait la monnaie. Hassan prit une miche de pain, un litre de lait et deux ou trois pommes. Le fermier bourrait sa pipe de ses gros doigts couverts de boue. Il parlait, il racontait une longue histoire où il était question d'un tracteur et d'une vache laitière qui ne voulait rien entendre. Hassan avait du mal à le comprendre, à cause de son fort accent et, de façon assez bizarre, il sentit que cet homme s'attendait à ce qu'il se rapproche du comptoir. Arrivé là, il put lire les titres d'une pile de quotidiens qui y était déposée. "Au revoir, et bon débarras !" A côté de lui, maintenant le fermier tripotait des alumettes et tirait sur sa pipe. Le garçon avait les yeux fixés sur la caisse et additionnait les articles. Un cliché à la une du journal représentait un Gambien qui avait été arrêté à Copenhague pour trafic de drogue et qui devait quitter le pays. Hassan connaissait bien cette histoire. Il aurait fallu être vraiment sourd, aveugle ou stupide pour ne pas en avoir entendu parler. Cette nouvelle qui, il y a quelque temps encore, aurait été accueillie dans la consternation et avec des protestations avait maintenant droit aux applaudissements du public, et, à n'en pas douter, les journalistes allaient dire qu'ils ne faisaient que répercuter ce que tout le monde pensait dans le pays, et peut-être avaient-ils raison. Le garçon avait fini d'enregistrer les articles et après une brève hésitation il s'empara d'un sac et commença à les y mettre. Hassan tendit la main et prit un exemplaire du journal.

"Vous l'ajouterez", fit-il en le désignant d'un signe de la tête. Le garçon eut un haussement d'épaules, et, enfonçant une touche, il l'enregistra sur la caisse pendant que Hassan sortait son portefeuille. Le fermier chaussé de bottes crottées de boue prit la direction de la porte en gloussant, et en émettant un gros nuage de fumée, en dépit de panneaux indiquant "Il est interdit de fumer".

Après son départ, le garçon semblait plus à l'aise. Il relâcha ses épaules et, d'un geste, il repoussa une mèche.

"Ah, ce vieux Viggo, vraiment, c'est un personnage ! Il passe sa journée à se balader partout, à se plaindre qu'il n'a pas le temps, qu'il est débordé…"

Hassan haussa les épaules.

"J'imagine qu'il ne doit pas avoir beaucoup d'occasions pour discuter avec ses vaches."

Le garçon fit un signe de la tête, avec une expression qui aurait tout aussi bien pu exprimer l'assentiment que le doute.

La campagne, se dit Hassan, c'est très bien, mais à vrai dire ce milieu rural le mettait mal à l'aise. C'était un homme de la ville. Il pouvait se retrouver n'importe où dans le monde, du moment qu'il était dans une ville, avec la multiplicité de ses races, de ses langues et de ses croyances, il se sentait plus chez lui que dans un lieu comme celui-là. C'était trop calme, et on lui accordait trop d'importance. Il était planté là, et, comme on dit, il faisait tache. En fait, comme tout le monde, il avait des préjugés et, secrètement, il le savait. Pour lui, un village, cela voulait dire des problèmes de consanguinité, un isolement social, mental, avec un côté arriéré.

"Alors, vous avez pu apprendre quelque chose sur cette église ?"

Hassan mit la monnaie dans son portefeuille et leva les yeux.

"Moyen Age, XIIIe siècle, l'époque où l'on utilisait ces gros blocs de pierre carrés. En tout cas, avant la Réforme puritaine.

— Ah oui, vraiment ? Ça a l'air très intéressant, ce que vous faites."

Hassan glissa son paquet sous le bras.

"Je passe la majeure partie de mon temps enfermé dans des bibliothèques, ce qui n'est pas si excitant que ça."

Il pensa qu'il valait mieux ne pas demander à ce garçon où et comment il avait pu s'informer sur ce qu'il faisait ici.

"En ce moment, vous vous intéressez aux pierres qui sont au-dessus du lac, non ?

— Le muséum m'a demandé d'examiner quelques-uns des objets qu'on a trouvés ici, c'est là-dessus que je travaille.

— C'est bien à Copenhague que vous vivez, non ? Ça doit être formidable !

— Oui", répondit Hassan qui ne savait pas si un mot comme formidable convenait pour décrire ce lieu où il vivait.

Il attendit, mais le garçon ne disait plus rien. Pendant un instant, tous deux restèrent silencieux. Tout à coup, Hassan n'eut plus envie de lui déballer son existence. Cette nécessité permanente de décrire ou d'expliquer finissait par lui peser. Vite, il lui dit au revoir et s'en alla.

Il se dirigea en voiture vers le centre ville pour passer une journée de plus aux archives municipales. C'était une ville quelconque, et avec sa banlieue industrielle et ses bureaux elle faisait plutôt penser à un gros village. Jadis, à l'époque de la Réforme, elle avait été un centre actif, avec un marché urbain très prospère. Au début du XVIIᵉ siècle, sa population avoisinait les deux ou trois mille habitants. Hassan savait peu de chose sur la période récente. Comme beaucoup d'autres endroits, il devina qu'avec la modernisation elle avait dû être banalisée et transformée en une série de carrefours routiers, de fast-foods et de stations-service.

Le responsable des archives était un homme plein d'énergie qui, en dépit de son embonpoint, se déplaçait avec une rapidité surprenante.

"Une idée m'est venue", annonça-t-il au moment où Hassan franchissait la porte.

Il fit signe à Hassan de ne pas bouger tandis qu'il disparaissait sans bruit au fond d'un long couloir tapissé de grandes étagères. Comme il s'appuyait au comptoir en bois, Hassan se souvint de sa première visite à ce bureau. On l'avait fait attendre, ce qui indique en général que l'on n'a pas envie de coopérer. Mais quelque chose avait changé, sans qu'il pût dire pourquoi. C'était sans doute parce qu'il se pointait là tous les jours, avec à chaque fois une nouvelle demande, qu'à la fin, au comble de l'exaspération, ce gros homme avait jeté son crayon sur la table en disant :

"Finalement, vous ne savez pas ce que vous cherchez !

— Comment ça ?

— Ecoutez, fit le gros homme en croisant les bras. Est-ce que vous verriez un inconvénient à ce que je vous dise ce que j'en pense ?

— Pas du tout !

— Mon expérience me dit que le secret n'arrange rien.

— Excusez-moi, mais je ne vous suis pas.

— Vous débarquez là, vous me demandez tel ou tel document, ou tel dossier. Je vais le chercher. Vous passez toute la journée à l'examiner. En vain. Alors, vous arrivez avec une nouvelle idée. Et vous revenez en me demandant encore autre chose."

Hassan était dans l'embarras.

"Tout ce que je veux vous dire, c'est que si vous me racontez votre histoire, alors, je pourrai me faire une idée plus juste de ce qu'il vous faut." L'homme fit un geste en direction des étagères qui étaient derrière lui. "Ça fait maintenant près de vingt-deux ans que je travaille ici, dit-il. Je peux vous trouver tout ce que vous voulez, mais encore faudrait-il que je sois pleinement informé !"

Hassan se demandait si tout cela correspondait à des méthodes de travail en zone rurale, ou si c'était parce qu'il était tombé sur un type qui sortait vraiment de l'ordinaire. De toute façon, dans la semaine qui suivit et les autres, chaque fois qu'il se pointait, une petite collection de documents l'attendait.

La porte située à sa gauche s'ouvrit, et le gros homme réapparut. Il posa un coffret sur le comptoir. Il avait l'air grave, il prenait son travail très au sérieux.

"En principe, nous ne sommes pas censés être en possession de ces documents. Ils nous ont été communiqués il y a trois ans par la Bibliothèque royale de Copenhague pour un autre chercheur. On ne les a jamais réexpédiés. Et quelqu'un les a mal classés dans le fichier."

En entendant cet aveu, Hassan ne put s'empêcher de manifester un léger étonnement. L'homme fixa le plancher des yeux et se gratta l'oreille gauche.

"A cette époque, j'étais en vacances. Et c'est mon remplaçant qui les a enregistrés." Il se mordit la lèvre. "Maintenant, il va falloir que je leur présente des excuses et que je les réexpédie.

— Est-ce que je pourrais y jeter un coup d'œil, avant que vous ne fassiez tout cela ?

— Certainement, fit le gros homme en reprenant courage. C'est pour ça que je les ai apportés. C'est juste ce qu'il vous faut. Ça parle de sa famille.

— La famille de qui ?

— Celle de Heinesen, bien sûr."

L'homme disparut dans ses archives, et Hassan s'installa à la grande table qui était au centre de la pièce.

Verner Heinesen.

Hassan se frotte les yeux et se lève. Il se fait tard, il a le cou raide, et cette pièce est froide. Il étire les bras et en prenant son temps il fait un tri parmi les pages qui sont répandues sur la table de la salle à manger. Vraiment, il lui faudrait davantage de place. C'est à peine s'il a assez d'espace pour tout cela. Des piles d'ouvrages de référence empruntés à la bibliothèque municipale sont disposées sur tout le plancher. La chemise ouverte devant lui contient toutes les informations qu'il a pu glaner sur un certain Verner Heinesen, personnage bizarre à tous points de vue. Un fax transmis par Copenhague vient combler quelques lacunes. Fils d'un noble, il était né dans la capitale en 1577. A cette époque-là, on attribuait aux gens un titre de noblesse pour n'importe quel motif, mais en général pour avoir fait rentrer de l'argent dans les caisses du roi. Quoi qu'il en soit, en 1594, à l'âge de dix-sept ans, on expédia le jeune Heinesen faire ses études dans l'île de Hveen, où résidait le plus grand astronome de son époque, Tycho Brahé.

Hassan appuya sur la touche *"Enter"* de son ordinateur, et au bout de quelques secondes un bourdonnement lui indiqua qu'il était à nouveau prêt à fonctionner.

La contribution la plus importante de Tycho Brahé était la Stella Nova, une étude portant sur une nouvelle étoile dans la constellation de Cassiopée et sur son système planétaire, ce qu'on appelle le modèle tychonnique, où il faisait un compromis entre l'antique représentation du monde selon Ptolémée, pour qui l'univers tournait autour de la Terre, et la théorie héliocentrique de Copernic. La Terre, dans ce modèle de Tycho Brahé, ne tournait pas, mais restait fixée au centre. Les planètes tournaient autour du Soleil, lequel tournait autour de la Terre.

Quand Heinesen arriva sur cette île en 1594 pour y effectuer son apprentissage, Brahé venait de mettre la dernière main à son traité de huit cents pages, le *Progymnasmata*. Il ne lui restait qu'à en terminer quelques passages. En 1597, il avait passé six mois à rédiger l'introduction et la conclusion. Mais il entendait ne pas s'arrêter là. Il projetait de rédiger une défense du calendrier grégorien qui ne fut finalement adopté que cent ans plus tard. Cette époque ne brillait pas particulièrement par ses inventions. Heinesen avait été retenu par égard pour sa mère qui était une

parente lointaine de Brahé. Un point, c'est tout.
Heinesen avait une sœur à laquelle il était très
attaché. Elle vivait avec lui à la ferme. Confor-
mément aux usages de son temps, Heinesen
avait passé un certain nombre d'années à l'étranger pour parfaire son éducation. Où, exactement ? Il n'était pas facile de le dire : quelques
années à Vienne, à Paris et aussi à Madrid, mais
il est probable qu'il avait également passé quelque temps à voyager à travers l'Europe et peut-
être au-delà.

Hassan se leva, et pendant un moment il fit
les cent pas. Ses connaissances en astronomie, il
en avait conscience, n'étaient pas à la hauteur
de sa tâche. Il lui avait fallu une semaine pour
rassembler tous ces éléments. Il remit du bois
dans le poêle. Il était fatigué, et tout cela n'avait
plus grand sens. Pourquoi un homme comme
lui avait-il quitté la capitale pour venir s'enterrer
dans ce coin perdu ? A cette époque-là, le
Jutland était un monde à part.

En fait, la vraie question était celle de cet instrument dans son coffret : comment avait-il pu
se retrouver là ? Il s'assit par terre en croisant les
jambes et, une fois de plus, il le regarda. Ce
n'était pas un astrolabe, mais un instrument de
géographe dont on se servait alors pour s'orienter au moment de la prière. Les voyageurs l'utili-
saient pour trouver la direction de La Mecque. Il
souleva le couvercle. Sur le dessus, il y avait
une carte du monde, un monde en réduction,
aplati et déformé. L'océan Indien y devenait
un lac fermé. En dépit de cela, on pouvait constater que, à l'évidence, les géographes de l'islam avaient une connaissance étendue de ce
monde. Un tel instrument montrait bien la facilité avec laquelle ils se déplaçaient depuis des

siècles. Sur le côté inférieur, on avait gravé sur une plaque de cuivre une liste des noms de toutes les grandes villes du monde : Paris, Vienne, Kirghiz, Le Caire, Istanbul, Avignon, Chirâz, Kaboul.

S'il s'était agi d'un astrolabe, il aurait pu imaginer que Heinesen se l'était procuré à l'occasion de l'un de ses voyages en Europe du Sud. On savait que de tels instruments, dont beaucoup à cette époque faisaient déjà figure de reliques, étaient alors en circulation. Mais celui-ci, d'un type très particulier, ne pouvait pas être d'une grande utilité, en termes proprement scientifiques, pour quelqu'un qui n'était pas pratiquant. Alors, un objet de curiosité, qui était si important à titre personnel, qu'on l'avait enterré à côté de ce mort ? Ou s'agissait-il d'un cadeau transmis en guise de remerciement, par gratitude, mais à quel propos ?

Dans la documentation qu'il avait recueillie ce matin aux archives, il y avait une lettre de plaintes adressée au roi. Portant la date d'avril 1611, cette plainte émanait d'un pasteur, un certain Hans Rusk, et portait sur un prétendu cas de sorcellerie et d'un incendie qui, à l'automne précédent, avait détruit la cathédrale. La famille de Heinesen y était impliquée, avec disait-on l'aide de puissances démoniaques de la part d'un homme étranger à la région, et dénommé "Le Turc Trompeur". S'agissait-il d'une allusion au propriétaire de cet instrument, Rachid al-Kenzy ? Etait-ce là une preuve de sa présence à ce moment-là ? Dans la correspondance privée d'un riche marchand de la région, dénommé Koppel, on en trouvait une autre version. Une fois de plus, celle-ci était incomplète, mais il y était question de la tragédie qui s'était abattue sur le neveu et la nièce de "Heinesen, notre cher disparu", ce qui pouvait constituer une allusion à l'oncle de Verner Heinesen.

Il était clair qu'on ne savait pas grand-chose sur la présence de cet étranger dans le secteur. Comment avait-il pu se retrouver ici, et pour quelles raisons ? Rachid al-Kenzy n'était pas un nom turc, mais au XVIIe siècle, il était courant qu'on attribue le nom de "Turc" à n'importe quel musulman. Aux yeux de l'Europe chrétienne, l'Empire ottoman représentait le plus grand des dangers, jusqu'à ce que l'Occident et l'Orient finissent par en découdre à l'extérieur des portes de Vienne, en 1683.

A vrai dire, l'enquête menée par Hassan commençait maintenant à se dérouler en dehors de toute logique. On allait répertorier le coffret de cuivre avec indication de la date, du lieu de provenance, etc. Mais ce qui l'intriguait beaucoup, c'était tout ce que l'on ne pouvait pas démontrer de façon scientifique. Ces zones sombres au milieu de certitudes. Ce Rachid al-Kenzy, qui était-il, et qu'est-ce qui avait pu l'amener là ? Et que dire de la sœur de Verner, de cette nièce dont on faisait mention dans la lettre de Koppel ? En son for intérieur, Hassan savait bien qu'il consacrait trop de temps à cette affaire. Il comprenait que cela frisait l'obsession. On ne disposait que de peu de témoignages confirmant la simple présence de cet homme dans ce secteur et à cette époque, et pourtant… Épuisé, il éteignit toutes les lumières et monta l'escalier menant à sa chambre et se laissa tomber sur son lit, sombrant dans un sommeil sans rêves. Il se rappela seulement que trois jours plus tôt il avait promis à l'Institut qu'il les appellerait pour leur indiquer la date de son retour, mais il n'en avait rien fait. Il ne parvenait pas à laisser tomber toute cette histoire : pour lui, elle n'était toujours pas finie.

XIII

Tout en bas, en dessous du pont qui craque, allongé à côté du bosco à l'agonie, Rachid tourne la tête et se débat pour garder les yeux ouverts, en dépit du sommeil qui l'envahit comme une drogue. L'étoffe imbibée d'eau qu'il tient à la main s'égoutte régulièrement dans une cuvette placée près de son coude. Au-dessus, il y a quelque chose qui bouge. Il a les yeux rivés sur la lueur tremblotante de la lampe.

Là-haut, sur le pont, l'air est immobile, on dirait que l'on a enveloppé le monde dans un drap de mousseline humide. Tout est tranquille, comme un homme en train de rendre le dernier soupir. Il règne un silence plein de menaces. Déjà, l'équipage sent le mauvais temps qui vient du sud et s'approche. Tous savent bien qu'ils ont trop tardé, qu'ils auraient dû se mettre à l'abri il y a des heures de cela. L'obscurité s'abat sur eux et plus personne ne sait où l'on est.

Une voix s'élève, et tous les regards se tournent en direction de l'est où, une fois de plus, une lueur apparaît, frémissante comme le vol d'un papillon, brève comme une fusée de détresse. C'est un cyclope, un démon dont l'œil unique perce une nuit noire comme le goudron… L'obscurité a tôt fait de l'avaler, mais cette vision agite encore des nœuds d'angoisse et fait claquer la toile au-dessus d'eux. Le pilote se sent submergé par le malaise de son équipage. L'homme de barre a enroulé un gros foulard de lin autour de son visage pour se protéger, c'est du moins ce qu'il croit, non seulement des éléments mais aussi des maladies que les passagers auraient pu apporter à bord. Les autres, pour se garder du mauvais temps, se sont emmitouflés dans des capes, et dans leur affolement ils ont entassé sur eux couvertures et manteaux. Ils dégagent une odeur que Rachid décèle quand il s'approche d'eux. L'homme de barre se redresse, croise les bras, et l'assemblée s'écarte pour le laisser passer, par peur ou étonnement, plutôt que par respect.

"Alors, monsieur, dit le pilote en espagnol et d'un ton railleur, alors, ce serviteur, il est mort ?"

Rachid al-Kenzy ignore sa question et, au lieu de cela, il parcourt du regard les visages assemblés. Il se rend compte que sa peur est si forte qu'il a du mal à maîtriser sa voix. Aussi, en guise de réponse, il secoue légèrement la tête. Le timonier pousse un juron et tape du pied. Un des hommes de l'équipage crache sur le pont. Rachid redresse son dos et parle au pilote.

"Darius Reis, cette lueur, qu'est-ce que c'est ?

— Ce sont des gens qui rêvent, monsieur ! C'est la lueur de rêveurs qui veulent nous attirer sur leurs rochers. Des gens pleins de haine, vous comprenez ?"

Son regard est impénétrable, et il sourit de toutes ses dents, longues et solides, tandis que sa longue chevelure flotte légèrement dans la brise.

Les autres sont sous l'empire de leurs superstitions, et ils n'ont pas envie de parler en face de cet étranger. Le timonier se met à taper du poing contre les montants de la barre.

"Pilote, reconnais donc ta folie ! Si ces sup-
pôts de Satan n'étaient pas à bord, on se serait
mis à l'abri !"

Les autres, sans aucun doute, étaient bien
d'accord, et ils hochèrent la tête comme des
chevaux de bât fatigués et d'un air morose ils
grommelèrent quelque chose entre eux. A cet
instant précis, une trombe d'eau se déversa sur
eux. Le timonier, un homme fort avec un poi-
trail de taureau, dut crier pour se faire entendre.

"Jetez-les par-dessus bord, et qu'on sorte de
cette malédiction !"

Il y avait du sang dans l'air. Darius Reis
regarda Rachid.

"Alors, qu'est-ce que tu en dis, le Maure ?"

Le peu d'entente qui régnait encore entre eux
était sur le point de rompre ses faibles amarres.

"Nous avions signé un pacte, lui rappela Rachid
d'un ton égal. Et n'importe comment, ce n'est
vraiment pas le moment de s'occuper d'autre
chose que de ce mauvais pas où nous sommes."

En dessous d'eux, le pont tanguait, car la mer
en respirant profondément faisait gonfler les
flots. Pendant un moment, le pilote le regarda,
puis fit un signe de la tête.

"Descends dans la cale. Vouloir toucher terre,
ce serait trop risqué." Il leva les yeux. "Il va falloir traverser ce grain."

La tempête empoigna le navire par la queue
et le secoua pendant presque une semaine. Ils
étaient projetés en avant, en arrière, et jusque
dans la vaste mer du Nord, ou "mer Verte",
comme Rachid l'avait appris en lisant Ibn
Khaldoun. Les vagues étaient dures et com-
pactes comme des tessons de cristal, et elles
lacéraient les voiles comme des javelines lancées
par le vent. Des nuages turbulents répandaient

149

sur eux une odeur de fer et de pierre. En dessous d'eux, les flots s'agitaient comme si le monde était en train de renaître, la pierre ponce dure et grise et l'écume montaient du fond de la terre, elles s'en détachaient dans un grondement sourd tandis que les nuages déroulaient leurs ondulations comme des membrures de fer souples et nerveuses. Leurs dents aiguës comme des clous venaient mordre les bois tendres et vermoulus. Rachid n'avait jamais cru qu'une telle furie pût exister au monde, ou qu'aucun navire aurait pu la supporter. Ils se retrouvaient coincés entre une mer pleine de venin et la volonté démoniaque d'un pilote si têtu qu'il était prêt à tuer tout homme qui douterait de lui. L'équipage se mit en retrait, on complotait pour savoir comment on pourrait lui trancher la gorge et le donner à manger aux poissons.

Les matelots se mirent à former d'étranges groupes de mutins. Leurs yeux se trouvaient pris sous un masque de nuages épais et de pluie ininterrompue. Ils se retournèrent les uns contre les autres et on sortit les coutelas. La terre qu'ils avaient appelée de leurs souhaits était devenue leur pire ennemie, car si maintenant ils se trouvaient aspirés vers la côte, cela voulait dire que la coque allait être transpercée, causant leur mort certaine.

Au bout de cinq jours, il y eut une accalmie et Rachid aperçut vaguement un rayon de soleil par le sabord de la coursive de tribord. Mais au moment où l'obscurité leur tombait dessus comme une pierre, le vent se remit à les tirer par la manche. Les voiles craquaient et claquaient, l'air retentissait des cris des hommes qui tentaient de carguer les grandes voiles, ils étaient moulus de fatigue, le cœur leur manquait.

Combien de temps le navire allait-il pouvoir subir tout cela ? Le courant les entraînait vers le nord et dans la nuit. Des vagues qui auraient pu balayer une ville entière les précipitaient de-ci de-là.

Rachid partit à la recherche du pilote, et il le trouva croulant de fatigue dans sa cabine. A l'instant où Al-Kenzy pénétrait dans la pièce obscure, le pilote encore dans son rêve bondit sur ses pieds. "Qu'est-ce qu'il y a ? demanda-t-il. Qu'est-ce qui nous reste comme voiles ? Combien de tirant d'eau ? Il faut sonder !" Il s'assit avec dans son regard une lueur insensée qui fit reculer Rachid. On entendit un cri aigu, une face velue émergea des couvertures. En hochant la tête, le pilote s'affaissa en arrière, l'air absent. En rampant, le singe vint se mettre à côté de lui. C'était un gros animal, de la taille d'un enfant de cinq ou six ans, avec une toison rougeâtre, et il avait l'air si intelligent que Rachid en resta stupéfait.

"Tu es comme le corbeau, croassa le pilote en s'emparant d'un pot de vin, tu n'apportes jamais de bonnes nouvelles. Qu'est-ce qui t'amène, le Maure ?

— Mon compagnon ne passera pas la nuit. Notre mission n'a plus de raisons d'être. Il faut faire demi-tour, et rentrer."

Le pilote partit d'un gros éclat de rire sonore. Baissant la tête, il regarda le plancher et la releva comme s'il allait parler. Il ouvrit la bouche et puis la referma, comme le font les poissons. A nouveau, il s'efforça de parler et cette fois les mots sortirent de sa bouche.

"Et ce cadavre ? Alors comme ça, tu voudrais que je te ramène à Cadix en prenant un cadavre en remorque ? Mais dis-moi, tu as perdu la tête ?"

Il tendit les mains vers une pile de linge froissé et prit une chemise pour s'essuyer le visage.

"Non, pas Cadix, fit Rachid en secouant la tête, mais Chypre, c'est de là qu'il vient."

Darius Reis, affolé, fit un geste de la main et prit une pipe. Une odeur généreuse de feuilles de haschich se répandit dans la petite cabine.

"Chypre, ou Cadix, qu'est-ce que ça change ? Tu pourrais tout aussi bien me demander de t'emmener sur la lune !"

Tout à coup, son visage émacié fut illuminé par la flamme d'un briquet. Ses longs cheveux pendaient sur son visage tandis qu'il scrutait Rachid.

"Mais dis donc, au juste, le Maure, pour qui te prends-tu ? Qu'est-ce que tu es venu chercher comme récompense, si loin dans le Nord ?" En grognant, il renonça à sa question. "Tant pis. N'importe comment, je sais bien que tu ne me le diras pas."

Il se rallongea sur sa couchette en désordre et donna un coup de botte contre le mur. Rachid décida de revenir à la charge.

"Notre mission est sans espoir. Si je l'ai acceptée, c'est seulement pour recouvrer ma liberté. Mais, maintenant, il est évident que c'est de la folie pure et que nous courons tous à notre perte."

Darius Reis semblait prêt à accepter cette idée. Il hocha la tête et posa sa pipe sur la table.

"Tu n'es pas le premier à te perdre en mer, le Maure, et permets-moi de te dire que tu ne seras pas le dernier non plus.

— Alors, on va virer de bord ?"

A nouveau, Darius s'allongea sur sa couchette et il ferma les yeux.

"Même si je le voulais, je ne le pourrais pas. Je n'ai pas la moindre idée de l'endroit où nous sommes, le Maure. Tout ce que je peux faire, c'est essayer de maintenir cette saloperie de navire à flot."

Au moment où il ouvrait la porte pour sortir, Rachid l'entendit qui le rappelait : "Pas un mot de tout ceci ne doit sortir de cette pièce, l'avertit le pilote. Si l'équipage savait cela, il me pendrait par les couilles !" Là-dessus, il se retourna et retomba dans le sommeil.

La nuit. Un vent encore plus impétueux. En s'aidant des mains, Rachid s'est hissé sur les échelles, il passe la tête par l'ouverture étroite d'une écoutille et parcourt le pont du regard. A bout de souffle, il plisse les yeux devant la bourrasque qui fait rage. On ne pouvait plus distinguer le plancher. A sa place, il y avait un miroir dont l'éclat vous donnait le vertige, on aurait dit qu'il respirait, car sa surface se soule-vait, sifflait et tournoyait. Comme la chevelure d'une possédée, se dit-il, un tonneau s'était déta-ché et roulait en tous sens. La mer était déchaî-née, elle cherchait à les éjecter, comme on crache le noyau d'un fruit amer. L'eau s'engouffrait par l'écoutille où il se tenait, menaçant à tout instant de le précipiter en bas. Mais il tint bon, tandis qu'un flot glacé l'inondait. Profitant d'une légère accalmie, il se remit à grimper aux échelons pour sortir sur le seuil. Il était terrifié à l'idée de faire un pas, car dans cette tourmente il redou-tait de ne plus trouver ses repères. Il s'accrocha au bastingage pour ne pas se voir traîner en tra-vers du pont. Dans un grondement de tonnerre, le tonneau qui s'était détaché vint écorner la boiserie de la cabine qui se dressait derrière lui. Tout cela se passait très lentement, ou très rapidement, il ne savait le dire. Il le vit, mais il ne put rien faire. Un bruit d'arrachement, un satané bruit. Si ce tonneau était passé à un mètre de lui sur sa gauche, il l'aurait probablement tué. Les vagues montaient et descendaient, et son estomac faisait de même. Il s'envolait, il retombait. Il sentait le goût du sel sur ses lèvres. Il prit son temps, et attendit un moment favorable pour se lancer en avant.

La discussion allait bon train, Darius Reis était à la barre, entouré de son équipage. Ils en ont assez et lui ordonnent d'aller à terre, de débarquer, n'importe où. Sa voix domine le vent et les flots. Le fond de la mer est rempli de pièges, de bancs de sable arrondis et mous où l'on vient s'échouer avant même d'avoir pu les repérer. "La seule chose qui nous reste à faire, c'est de tenir bon ici, en eau profonde, et d'attendre que le vent tombe." Darius Reis se tenait là, il oscillait sur le pont qui donnait de la gîte, ses longs cheveux flottaient comme des plumes autour de son cou, au pied du grand mât qui se dressait derrière lui. Apercevant Rachid qui se débattait pour pouvoir rester debout, il dit sèchement : "Faites-moi descendre ce crétin, avant que le vent ne l'embarque comme un moineau !" Le temps semblait refléter l'état d'esprit de l'équipage, comme si cette tempête avait été provoquée par leur instabilité. Etrange peur que celle-là, qui sortait de leurs corps terrifiés comme de la sueur ou comme un excrément. Un homme sanglotait comme un enfant. "Le soleil est tombé à l'autre bout de la terre", murmurèrent les Siciliens en se faisant tout petits dans la cambuse.

Rachid se retira, il claquait des dents et frissonnait si fort qu'il avait de la peine à se déplacer. Parvenu à mi-hauteur de l'échelle, ses doigts raides comme du bois lâchèrent prise, il glissa et dévala tout du long pour s'étaler sur le plancher. Il resta là, allongé sur le bois puant du pont inférieur, tremblant comme une feuille, l'eau salée qu'il avait avalée lui remontait à la gorge. Des tonneaux de mer se déversent sur lui à travers l'écoutille du dessus et s'abattent avec fracas. Il longe l'étroite coursive à quatre pattes, dans l'eau qui tourbillonne autour de lui. Il a trop froid pour avoir peur

Le bosco était sombre et insondable, il avait pris la couleur de la mer. Il remuait ses lèvres gercées, mais il ne parvenait pas à parler : ou bien il se préparait à sa dernière heure en récitant des versets sacrés, ou bien la fièvre faisait trembler ses lèvres malgré lui. En rampant, Rachid s'approcha de lui et prit cet homme à l'agonie entre ses bras. Il ne restait plus qu'à attendre.

On aurait dit que le navire se retrouvait pris dans une main gigantesque et alors, sortant paresseusement de son sommeil et comme dans un bâillement, le bateau se prépara à mourir. La quille s'était rivée à l'épine dorsale d'une créature de sable endormie et tapie sous les vagues glacées, et lentement le vaisseau commença à se fendre en deux. Coincé contre ce banc de sable, le navire subissait maintenant tout le choc de la tempête. Des éparts et des échardes de bois volaient dans l'air, comme pour indiquer qu'il commençait à éclater en morceaux. Le bruit était assourdissant, le navire tremblait comme un animal pris au piège qui cherche à se libérer. La coque se pliait et se tordait comme une outre en peau de chèvre. Les hommes hurlaient leur souffrance et leurs prières, et ces voix s'élevaient tandis que voile après voile, planche après planche, le navire se disloquait.

Avec grâce et lenteur, leurs têtes se mirent à tourner sur place, comme s'ils étaient aspirés vers une illumination, pareils à ces danseurs soufis qui dans les mosquées magnifiques du Caire, de Kufa, d'Haziz ou d'Alep, en quête de sacré, déroulent la spirale ininterrompue de leurs mélopées et dressent leurs longs chapeaux vers le ciel. Dans le tourbillonnement de leurs longues robes, les voiles s'effondrèrent en lambeaux, les matelots abandonnèrent leurs postes et se jetèrent les uns sur les autres comme des chiens furieux. De temps à autre, la faible détonation d'un pistolet venait ponctuer les hurlements de la tempête.

Rachid al-Kenzy a la tête remplie d'une mélopée, *La illaha il Allah*, qu'il ne cesse de répéter. Autour de lui, l'eau salée jaillit à travers les parois. Il croit entendre le bosco qui l'appelle, bien qu'il sache que le bosco est mort. Et quand il ouvre la bouche pour lui répondre, l'eau refoule ses mots jusque dans son ventre. Il avance à tâtons, il en a jusqu'à la taille, il entre dedans et longe cette coursive noire que l'on dirait doublée d'une laine épaisse, qui se dilate et se rétracte, il se croirait dans le ventre de quelque étrange animal. Il se soulève, et, agrippant le premier échelon, il commence à se hisser vers le haut.

Le pont était couvert d'un amas de débris, de voiles déchirées, d'éparts qui volaient en tous sens. Le navire assiégé se souleva comme si, pour la dernière fois, il voulait reprendre souffle. Le pont s'inclinait et une grande silhouette venait sans cesse lui barrer la route. Chaque fois que le navire se penchait sous le vent, ce corps allait s'écraser contre le gaillard d'avant et puis, à nouveau, il glissait ailleurs. Un paquet de vêtements et d'ossements, c'est tout ce qui restait de cet homme. A la place de la tête, il n'y avait plus qu'une bouillie sanguinolente, un enchevêtrement épais de cheveux et d'os blancs. L'éclat blanc d'un crâne défoncé, comme une dent sortant bizarrement d'un gilet de peau. Tout à coup, dans un sursaut, Rachid comprit que c'était Darius Reis, le pilote. Il parvint à se hisser sur un cadre de bois. Quand le navire bascula, il glissa et se retrouva en train de dégringoler à travers l'écoutille.

Il sent qu'il tombe, et pendant un long moment il se sent léger comme un oiseau.

"Prie pour les enfants qui n'ont pas de foyer, pour les moutons égarés sur les collines, et pour les marins dont le cœur s'est perdu en mer." Il y a bien longtemps, quand il était au chaud et en sécurité, il récitait souvent cela, et bientôt le monde allait l'emporter dans sa houle et l'emmener au loin, et voilà qu'il s'enfonçait à la nage dans les étoiles.

XIV

C'est l'agitation de la rue qui arracha Heinesen au cauchemar qui l'avait enserré entre ses mâchoires et s'apprêtait à le dévorer. Il se réveilla en poussant un cri d'effroi, se redressa sur son lit, blanc comme un champ en hiver, sa chemise de nuit était trempée de sueur. Son visage exprimait la confusion et si sa sœur avait été là elle aurait fait remarquer qu'à cet instant il était le portrait tout craché de leur cher papa disparu. Verner Heinesen essaya de se rappeler ce qui avait pu le mettre dans un pareil émoi, mais maintenant ce rêve s'était évaporé, comme un brouillard matinal un jour d'été. En bas, dans la rue, il crut entendre une femme gémir. Il appela Klinke, mais son cri se perdit dans la maison qui sentait le renfermé. Klinke, mis en alerte par le cri de terreur de son maître, montait déjà les escaliers, quittant la cuisine où il était en train de conter fleurette à la veuve de l'aubergiste. Klinke était un bourreau des cœurs, et les jeunes veuves constituaient sa proie favorite. Il pensait qu'il était un expert en la matière, cette image qu'il se faisait de lui-même lui plaisait, aussi proféra-t-il quelques solides jurons en montant bruyamment les escaliers raides. Il poussa violemment la porte, entra sans frapper et vit son maître qui montrait du doigt la petite fenêtre dans un coin de la petite pièce.

"Ce bruit, Klinke, tout ce vacarme, au nom du Seigneur, qu'est-ce que c'est ?"

Klinke pencha la tête pour pouvoir atteindre la minuscule fenêtre logée dans un renfoncement. Il regarda à travers, et renifla. Un petit groupe entourait une femme folle de peur et de rage qui s'arrachait les cheveux et déchirait ses vêtements. Klinke rit doucement, puis passant sa langue sur ses lèvres il fit disparaître un sourire de cruauté avant de se retourner vers l'intérieur.

"Cette nuit un navire a coulé, monsieur. S'est planté sur la plage nord."

Klinke recula pour que Heinesen puisse regarder. Par-dessus les épaules voûtées de son maître, il put voir que cette femme s'était dévêtue presque jusqu'à la taille. Ses vêtements étaient en lambeaux et du sang ruisselait de son visage pâle en longs filets noirs pour venir éclabousser son torse dénudé. Klinke avait gardé sur son visage une expression de concupiscence. Maintenant, elle s'était mise à genoux et, renversant la tête, elle tendait ses mains vers le ciel.

"Bonté divine ! Cette brave femme a-t-elle donc perdu l'usage de ses sens ?"

Heinesen se redressa d'un seul coup, et sa tête vint heurter une poutre basse. Il fit signe à Klinke de lui passer ses vêtements afin qu'il puisse s'habiller.

"Peut-être a-t-elle perdu son mari en mer ?"

Klinke fit non de la tête.

"Un navire étranger, monsieur. Ce matin, pendant que je m'occupais des chevaux, tout le monde en parlait. Aucun survivant. Pas d'hommes, en tout cas."

Heinesen cessa de boutonner son gilet pour lancer un regard furieux à cet homme qui était plus gros et plus petit que lui.

"Mais enfin, Klinke, explique-toi un peu ! Qu'est-ce que tu veux dire, au juste ? Veux-tu suggérer qu'il y avait des femmes, ou du bétail à bord ?"

Klinke mit sa langue dans une brèche qu'il avait entre les dents de devant, toutes noircies et irrégulières. C'était là une habitude qui avait le don d'agacer Heinesen. Klinke repoussa sa question en haussant légèrement les épaules.

"Vraiment, personne ne pourrait le dire. Vous savez bien comment sont les gens, monsieur. Il y en a qui disent que c'est un singe de mer, un monstre venu des profondeurs. Et puis il y en a d'autres qui disent que c'est un messager du diable en personne."

Heinesen ne dit rien. Il se remit à boutonner son gilet.

"C'est ce qu'ils croient, monsieur.

— Quoi, le diable ?

— Noir comme du charbon de bois, avec des yeux comme les feux de l'enfer !

— Mais toi-même, tu l'as vu ?

— C'est ce que j'ai entendu dire."

Heinesen perdit patience. Il ouvrit la fenêtre et s'adressa en personne au petit attroupement qui s'était formé en bas.

"Vous n'avez pas honte ? cria-t-il. Allez-vous-en, partez d'ici, et cessez ce vacarme. Avez-vous donc perdu tout respect de vous-mêmes ? Avez-vous donc perdu l'usage de votre bon sens ?

— Essayez de comprendre, Heinesen. Ce n'est pas tous les jours que l'on voit le diable en personne envoyer des messagers dans notre beau port !" fit un homme d'un ton geignard et pathétique et qui avait l'air de quelqu'un de sérieux. La foule semblait être d'accord avec lui. Ils étaient sûrs de leur bon droit et avaient très peur. "Depuis qu'elle a vu la créature, cette pauvre femme a perdu tous ses esprits."

Cette déclaration fut suivie d'un murmure d'approbation. Le froid bleuissait la chair nue de cette femme. Elle s'était effondrée en une masse secouée de tremblements, et pleurait sans qu'on puisse la consoler.

Pendant un moment, Heinesen hésita, puis la curiosité l'emporta.

"Au juste, combien d'entre vous ont effectivement vu cette apparition bestiale ?"

Celui qui avait parlé le premier regarda autour de lui.

"Tout le monde, sans exception !

— Eh bien, vous devriez avoir honte de parler de démons. N'y a-t-il donc pas un seul vrai chrétien parmi vous ? Et pour l'amour du ciel, couvrez cette femme !"

Et, là-dessus, il ferma la fenêtre. Klinke ne disait rien.

"Une bande de vieilles femmes superstitieuses, Klinke. Qui voient partout des vampires et des monstres marins.

— Parfois, il y a des choses auxquelles on ne croit pas tant qu'on ne les a pas vues de ses propres yeux, mais ça ne veut pas dire que ça n'existe pas."

Dans sa façon de parler, quelque chose retint son attention. Non, ce n'était pas tellement son accent, avec les intonations graves et épaisses des gens du marais. Non, c'étaient les expressions que Klinke utilisait. Et en plus cette odeur qui venait de la mer par la fenêtre ouverte, ce sel qu'on sentait dans l'air. Cette odeur de sel qui se mêlait aux mots ramena Heinesen plus de trente ans en arrière. C'était le matin, à l'autre bout de ce pays, à l'est et non à l'ouest de l'île de Hveen, de l'autre côté du détroit d'Øresund, du côté des contours nets et sombres de Skåne et de la Suède.

"C'est là que je suis né", disait la voix lointaine.

A cet instant même, Heinesen put l'entendre qui lui adressait la parole, il était tout près de lui, il était même plus réel que Klinke. Cette voix est très forte, elle traduit de l'agacement, comme si quelque chose l'avait irritée. Il y a quelque chose qu'elle ne peut supporter, si bien que Heinesen, encore jeune étudiant, ne comprend pas très bien quelle erreur il a pu commettre.

"Monsieur, qu'est-ce que vous disiez, à propos de la croyance ?"

L'espace d'une seconde, le visage de Tycho Brahé resta sans expression. Du doigt, il se gratta à l'endroit où son nez atrophié disparaissait sous une prothèse d'argent.

"La croyance ? Ah oui ! Mais oui, bien sûr, la croyance !" Il se retourna et le conduisit le long de la côte. "Oui, mais pas celle de ces veaux, de ces évêques et de ces curés qui au nom de l'église ne songent qu'à se remplir les poches avec votre argent. Dieu ferait bien triste figure s'il devait s'en tenir aux critères de ces crétins. Verner, Dieu, c'est beaucoup plus que cela. Nous gobons tout ce qu'on nous raconte. Nous croyons en tout ce que le Seigneur nous met sous le nez. Pour en savoir plus, il faut l'imagination d'un poète, ou les intuitions d'un génie. Et plus nous observons les choses, plus nous croyons pouvoir les expliquer.

— Croyez-vous que notre destinée est inscrite dans les étoiles ?"

A entendre le son de la voix de son vieux maître, il sentit que son enthousiasme et son ignorance juvéniles commençaient à lui porter sur les nerfs.

"Tout est inscrit dans les étoiles, mon garçon. Mais comme tout langage, il faut un certain temps pour l'apprendre."

Et sur ce, il marcha sur le sentier en tapant du pied. Pourtant, il fit une pause et, les mains dans le dos, de son nez luisant il huma l'air léger, les grandes herbes bercées par le vent qui soulevait des vagues grises et sèches tout autour de Hveen.

"Peut-être le mot foi convient-il mieux que le mot croyance, non ?"

Il pivota sur ses talons et reprit sa marche sans attendre une réponse.

Heinesen s'assit lourdement sur le lit pour retirer ses bottes. C'était il y a si longtemps ! Que de temps perdu, que d'occasions manquées ! Si seulement on lui laissait maintenant une chance de pouvoir apprendre tout ce qu'on lui avait proposé comme savoir… Maintenant, il était prêt car il avait atteint sa pleine maturité, il n'était plus cet enfant craintif qui croyait qu'il avait tout son temps pour lui.

"La superstition et l'ignorance. A voir toute cette confusion, Klinke, je ne pense pas qu'aujourd'hui nous pourrons expédier aucune de nos petites affaires."

Heinesen se redressa et s'étira. Il avait faim et il était bien décidé à régler ses affaires ici et à s'en retourner chez lui dès que possible.

"Les charrettes sont prêtes, monsieur. Il ne nous manque plus que les clous et la chaux."

Heinesen approuva de la tête.

"Aujourd'hui, il ne faut pas s'attendre à grand-chose de la part des habitants de ces marais. Mais continue, Klinke, fais de ton mieux, car nous avons déjà retardé notre départ plus qu'il ne convient. Les chevaux sont-ils partis ?

— Ils ont été retardés par la tempête, mais le capitaine pense qu'on pourra lever l'ancre à la première marée du matin.

— C'est bien. Voilà un souci de moins. Espérons que les bons citoyens de Londres apprécieront les belles qualités de nos poneys. C'est ce vers quoi tendent tous nos efforts.

— Meilleurs chevaux du monde, monsieur !

— Mais oui, Klinke, c'est bien ça. Les charrettes sont en bon état, si je comprends bien ?

— Tout est en état. J'ai trouvé un homme et son fils qui cherchaient du travail. Est-ce que je les prends ?

— Bon pied, bon œil, Klinke. S'ils ont bon pied et bon œil et des reins solides, on peut les mettre au travail.

— Alors, c'est entendu.

— Bien !" Heinesen ne tenait plus en place. "Quatre jours de tempête, et maintenant, cette histoire de créatures bizarres et de femmes possédées par des démons. J'ai rendez-vous avec Andersson, le dessinateur, cela va me prendre presque toute la matinée, après quoi je dois discuter avec le prévôt qui ne sait plus où il en est.

— C'est bien, monsieur."

Klinke sortit de la pièce à grand bruit, laissant à Heinesen tout loisir de réfléchir à la situation. Cette histoire de "diable sorti de la mer" l'intriguait, il l'admettait. Il enfila son manteau et prit les plans du chantier avec les dernières modifications, car il désirait les montrer à Andersson. Son esprit commençait à s'égarer dans des détails techniques. "Ah oui, vraiment, des monstres marins !" murmura-t-il en quittant rapidement la pièce sans même vérifier si son foulard était bien mis. La porte se referma sur lui avec un bruit sourd qui ébranla toute la maison.

XV

Le prévôt monta avec raideur les escaliers menant à son bureau pour faire face à son vénérable notaire qui était très agité.

"Mais, au nom du Seigneur, qu'est-ce qui nous tombe dessus aujourd'hui ?

— Rien de moins que le diable en personne, Jakobsen, et rien de plus qu'un homme."

Le prévôt se pencha au-dessus du poêle et se laissa pénétrer par la chaleur. Pour une fois, ce vieil homme stupide n'avait pas pesté contre ses bottes couvertes de boue. Ses épaules et son dos étaient encore tout endoloris de sa chevauchée, éprouvés également par la marche qu'il avait dû faire pour visiter cette épave. Pour la ville, la journée était bonne. Ce navire que Dieu avait trouvé bon de jeter à leurs pieds était chargé de marchandises de valeur. Ce n'était pas sans doute une rançon digne d'un roi, mais il y avait du bon bois de charpente qui, une fois séché, pourrait rapporter une coquette somme, sans parler des autres biens qu'ils avaient trouvés : de la soie, quelques pièces d'argent. Ce n'était pas grand-chose, mais en ces temps difficiles, cela tombait bien.

"Alors, de quoi s'agit-il ?"

Le prévôt bâilla.

"Je vous l'ai déjà dit, d'un homme.

— Il y en a qui prétendent que c'est une créature venue de la mer, une sorte de singe.

— Oui, mais ce sont des paysans stupides, vous feriez bien de vous en souvenir."

Le vieil homme chétif arpentait la pièce et s'arrêtait de temps à autre pour regarder à travers les panneaux de verre déformant la foule qui refusait de se disperser. Il était inquiet et soupira.

"Tout cela ne me dit rien de bon, non vraiment pas." Il hocha la tête. "On n'a jamais vu une semblable créature dans le secteur. Tenez-vous bien, il est noir comme du charbon de bois, à ce que l'on dit. Et ses yeux brillent comme la pleine lune. Retenez bien ce que je vais vous dire : il va porter malheur à cette ville !"

Mais le prévôt ne l'écoutait pas. Il s'était endormi près du feu. Laissé à lui-même, le notaire ne cessait de se précipiter à la fenêtre pour se faire une idée de l'agitation de la foule. Rien n'indiquait qu'elle allait se disperser, aussi il ne cessait d'aller et venir, il parlait tout seul, à tout instant il jetait un regard à l'extérieur dans l'espoir de les voir tous disparaître.

L'obscurité tomba, et on alluma des torches. Les visages des gens rassemblés à l'extérieur tremblotaient à la lueur de cette clarté enrobée de fumée. Des femmes donnaient le sein à leurs petits. Les hommes se mettaient en cercle et hochaient la tête d'un air grave. De temps à autre, l'un d'entre eux se décidait à venir frapper à la porte du notaire, qui n'en pouvant plus d'angoisse bondissait de sa chaise et se précipitait pour jeter un regard prudent à l'extérieur. Il se dressait là et tentait de les rassurer par quelques paroles. On allait s'occuper de tout cela en temps voulu. Mais non, personne n'avait rien à craindre. Il agita sa main en direction de la foule. "Rentrez chez vous, fit-il d'une voix humble. Vaquez à vos affaires." Bien entendu, ils ne voulaient pas partir. Ils restaient là, les yeux fixés sur le bâtiment.

De temps en temps, l'un d'entre eux venait se jucher sur une charrette pour tenter de haranguer la foule. Il y en avait qui demandaient que l'on fasse justice, d'autres parlaient de révolte. Un autre tenta d'expliquer que cette terreur qu'ils avaient éprouvée aujourd'hui devait leur donner du courage, et que Dieu dans Sa sagesse ne cherchait qu'à leur rappeler que la grâce peut être suivie de la chute. Ils aspiraient tous ces mots comme autant de parfums enivrants car, à vrai dire, ils ne savaient que faire. Puis leur angoisse leur faisait perdre patience, et alors ils se ruaient vers la porte. On jetait des pierres sur cette porte, on lui donnait des coups de bâton. Quand les voix se faisaient plus fortes, le notaire se glissait sous son bureau et se bouchait les oreilles avec ses mains.

Le lendemain matin, la porte s'ouvrit toute grande. L'homme qui se tenait là était grand et mince. Il était vêtu d'un long manteau noir doublé d'une belle fourrure. A y regarder de plus près, la qualité de ses bottes de cavalier et du tissu de ses vêtements venait démentir les taches et la saleté qui les recouvraient. Il était plutôt jeune, et avait de longs cheveux. Il entra dans la pièce d'un pas ferme, et jeta ses gants à crispin sur la table.

"Messieurs, les gens du Nord vous saluent !"

Le prévôt se leva et fit basculer ses jambes sur le côté de la couchette. En grognant, il murmura quelque chose et cracha dans le feu.

"Regarde un peu, Jakobsen, ce que l'on nous envoie ce matin pour nous remonter le moral !"

Le notaire était assis sur sa grande chaise près de la fenêtre, plongé dans ses registres. La présence de son supérieur le mettait dans l'embarras. Celui qui venait d'entrer se dirigea vers le feu d'un pas ferme et s'installa sur un tabouret pour se réchauffer.

"Qu'est-ce qui vous amène ici, Heinesen ?

— Une vingtaine de poneys expédiés à Londres par la marée du matin."

Le prévôt se leva et se frotta les yeux.

"Vous entendez ça, Jakobsen ? Bientôt, les rues de Londres sentiront bon le crottin des chevaux du Jutland." Il s'étira. "Content d'apprendre que les affaires marchent bien pour vous, Heinesen."

Verner Heinesen sourit.

"Ça, vous pouvez le dire, car pour ce qui est de votre port, c'est comme si une manne lui tombait du ciel !

— Notre monsieur ne manque pas d'esprit, pas vrai, Jakobsen ?"

Le notaire ne dit rien. La plume qu'il avait soigneusement trempée dans l'encre se mit à crisser lentement en travers de sa page.

"Aujourd'hui, il faut excuser *herre* Jakobsen. Il a des soucis. Vous avez entendu parler de ce naufrage sur la plage nord ?

— Oui, fit Heinesen en hochant la tête. Et j'ai aussi entendu dire que vous aviez des ennuis.

— Rien dont on ne puisse se rendre maître, si on prend son temps, répondit le prévôt.

— Les matelots racontent qu'on a trouvé une créature dans la cale de ce navire. A moitié animal, à moitié homme, à ce qu'ils disent. Ils l'appellent un singe de mer, mais j'ai toujours estimé que c'était une fable répandue par les veuves des pêcheurs.

— Si je ne vous connaissais pas bien, je me serais attendu, Heinesen, à ce que vous fassiez moins de cas de cette affaire."

Heinesen se leva. Il avait la même taille que le gros prévôt, mais il paraissait plus grand. Dans cette pièce aux poutres basses, il lui fallait se faire plus petit. Il secoua la tête, et fit un signe en direction de la fenêtre.

"Quoi que vous ayez trouvé, ces gens qui sont dehors ont si peur qu'ils en perdent la tête. Il y a des hommes qui demandent que l'on accroche cet homme singe à une potence."

Le prévôt laissa échapper un juron, puis il s'essuya la bouche.

"Que le Seigneur me le pardonne, mais je n'ai pas d'autre choix. Mon métier, c'est le maintien de l'ordre. Je ne peux pas prendre le risque de laisser ces citadins régler cette affaire tout seuls. C'est quelque chose que vous pouvez comprendre, non ?

— Bien sûr."

Heinesen réfléchissait. Ce matin, en faisant un tour, il avait écouté toutes les histoires, les plaisanteries de ces citadins surexcités, de ces ouvriers qui ne comprenaient pas grand-chose à ce qui se passait vraiment, contrairement au prévôt.

"Peut-être que votre arrivée ici tombe plutôt bien, Heinesen." Le prévôt boutonna son épais gilet de cuir et remonta ses bottes. "Vous êtes un homme d'un grand savoir, non ?"

Le visage de Heinesen se fit plus dur, mais cela ne dura pas longtemps. D'un signe de tête, il approuva.

"Il est vrai que j'ai appris un certain nombre de choses auprès de plusieurs écoles.

— Allons donc, monsieur, cette modestie ne vous sied pas. *Herre* Jakobsen, notre ami redoute de faire ici étalage de ses compétences."

Pour seule réponse, le notaire leva les yeux de ses registres, assez longtemps pour qu'une grosse goutte d'encre tombe par mégarde de sa plume. Et pendant qu'il s'énervait et tentait de l'enlever avec un tampon, le prévôt laissa échapper un soupir de fatigue, puis se tourna vers Heinesen.

"Si je me souviens bien, vous avez fait des études dans les grandes universités de Paris ?"

Heinesen inclina la tête et fit une révérence.

"Comme toujours, vous êtes très bien informé."

Après avoir rajusté sa tenue, le prévôt se tint debout.

"Alors, peut-être *herremand* Heinesen nous fera-t-il l'honneur de nous donner son avis d'expert sur notre créature ?"

Il y eut un moment de gêne. Heinesen se redressa de toute sa hauteur.

"Bien entendu, ce serait pour moi un grand honneur de vous aider, d'une façon ou d'une autre, mais je crains que mon temps ne soit limité par les affaires que je dois mener dans votre belle ville."

Le prévôt lui rendit son large sourire.

"Bien sûr, bien sûr. Il ne me viendrait pas à l'esprit de vous imposer quoi que ce soit, ou d'abuser de votre temps. Toutefois, si vous êtes disponible, je me demande si vous verriez un inconvénient à jeter un coup d'œil sur quelque chose." Il était tout sourire. "Je suis persuadé que nous pourrions tous profiter de votre immense savoir."

Sans attendre la réponse, le prévôt pivota lestement sur lui-même et montrant le chemin il se dirigea vers une petite antichambre. Il n'y avait pas un seul meuble dans cette pièce, mais elle était par ailleurs remplie d'une étrange collection d'objets maintenant oubliés, d'acquisitions faites au nom de l'Etat de diverses façons. Des objets difficiles à vendre, provenant de saisies pour obligations, de dettes non réglées, de biens échangés contre des fonds dus au roi, des articles appartenant, par exemple, à la famille d'un mort et que l'on n'avait pas osé réclamer.

Le prévôt les montra d'un geste.

"Alors, que pensez-vous de ceci ?"

L'objet auquel il faisait allusion était une petite malle en bois. Heinesen se pencha pour l'examiner de plus près. Elle était faite d'un bois dur et de qualité, très vraisemblablement de l'acajou. Avec ses coins et renforts en cuivre ouvragé, c'était vraiment un coffret très solide et très beau. Sur le dessus, il y avait des incrustations en bois de santal et en nacre, toute une géométrie savante qui avait quelque chose de mystérieux. Ces formes retinrent l'attention de Heinesen. Le fermoir avait été grossièrement brisé avec un instrument contondant. Par endroits, sa surface avait été abîmée par le sable, le sel, et les mauvais traitements.

"Ça provient du naufrage ?

— Oui, confisqué par mes hommes qui l'ont arraché à ces paysans, à ces nigauds qui en auraient certainement fait du petit bois !"

Heinesen se découvrait du respect pour le prévôt et il le regarda.

"Ah là, vous avez découvert quelque chose !

— Peut-être pouvez-vous reconnaître quelques-unes de ces inscriptions ?"

Heinesen sourit, et mit un genou en terre.

"Vous avez regardé à l'intérieur ?"

Le prévôt détourna son regard et fit un geste bref de dénégation.

"Je vois.

— Non, je n'ai tout simplement pas eu le temps de m'occuper convenablement de cette affaire", répondit le prévôt en détournant à nouveau son regard.

Heinesen souleva le couvercle et regarda attentivement à l'intérieur. Il était divisé en compartiments par des étagères, des boîtes dans des boîtes. Il y avait là des papiers dont certains étaient tellement gorgés d'eau qu'on ne pouvait plus les lire.

"Mais en quelle maudite langue tout cela est-il écrit ?

— Je parierais que c'est dans la langue de ceux qui adorent Mahomet."

Le prévôt eut un geste de recul.

"De grâce, Heinesen, ne me dites pas cela, même si c'est pour plaisanter."

Heinesen le regarda par-dessus son épaule.

"Je ne fais que vous donner mon avis, c'est bien ce que vous souhaitiez, non ?

— Oui, oui, fit le prévôt d'une voix pressante, mais surtout que cela ne sorte pas de cette pièce. Nous sommes bien d'accord ?

— Comme vous voulez, répondit Heinesen en se redressant. Des vêtements, des papiers qui ressemblent à un journal de bord, c'est tout. Et puis ceci."

Il tendit un étui plat en cuivre, d'environ deux empans de long, la moitié en largeur, profond d'à peu près quatre pouces. Il comportait un fermoir à glissière qu'il ouvrit. Refermant le couvercle du coffret, il posa l'étui dessus. Par-dessus son épaule, le prévôt et le notaire suivaient tout ceci du regard en se tenant à distance.

"Voilà qui semble intéressant."

Le prévôt était blême, couleur de cendre, et il dit d'un ton geignard :

"Vous n'allez tout de même pas l'ouvrir ?"

Heinesen souleva le couvercle. Sur la face interne, on pouvait voir une représentation du monde. Des points indiquaient les cités et les villes. Bien que tout ceci fût écrit en arabe, Heinesen connaissait assez la géographie pour pouvoir identifier quelques-uns d'entre eux.

"Kaboul, Le Caire, Vienne", fit-il en les montrant du doigt.

Le prévôt frémit.

"A quoi donc pouvait servir pareil instrument ?"

Heinesen était intrigué. Sur la face inférieure, il y avait une série de noms et de chiffres. Chacun des points sur la carte pouvait être relié à un nom de la liste au moyen d'une règle à coulisse. Et tout en parlant il suivait les lignes du doigt.

"Je ne sais pas exactement à quoi cela servait, mais à mon avis ça devait avoir quelque chose à voir avec la navigation.

— Rangez ça, Heinesen. Dieu seul sait à quelles intentions maléfiques cela pouvait bien correspondre."

Un sourire parcourut le visage de Heinesen tandis qu'il remettait le fermoir en place.

"Qu'importe, cela répond à ce que vous aviez en tête.

— Comment ça ? s'enquit le prévôt en fronçant le nez.

— Oui, car cela m'a mis en appétit, et a éveillé en moi un désir de rencontrer la créature rejetée par la mer que vous tenez en captivité." Heinesen baissa le regard et épousseta ses vêtements. "N'était-ce pas là votre intention ?"

D'étonnement, le prévôt secoua la tête.

"Vraiment, Heinesen, vous êtes un type bizarre." Il indiqua la porte du doigt. "Et si nous y allions ?"

Ils attendirent que le notaire eût fermé et verrouillé la porte qui donnait sur une annexe, avant que le prévôt suivi de Heinesen ne sortent du bâtiment pour se retrouver sur les escaliers de devant qui donnaient sur la rue. Dès qu'ils apparurent, la foule se rua vers eux.

"Allez-vous-en, circulez, rentrez chez vous !" Le prévôt gesticulait, jurait, et il alla jusqu'à décocher un coup de pied en direction d'un garçon dégingandé qui s'était assis sur la dernière marche. Un instant, il s'arrêta. "Vous n'avez rien à faire ici, annonça-t-il d'une voix forte. Je vais régler tout seul ce petit problème.

— Et qu'allez-vous donc faire de ce diable ?" hurla quelqu'un dans la foule au-dessous de lui.

Le prévôt posa sa main sur l'épaule de Heinesen.

"Nous avons ici un spécialiste de la question. Il a été formé à l'Académie royale et sans aucun doute on va trouver une solution.

— Un prêtre et un bûcher feraient mieux l'affaire !" lança quelqu'un. Les autres semblaient être du même avis. "Autant brûler ce diable tout de suite, sinon, plus tard, on va le payer cher !

— Si l'on doit brûler quelqu'un, rugit le prévôt, c'est à moi de dire quand et où."

Après quoi il se fraya un passage pour lui-même et pour Heinesen en poussant en avant sa forte corpulence. Ils passèrent derrière le bâtiment en le contournant pour se retrouver devant une rue étroite. Le prévôt pressait l'allure, et Heinesen avait peine à le suivre. La foule les suivait pas à pas. Derrière les deux hommes, les gens se bousculaient comme des rats pleins de rage. Deux gardes leur servaient d'escorte, et le prévôt leur cria dans une sorte d'aboiement de maintenir cette foule à distance. En poussant un juron, il referma la porte menant aux écuries et plaça une grosse poutre en travers pour la verrouiller en toute sécurité. Il se retourna pour regarder Heinesen.

"Alors, maintenant, *herremand*, vous pouvez juger de la gravité de la situation qui est la mienne."

Il les conduisit à l'intérieur, au milieu des silhouettes sombres du bétail et des chevaux. La pièce était à l'autre bout. Le toit était si bas que les deux hommes durent courber le dos pour que, dans cette pénombre, leur tête ne vînt pas s'y heurter. La porte, peu solide et toute fendue, était néanmoins fermement verrouillée. D'un geste, le prévôt désigna une petite ouverture à hauteur de hanches, et donna un petit coup à Heinesen pour qu'il regarde à travers.

Tout d'abord, la seule chose qui retint son attention fut l'odeur. Sur le mur de droite, il y avait une petite fenêtre qui devait donner sur la rue. Un faisceau de lumière bleue se glissait à la jointure du plafond. La taille de cette pièce était telle qu'environ dix hommes auraient pu s'y tenir debout en se serrant un peu. Le sol était couvert d'une litière sale. Il crut tout d'abord que cette salle était vide, car il ne pouvait y distinguer rien d'autre que les murs et de la paille. C'est alors que dans le coin du fond quelque chose de luisant et d'à peine perceptible se mit à bouger. La lumière avait accroché l'éclat du regard d'un être vivant, homme ou animal. D'instinct, Heinesen eut un mouvement de recul.

"Alors, lui murmura le prévôt, qu'est-ce que vous en pensez ?

— Eh bien, je…" Heinesen avala sa salive et essaya de réfléchir. "C'est difficile à dire. A cette distance, je ne vois presque rien."

Pendant un instant, les deux hommes se regardèrent.

"Vous voulez entrer dans la pièce, pour l'examiner de plus près ?"

Heinesen, le souffle coupé, parlait de façon saccadée.

"Vous m'avez demandé de vous dire ce que j'en pense. Mais je ne peux rien faire de tel tant que je n'en saurai pas un peu plus.

— Inutile de vous mettre en garde contre tous les risques que comporte pareille entreprise. Avez-vous songé à tous les maux, peste incluse, qu'il pourrait apporter avec lui, quelle que soit leur origine ?"

Heinesen sentit qu'il perdait patience et courage.

"Allez, ouvrez-moi, que je voie un peu ça !"

On poussa le verrou et la porte bascula. Heinesen pénétra à l'intérieur. L'odeur était encore plus forte. C'étaient sûrement des animaux, et non des hommes, qui avaient souillé cette pièce, et ils avaient dû s'appuyer contre la première stalle qu'ils avaient trouvée pour faire leurs besoins à l'abri des regards. Il se retourna en direction de la porte et aperçut le prévôt qui appuyait son visage contre une fente. Il se déplaça vers le centre de la pièce. Il entendit un léger cliquetis de chaînes.

"Ne craignez rien !" fit-il. Il répéta cette phrase, plus fort, et dans toutes les langues qu'il connaissait. Un long silence s'ensuivit, et Heinesen commençait à se demander ce qu'il allait bien pouvoir faire, lorsqu'un grognement sortit de la pénombre.

"*Où ?*"

Ce mot avait été prononcé dans le dialecte grossier que l'on pratique dans les ports du Sud, mais il était assez proche de l'espagnol pour que Heinesen puisse deviner ce qu'il voulait dire.

"Où ?... Où êtes-vous, maintenant ?

— *Où ?*

— Dans le pays de Dania. Vous êtes dans la partie méridionale de la péninsule du Jutland.

— *Mais comment ai-je pu me retrouver ici ?*

— Votre navire s'est échoué. Les villageois se sont portés à votre secours."

On aurait dit que cela mettait cet homme de mauvaise humeur, car il parla très vite dans une autre langue que, sur le coup, Heinesen eut du mal à comprendre. Le peu qu'il put en saisir lui permit plus ou moins de deviner le reste qui jusque-là était demeuré obscur.

"Vous leur faites très peur.

— *Comment ça ? Un seul homme leur fait très peur ?*

— Ils croient que vous êtes une créature maléfique, une sorte de démon."

A nouveau, il eut recours à l'autre langue, qui, pensa Heinesen, devait être de l'arabe ou du turc.

"*Et les autres, sur le navire ?*

— Vous êtes le seul survivant."

Derrière sa porte, le prévôt se mit à siffler pour attirer son attention. Heinesen l'ignora et se rapprochant du coin il marcha sur un tas de pelures de fruits et d'avoine qu'on avait déversées là pour nourrir cette étrange créature venue de la mer.

"Avance-toi, que je puisse te voir !"

Un silence.

Heinesen estima qu'il serait plus sage d'en rester là. Il avait aussi du mal à se concentrer, car le prévôt avait passé sa main à travers la porte et lui faisait signe de revenir.

"Je reviendrai te voir demain."

Comme il ne répondait rien, Heinesen se retourna et commença à se diriger vers la porte. Mais sa voix le suivit jusque-là.

"*D'ici là, ils m'auront tué.*"

Heinesen resta un moment sans bouger, puis il donna des coups secs à la porte. Le prévôt n'y tenait plus, et tout excité il se tordait les mains.

"Je savais bien que j'avais raison de vous faire confiance. Je dois vous avouer que si nous ne partageons pas toujours le même point de vue, j'ai quand même toujours senti que vous étiez un homme d'une grande valeur.

— Vous le traitez comme si c'était une bête sauvage !" dit Heinesen en traversant les étables obscures à grands pas.

Le prévôt était pris au dépourvu.

"Mais bien sûr ! Qu'est-ce qui vous dit qu'il ne mange pas la chair des bébés pour son repas du soir ? Aux yeux des gens de cette ville, je suis responsable, et je ne peux pas le lâcher ainsi au milieu d'eux."

Heinesen se retourna vers lui.

"Mais rien ne vous oblige non plus à le laisser croupir dans cette crasse dont même un porc ne voudrait pas !"

Ils étaient arrivés à la porte ; Heinesen souleva la barre et la fit basculer. Derrière lui, le prévôt pressait le pas tout en repoussant d'un geste les mains de ces gens qui, à l'extérieur de l'étable, l'attendaient pour lui poser des questions. Sa patience se voyait mise à rude épreuve. Parvenu au milieu de la rue, il ne céda pas et tapa du pied.

"*Herremand* Heinesen, vous n'êtes pas raisonnable. Je vous ordonne de marcher moins vite !"

Heinesen s'arrêta et se retourna pour lui faire face. Derrière le prévôt, il aperçut des visages crasseux et avides de curiosité. Des jeunes assoiffés de sang, d'autres plus âgés qui auraient dû être plus raisonnables. Des matelots dont le visage tanné se fendait d'un sourire sinistre. Des filles serrant un bébé dans leurs bras. Des femmes qui, de toute évidence, étaient ivres.

"Et que voulez-vous que je fasse ? Honnêtement, à ma place, qu'est-ce que vous feriez ?"

Heinesen fit signe au prévôt de s'approcher et lui donna une tape sur l'épaule.

"Je loge près d'ici, et j'ai un petit tonneau de sherry, cadeau d'un bon client en Angleterre. Venez donc boire un verre avec moi, j'insiste !"

Un instant plus tard, ils étaient à l'auberge, assis au coin du feu. Le prévôt leva son verre de sherry anglais, pour voir les flammes se refléter dans le liquide sombre.

"Vous ne trouvez pas cela étrange, qu'ils soient au courant de notre existence jusqu'à indiquer nos villes sur cet instrument, alors qu'à ce jour nous ne savons rien d'eux ?"

Le prévôt frotta son gros visage et vida son verre.

"Avez-vous pensé au fait que leur mission pourrait avoir des objectifs militaires ?"

Heinesen rit.

"Allons, mon cher, ne vous laissez pas entraîner par votre imagination. Reconnaissez-le : ça ne tient pas debout. Je pense qu'ils s'étaient perdus. Quelle qu'ait pu être leur mission, à sa façon, Dieu a estimé qu'il fallait rapidement l'arrêter là. Il faut que je m'occupe de cette affaire."

Le prévôt se servit du sherry avant de reprendre le fil de son discours.

"Comprenez bien, Heinesen. Je suis dans une situation délicate. Je risque à tout instant de me voir démolir par le prêtre. L'évêque ne daigne nous rendre visite qu'en cas d'absolue nécessité ; or, cet homme est dévoré d'ambition. Il ferait n'importe quoi pour accroître son influence dans cette région. Dieu sait si ces gens sont des simples qui n'entendent rien au pouvoir des mots, ce qui n'est pas mon cas, ni le vôtre. La seule chose qu'ils comprennent, c'est la morsure d'un fouet sur leurs épaules. Ils ne craignent l'Eternel que parce qu'Il leur fait plus peur que le diable."

Heinesen qui regardait le feu leva les yeux. Le prévôt fit un signe de la tête.

"Oui, je sais, on ne s'attendrait pas à ce qu'un homme comme moi tienne ce genre de propos. Cela frise l'hérésie." Il releva le menton. "Maintenant, Heinesen, mon sort est entre vos mains.

— Vous n'avez aucune raison de vous faire du souci pour cette affaire, dit Heinesen en prenant le tonnelet sous son bras pour remplir les deux verres. Mais je comprends fort bien le péril où vous êtes."

Le prévôt se pencha avec insistance en avant.

"Alors, vous devriez compatir.

— Mais vous avez droit à toute ma sympathie."

Mais cela ne suffisait pas.

"Vous seriez prêt à m'aider ?"

Heinesen se rassit et dénoua son foulard. Il leva la main.

"C'est à peine si j'ai pu échanger quelques mots avec ce misérable. Et je ne sais si je suis plus que vous capable d'en tirer davantage." Il soupira. "Mais si vous le voulez, je peux retarder mon départ d'un jour et tenter demain de communiquer à nouveau avec lui.

— Ce n'est pas suffisant.

— Cette pauvre créature avait bien raison. Quelques jours encore, et vous le livrerez à cette foule !"

Le prévôt reposa son verre.

"Il n'y a plus qu'une seule solution : vous l'emmenez avec vous.

— Mais, monsieur, vous êtes fou !

— On peut organiser cela en toute discrétion. Je m'arrangerai pour répandre la rumeur que nous avons rejeté son corps dans l'eau dont il était sorti. C'est la seule façon ! Je ne veux pas donner à ce prêtre le plaisir d'allumer ses bûchers dans ma ville. Dieu sait si je n'approuve pas le calvaire que cette créature a dû subir, mais je ne tolérerai pas qu'on se serve de lui pour empiéter sur mon autorité. Et la seule façon pour moi d'éviter que cela ne se produise, c'est de le faire disparaître. Emmenez-le avec vous dans le Nord, Heinesen. Là-bas, on ne sait pas qui c'est. Ils en déduiront qu'il s'agit d'une curiosité, d'une découverte que vous avez faite au cours de vos voyages. Vous en portant garant, vous ferez taire toutes les rumeurs. Sur vos terres, loin des gens de la ville, vos employés vous croiront sur parole et ne se sentiront pas menacés.

— Mais que ferai-je de lui ?

— Vous êtes sur un chantier." Heinesen haussa les sourcils. Le prévôt faisait de grands gestes de la main. "C'est sans importance. Je n'ai pas besoin d'en savoir plus. Vous cherchez des hommes pour vous aider à édifier une annexe sur votre domaine, c'est bien ça ?"

Pendant un moment, Heinesen ne dit rien. Il s'attendait bien à ce que l'on ne puisse pas garder longtemps le secret sur ses plans. Toutefois, apparemment, on ne savait encore rien sur la nature de ses travaux.

"Je ne suis pas fou. Pareille entreprise comporte des risques. Vous me proposez une solution qui sort des normes, et qui pourrait donc m'attirer les foudres du roi. Est-ce que vous seriez disposé à me délivrer un reçu ?

— Je suis prêt à vous donner tout ce que vous pourrez souhaiter.

— Vraiment, vous êtes fou, ou alors serait-ce que j'aurais mis trop de vin dans votre verre ?"

Le prévôt fit non de la tête.

"Ni l'un, ni l'autre. Je crois que je suis tout à fait sain d'esprit : c'est le monde qui est fou." Sur ce, il se leva, souleva son chapeau et se dirigea vers la porte, ne se retournant que pour lui murmurer malicieusement : "Et si c'était Dieu qui avait trop bu de sherry ?"

XVI

Même la pluie ne parvenait pas à faire partir les badauds. Ils s'étaient assis au milieu de la route, entassés sous un amas de vieilles couvertures et de mètres de voiles crasseuses. On aurait dit des canards. Le notaire dont le visage était gris comme de la cendre les observait de sa petite fenêtre, tandis qu'ils se livraient à des scènes de flagellation purificatrices. Maintenant, cela se produisait plusieurs fois par jour. Un groupe de femmes avaient décidé de les organiser. Elles étaient une quinzaine, de tous les âges. Elles se mettaient en cercle au pied des escaliers et au milieu de la foule. Alors, elles faisaient une ronde où chacune venait fouetter le dos de l'autre avec une cravache, un fléau, ou une poignée de branches.

"Mais quand donc cesseront ces sottises ?" s'écria le notaire qui, pris d'un soudain désespoir, ne cessait de s'asseoir et de se relever.

Le prévôt émit un grognement et se mit péniblement debout. Il tituba à travers la pièce en se frottant les yeux de sommeil. Il regarda par la fenêtre et fit une grimace en voyant le sang qui se mêlait à la pluie.

"Ces femmes sont pires que les hommes !

— Hier, j'ai entendu dire qu'une troupe de paysans des Lolland se sont mis en route pour venir ici en pèlerinage, afin d'apporter leur contribution à ces cérémonies." Le notaire mai-grissait à vue d'œil, et d'heure en heure son visage devenait de plus en plus gris. "Rendez-vous compte, si ces rumeurs se propagent, nous serons souillés à jamais. Des hordes entières de gens dont l'âme et le corps sont voués à toutes sortes de croyances vont débarquer ici, pour ne rien dire des croyants les plus fanatiques. Les gens vont venir ici pour nous soigner, pour nous guérir, pour se vautrer dans le péché, ou alors ils viendront se planter là sous ma fenêtre rien que pour regarder."

Le prévôt tapa du pied sur le plancher.

"Je vois bien où vous voulez en venir, avec vos sermons, merci bien, *herre* Jakobsen." Il se frotta le visage. "Bien sûr, vous avez raison, il faut nous débarrasser de ce petit diable aussi vite que possible."

Le prêtre arriva au milieu de la matinée en compagnie d'un homme de grande taille et à la mine sombre, ainsi que d'un garçon qui portait une grosse malle sur son dos. Au moment où ils entraient, le prévôt grinça des dents. Le prêtre avait un visage plein de ferveur, tout en lon-gueur, le front fuyant, des oreilles en pointe. Il était entièrement vêtu de noir, à l'exception de la fraise blanche qui lui entourait le cou. Il exa-mina ce bureau avec le plus grand soin, comme s'il s'attendait à trouver des preuves d'une dégradation spirituelle derrière chacune des toiles d'araignée qui en garnissaient les coins.

"Nous sommes venus ici pour vous proposer nos services au sujet de ce malheureux messa-ger sorti de l'enfer.

— Et en quoi pensez-vous pouvoir nous aider ?" demanda le prévôt en ne quittant pas des yeux cet homme qui se tenait à côté de la porte, droit comme un if.

Le prêtre leur adressa l'un de ses sourires figés et s'inclina légèrement.

"Il est de mon devoir de vous informer tous qu'une grande peur s'est emparée des gens de cette ville. On parle de présages, de sinistres prédictions.

— Vous voulez dire, à n'en pas douter, qu'il est de votre devoir d'informer ces braves gens qu'ils n'ont rien à redouter d'un pauvre marin solitaire et empli de terreur qui s'est perdu en mer ?

— Avec votre permission, je vais vous proposer une explication. Les voies du Seigneur ne connaissent pas de fin. J'ai parfaitement conscience de tout ce qu'un pareil déchaînement de malheurs peut comporter de dangereux. Bien entendu, j'ai fait tout ce qui est en mon pouvoir pour y remédier. Pourtant, il ne faut absolument pas sous-estimer la profondeur de pareils sentiments, et prendre des mesures qui nous permettent d'unir nos efforts pour y porter remède avec efficacité, et en toute clarté.

— Et que proposez-vous, monsieur le prêtre ? Qu'on le relâche, afin qu'ils le brûlent ?

— Allons donc ! dit le prêtre avec un sourire pincé. Nous ne devons pas céder à ce vent de folie qui s'est emparé de nos pauvres frères."

Le prévôt respira profondément. L'homme de grande taille qui jusque-là était resté silencieux s'avança. Ce qui frappait le plus chez lui, c'était la forme de sa tête, qui faisait songer à un œuf posé à la verticale. Ses grands yeux, fixes et blanchâtres, étaient saillants ; il avait un visage glabre et anguleux. Sa peau rugueuse avait le gris d'un schiste. Une belle calvitie couronnée par une mince bande de cheveux châtains envahissait tout son crâne. Il dépassait tous les hommes qui étaient dans cette pièce. A vrai dire, de toute sa vie, le prévôt n'avait jamais vu un homme de cette taille.

"Si vous le permettiez, j'aimerais…" Il parlait d'une voix claire, avec une grande maîtrise de soi. "J'aimerais donc compléter quelque peu les informations dont nous disposons déjà à propos de cette créature. Et j'aimerais, ce faisant, dissiper le souci que nous nous faisons au sujet de sa nature.

— Mais qui est cet homme ?"

A nouveau, le prêtre s'inclina.

"Je vous présente notre chirurgien, Manson. Il a fait ses études à Bologne et à Bâle. Sa connaissance du corps humain est sans rivale."

Le prévôt ne se donna pas la peine d'échanger des formalités avec l'homme de grande taille car, si étrange que cela puisse paraître, il trouvait les chirurgiens encore plus méprisables que les prêtres.

"Nous suggérons donc que *herre* Manson procède à des examens et qu'il rende son verdict afin que nous puissions décider du meilleur parti à prendre.

— Est-ce que nous savons ce qu'en pense notre bon évêque ?"

Le prêtre se retourna en faisant claquer sa langue d'impatience.

"Dois-je vous rappeler qu'en ce qui concerne l'émoi et les troubles provoqués par cet événement vous portez une lourde part de responsabilité ?

— Non, inutile de me le rappeler."

Le prêtre lança un regard furieux au prévôt.

"Vous n'auriez pas dû laisser cette misérable créature sortir de la mer.

— Et vous vous considérez comme un homme de Dieu !"

Le prévôt haussa les sourcils en feignant la stupéfaction. D'un geste de la main, il montra au chirurgien où il devait aller. Manson se retourna, et en trois grandes enjambées il avait traversé la pièce, suivi du garçon qui se débattait avec la grande malle.

Le prévôt poussa un soupir.

Le prêtre fit la moue.

"Eh bien, en tout cas, on pourra savoir avec certitude si oui ou non il porte en lui un mal pestilentiel.

— Ne soyez pas si sûr de vous, grommela le prévôt, je n'ai jamais accordé beaucoup de crédit au galimatias et aux sornettes des chirurgiens. Je n'ai jamais entendu dire qu'ils soient parvenus à guérir quiconque d'une maladie grave."

Les trois hommes attendirent en silence. Le prêtre se tourna vers la fenêtre. Le notaire jeta une petite bûche dans le feu. La rumeur de la foule rassemblée sur les escaliers devant la maison faisait un peu songer au bruissement d'un vent fort dans un rideau d'arbres.

La silhouette gris d'ardoise enleva son manteau et retroussa ses manches. Elle mit un tablier de cuir luisant et ordonna au garçon dont les mains tremblaient de retirer ses vêtements à la créature. L'homme à la grande taille retroussa les manches de sa chemise et s'empara d'un baquet d'eau bouillante que lui tendait un garde qui se tenait à l'extérieur. Il en déversa le contenu sur cette forme nue qui se recroquevillait sur elle-même, puis cria qu'on lui en apporte un autre. Ensuite il se mit à répandre de la poudre à pleines poignées tout autour de la pièce. Une fumée âcre s'éleva en minces volutes de la pierre humide. Le garçon, qui s'était réfugié dans un coin, se mit à tousser, il avait des larmes plein les yeux et, à la fin, il sortit de la pièce en titubant. Le chirurgien noua un tissu autour de sa bouche et de son nez, puis s'approcha de la créature noire qui était de l'autre côté de la pièce.

"Viens ici, ma beauté !" fit-il d'un air féroce, en étendant ses mains décharnées. Pendant les deux heures qui suivirent, il sonda et donna des petits coups à la créature pour explorer son anatomie. Il lui frotta la peau avec de l'alun et l'extrémité des doigts avec de la poudre à canon. Il enfonça des tiges de bois dans son rectum et des tuyaux de cuivre dans sa gorge. Il le pétrit et étira chacun de ses muscles et ligaments, fit plier les articulations en tous sens, cherchant des branchies, des valves, des ventricules ou autres organes caractéristiques qui n'auraient pas dû y être. Il examina les intervalles entre les doigts et les orteils pour voir s'ils étaient palmés. Il introduisit de fines aiguilles dans son ventre pour s'assurer de l'emplacement des organes vitaux. De ses aisselles, il fit couler une bonne dose de sang dans un pot de fer que le garçon mit ensuite à bouillir. Il entoura ses tempes de cercles de métal et par un entonnoir il déversa un liquide mauve dans ses oreilles. Centimètre après centimètre, il fit un relevé de toutes les parties de son corps, pénis inclus, qu'il tint dans sa main, semble-t-il, un peu plus longtemps qu'il n'était nécessaire bien qu'à ce stade le patient ne fût plus en état de s'en soucier. Lorsque le chirurgien quitta la pièce après avoir enfermé tous ses instruments dans une grande malle de cuir, le pauvre diable s'effondra sur le sol froid, il était nu et faisait des efforts pour vomir. Même le garde qui avait assisté à cet examen sembla éprouver de la pitié puisqu'il revint vite poser une vieille couverture de lin grossier sur la créature qui grelottait.

Les jours passaient. Rachid était accroupi par terre, il enfonçait de vieux trognons de chou dans sa bouche et les mâchait en toute hâte. En haut, sur le mur, il y avait une étroite grille de fer qui, du fait même de l'inclinaison de l'étable, était au niveau de la ruelle située derrière le bâtiment. Là, en se mettant à genoux, les gens pouvaient regarder le prisonnier. Ils s'y agglutinaient comme des feuilles mortes. Ils chantaient des mélopées et maudissaient le malheur sorti de la mer qui s'était abattu sur eux. Des petits cailloux jetés de la rue venaient claquer contre les barreaux. Ils lançaient des railleries, des bouts de bois, des pierres. Quelques-uns s'agenouillaient pour prier et demander pardon pendant que d'autres déroulaient une litanie de gros jurons. Ils savaient que c'était une créature venue d'une étrange forêt située de l'autre côté de la mer, encore plus au sud que ce lieu où tous les hommes ont la peau noire et où le diable vit voluptueusement dans le palais de ses péchés. Ils savaient qu'un seul regard de sa part suffirait à leur infliger une éruption de bubons et des douleurs d'entrailles comme ils n'en avaient jamais connu, mais ils ne parvenaient pas à s'en détacher.

La pluie venait crépiter sur le dallage de pierre, et quand il se pelotonnait dans son coin pour y dormir, l'eau lui coulait dans le cou. Il sautillait d'un pied sur l'autre pour ne pas se transformer en grenouille.

XVII

A l'auberge, dans la pièce du dessus où il logeait, Verner Heinesen lorgna par la fenêtre. La vitre, sombre et sale, donnait à la ville une gamme de teintes, allant du brun au jaune et au vert. Au loin, au-delà du clocher de l'église, il apercevait le scintillement des vagues se brisant contre la crête des bancs de sable qui s'étiraient le long de la côte, au nord et au sud. Au nord, les maisons et les bâtiments qui formaient le centre de la ville s'ouvraient sur des champs et sur les hautes herbes frémissantes des marais. Cela faisait maintenant plus de deux semaines qu'il était là, et il lui tardait de rentrer chez lui. En bas, cahotant sur le pavé inégal, il vit passer une charrette lourdement chargée de bois de charpente. Une femme, avec un poulet sous le bras, héla l'homme qui menait la charrette.

Il y avait tellement à faire. Il avait passé des commandes auprès des services maritimes pour la plupart des matériaux dont il avait besoin, et s'était déjà assuré les services de charretiers qui allaient acheminer les gros bois de charpente qu'on devait lui livrer avant le printemps. Rien n'est impossible, se dit-il, à condition de tout prévoir, jusqu'au plus infime détail. Ce matin, il avait signé un contrat avec Andersson, le dessinateur. La maison où il vivait et travaillait était en face de l'église, du côté ouest. La pièce était vaste et large, avec deux tables à dessin et une énorme cheminée qu'un jeune serviteur ne cessait de garnir.

Le visage d'Andersson était buriné et serré, et il avait des petits yeux bleus et durs, si rapprochés qu'ils faisaient songer à des coques de moule.

"Vous ne manquez pas d'ambition, Heinesen.

— Vous estimez qu'il faut être fou pour faire cela, non ?"

Andersson donna un coup de menton et pendant un instant il détourna son regard.

"Pour se lancer dans pareille entreprise, il faut être ou fou, ou très courageux." A nouveau, il regarda Heinesen. "Et je ne sais à quelle catégorie vous appartenez."

Heinesen s'assit sur un tabouret, le dos contre le feu. Il aimait cette pièce. Il y régnait une atmosphère confortable, douillette, il s'en dégageait une sorte de sérieux qu'il appréciait. Il aimait aussi cet homme assis en face de lui. Ce n'était pas souvent qu'on rencontrait des gens comme Andersson. Et il aurait échangé cent gentilshommes pour un homme comme lui.

"Vous me dites que les plans sont bons. Et la structure, ça tiendra ?

— Aucun doute, en tant que telle, cette structure est solide. Je dois reconnaître que vous n'avez rien négligé.

— Pourtant, je sens une réticence de votre part."

Andersson se pencha en avant sur sa chaise.

"Heinesen, il faut vous mettre au clair. Une pareille entreprise ne représente pas qu'une simple construction. Un observatoire de ce type attirera l'attention. Si vous échouez, ma foi, je ne donne pas cher de votre réputation.

— Andersson, si je me suis adressé à vous, ce n'est pas seulement à cause de vos talents d'expert, mais parce que je respecte votre jugement. Alors, je vous en prie, parlez franchement.

— Très bien." Andersson croisa les mains et à nouveau il se renversa sur sa chaise. "Je vais vous dire ce que j'en pense. *Herremand* Heinesen, votre projet est dangereux. Déjà, il implique des investissements fantastiques. Vous êtes un homme riche, d'une noble famille. Les revenus que vous tirez de vos propriétés familiales et de l'élevage de chevaux que vous tenez de votre défunt oncle sont respectables. Beaucoup d'hommes de votre âge se contenteraient de s'installer pour jouir de ces confortables revenus."

Pendant un instant, Andersson garda le silence.

"J'ai envie de vous demander ceci : pourquoi tenez-vous à vous lancer dans pareille entreprise ?

— Pour moi, la réponse à cette question est évidente. Si j'étais poète, je pourrais me contenter de cette vie que vous m'avez décrite. Je ne suis pas dépourvu de sensibilité. J'aurais pu, en déployant quelques efforts, réussir à trouver une épouse convenable et à m'installer comme vous l'avez dit, pour profiter confortablement de la vie. Mais cela ne saurait suffire.

— Cela ne saurait suffire ?" Andersson rit avec rudesse. "Vous rêvez, vous êtes dans les étoiles, Heinesen. Mais prenez garde que leur lumière ne vous aveugle !

— Je ne rêve pas." Heinesen secoua la tête. "Les Espagnols ont fondé leurs colonies dans le Nouveau Monde et ils s'y sont enrichis. Les Portugais se sont enfoncés dans cette obscurité qui entoure l'Afrique, pénétrant ainsi jusqu'aux confins orientaux de la Perse et jusqu'aux océans qui sont au-delà. Non, en ce domaine, tout a été fait.

— Vraiment ? fit Andersson que l'enthousiasme de Heinesen rendait perplexe.

— Mais oui ! reprit Heinesen avec impatience, et les gens vont continuer à œuvrer en ce sens. Leurs rois expédient leur flotte dans tous les coins encore inconnus de la terre pour qu'elles y plantent leur drapeau. Mais, dans tout cela, rien de nouveau !

— Mais les cieux, ça, c'est nouveau ?"

Incapable de rester assis plus longtemps, Heinesen se leva et renversa son tabouret par inadvertance. Il se mit à faire les cent pas devant la vaste cheminée.

"Il était si près de la vérité, telle qu'elle a été décrite par ce Polonais, Copernic. Mais il a pris peur, il a perdu courage, vous comprenez ? C'est pourquoi rien de bon ne peut sortir d'un homme de science lorsqu'il est à la solde d'un roi. Car celui-ci ne s'intéresse qu'à des prophéties qui peuvent lui rendre service.

— Si je comprends bien, vous faites ici allusion à Tycho Brahé ?

— Oui, le vieux Bec-de-Fer." Une lueur passa dans le regard de Heinesen. Il rit nerveusement et porta la main à son nez. Il en avait perdu le bout lors d'un duel, dans sa jeunesse.

"Mais vous avez été son élève en Zélande ?

— Oui, sur l'île de Hveen."

Andersson donna un coup de tison au feu.

"Le fait de se battre en duel n'indique pas forcément chez un homme un manque de courage !

— Il se peut que vous ayez raison. A vrai dire, il a dû avoir recours à des compromis.

— Est-ce là ce que vous souhaitez ? dit Andersson en parlant lentement.

— Je veux démontrer ce que les Anciens savaient, ce que nous démontrent les textes de l'*Hermétique*, et ce que Copernic avait bien vu, à savoir que le Soleil est au centre de toutes choses.

— Heinesen, j'admire votre courage et votre zèle, mais aborder cette question revient à entrer en guerre avec l'Eglise."

Heinesen était consterné. Il avait entretenu l'espoir qu'Andersson allait lui apporter un minimum de réconfort moral.

"Tycho n'est plus de ce monde, n'est-ce pas ? demanda Andersson.

— Non, il est mort dans la misère, il y a sept ans, à Prague.

— Expliquez-moi pourquoi j'ai le sentiment que quelque chose vous relie encore à votre ancien maître ?

— Je n'étais qu'un assistant, rien de plus. Mais avec quelques privilèges, comme me le rappelait souvent Sa Seigneurie, car on m'autorisait à partager leur compagnie." Le regard de Heinesen se perdit dans le lointain tandis qu'il se remémorait le bruit de pas s'éloignant dans de longs couloirs de pierre, ou la lumière qui se déversait par les fenêtres dans les grandes salles d'Uraniborg. "On aurait pu faire tellement de choses ! En fait, bien qu'il ait accompli beaucoup de choses, il ne put résister à un désir de trouver un compromis, une issue. Il voulait que tout le monde soit content de son travail."

Andersson semblait se lasser de cette conversation. Il se leva, et parla de se remettre au travail. Il accompagna Heinesen jusqu'à la porte.

"Vous avez envie de vous construire un petit empire des étoiles, et vous êtes assez jeune pour pouvoir l'entreprendre. Mais assurez-vous que vous vous lancez dans cette entreprise pour de bonnes raisons." Il sourit. "Qui sait ? Vous pourriez même réussir…"

Mais Heinesen ne voulut pas entendre cette note d'ironie.

"Andersson, en termes d'histoire, nous vivons une époque formidable. Dans les cent années qui viennent, nous en apprendrons davantage sur nous-mêmes et sur l'univers dans lequel nous vivons que ne l'ont fait tous les siècles qui nous ont précédés depuis l'aube des temps !"

Un coup frappé à la porte arracha Heinesen à ses pensées et le ramena au présent.

"Qui est là ?" cria-t-il d'une voix sèche.

Klinke entra en poussant précautionneusement la porte et ôta son chapeau. Pendant un instant, Heinesen le fixa d'un air absent. Klinke avait été au service de son oncle depuis sa plus tendre enfance. Il se souvenait des quelques visites qu'il lui avait rendues en compagnie de sa sœur quand ils étaient petits. Klinke jeta un regard circulaire autour de la pièce et en voyant l'air attristé de son maître il comprit qu'il n'était pas particulièrement de bonne humeur. Avec ses grosses bottes et son gilet de cuir, sa barbe hirsute, il semblait occuper toute la pièce. Heinesen l'accueillit par un sourire.

"Alors, Klinke, quelles sont les nouvelles du front ?

— Monsieur, les chariots sont chargés et attendent vos ordres pour partir.

— Alors, qu'ils partent sans tarder. J'ai hâte de reprendre le travail dès que possible.

— Très bien, monsieur."

Et comme il montait dans sa carriole plus légère et à deux roues, il parcourut du regard l'alignement des lourdes charrettes qui plus tard allaient suivre cette route pour acheminer les marchandises vers le nord. Tout à coup, il eut une idée et, posant les rênes, il appela Klinke.

"Va voir le prévôt et parle-lui en privé. Dis-lui que j'entends tenir ma promesse à propos de cette affaire dont nous avons parlé. Sois discret, Klinke, et veille à ne pas te faire remarquer. Le prévôt comprendra, et il nous facilitera les choses. Et l'homme dont il est question entrera à notre service."

Un pli profond se creusa entre les yeux marron de Klinke pour exprimer la plus grande confusion. Heinesen lui donna une tape sur l'épaule.

"Allons, Klinke, ne sois pas si morose. Pour moi, tu ne fais pas partie de ces gens qui sont superstitieux comme des vieilles femmes !" Et sur ce, il s'éloigna en lançant par-dessus son épaule un post-scriptum qui ne fit qu'ajouter à l'embarras de Klinke. "Dis-lui de ne pas oublier la malle !"

Et comme il sortait de la ville avec fracas, en cahotant sur les pavés, ses chevaux prirent le galop.

Le lendemain matin, peu avant l'aube, dans les étables humides, la petite porte fendillée s'ouvrit toute grande. Un garde y pénétra à la hâte et jeta sur la tête de l'étranger la couverture qu'il tenait entre ses mains, comme on le fait pour un cheval. Son compagnon l'aida à trouver son chemin tout au long de cette cave en forme de grotte jusqu'à l'entrée et à une faible rampe d'accès. Les premiers rayons mouillés de l'aube venaient effleurer les angles émoussés de la voûte de pierre sous laquelle ils se trouvaient maintenant. Une charrette courte, avec de grosses roues et des barres sur les côtés était là, sur l'esplanade, derrière les étables. Deux solides chevaux les attendaient patiemment. Tout en escaladant les barreaux à toute allure, un garde glissa une petite miche de pain sous le bras de Rachid dont la tête était toujours enveloppée dans une couverture, comme dans un linceul. Près de la charrette se tenait la silhouette solitaire de Klinke. Il avait l'air sombre. Lorsque la forme s'approcha, il lui jeta un coup d'œil. Puis il recula et indiqua l'arrière de la charrette, où un homme et un petit garçon se serraient l'un contre l'autre sous la bâche de toile. Klinke attacha solidement la toile à voile sur le dessus de la charrette puis, montant sur la banquette, en donnant un coup de rênes, il fit partir les chevaux. Les lourdes roues se mirent à tourner et lentement, avec discrétion, la charrette quitta la ville avant que le soleil ait eu le temps d'ouvrir son œil unique.

XVIII

Il s'appelait Martin, comme son grand-père qu'on avait enterré dans le cimetière derrière l'église. Ils remontaient le petit sentier qui serpentait dans l'herbe en direction du petit bâtiment gris. Hassan avait interrompu son travail, estimant qu'il avait besoin de prendre l'air. Et comme il avait très souvent regardé cette église par la fenêtre de sa cuisine, il se dit qu'il était temps qu'il aille la voir. Il venait de refermer la grille basse derrière lui lorsque, en bas, le garçon de l'épicerie le héla depuis la route. Hassan attendit qu'il le rejoigne. Il tombait une petite pluie et sur le sentier l'eau rendait les dalles glissantes.

"Avant, on venait danser ici, reprit Martin qui tentait de retrouver son souffle, il y a très longtemps de cela.

— Du temps de tes grands-parents ?

— Non, répondit le garçon en riant. Du temps des païens. Ils venaient danser ici, tout nus. Et souvent ils faisaient aussi des sacrifices humains.

— Il est vrai que beaucoup d'églises ont été édifiées sur des sites utilisés autrefois pour d'autres formes de culte."

Martin enfonça ses mains dans ses poches et, précédant Hassan, il marcha à reculons.

"Vous voyez ? Quand même, on sait des choses ici !

— Mais je n'en ai jamais douté !"

Ils étaient arrivés devant la façade de l'église. Le bâtiment d'origine consistait en une masse rectangulaire contruite à l'aide d'énormes blocs de calcaire grossièrement taillés.

"Des petits poissons, fit Martin en donnant des coups de baguette à des coquillages qui apparaissaient dans la roche.

— Non, pas des poissons, mais des mollusques.

— Des mollusques ?"

Hassan haussa les épaules.

"Des coquillages marins. Tu vois ce que je veux dire, comme ceux qu'on trouve sur la plage."

Il poursuivit son tour de l'église. A plusieurs reprises, on avait dû ajouter des bâtiments à celui d'origine.

"Mais où avez-vous appris tout ça ?

— Oh, comme tout le monde. A l'école, au lycée, à l'université." Il jeta un coup d'œil sur Martin. "Quel âge as-tu ? Seize, ou dix-sept ans ?

— Dix-huit.

— Tu ne vas plus à l'école ? Qu'est-ce que tu comptes faire ?

— Je n'en ai pas la moindre idée." Martin fit une grimace et, étendant la main, il toucha le mur de l'église. "Alors, qu'en pensez-vous ? demanda-t-il en la montrant d'un geste. Ça vous intéresse, ou pas ?

— Ouais, fit Hassan en hochant la tête. Ça me change agréablement de tous ces livres que je dois lire. J'ai envie de jeter un coup d'œil à l'intérieur."

On entendit un coup de klaxon qui venait de la route, et Martin fit signe à quelqu'un.

"Il faut que j'y aille !

— Dis donc, fit Hassan en se retournant, on ne sait jamais, mais si ça t'intéresse, je peux demander au chantier si on a besoin de bras.

— Vraiment ?

— Mais oui."

Martin hocha la tête à plusieurs reprises et ses cheveux gras vinrent recouvrir son visage.

"Ça me plairait.

— OK. Je vais leur en parler.

— OK." Et il répéta ce mot plusieurs fois en se retournant pour partir. "Merci !" cria-t-il de la grille.

Hassan lui fit au revoir de la main. Il entendit claquer une portière et le bruit d'un moteur tandis que la voiture s'éloignait.

A l'intérieur, l'église était sombre et sentait le vernis. Des bancs à grand dossier étaient alignés, et chaque rangée s'ouvrait sur l'allée centrale par un petit portillon. Hassan souleva un loquet et s'avança pour s'asseoir au fond. C'était calme, il faisait frais, avec quelque chose de très spartiate. Sur un panneau, on avait affiché le numéro des derniers hymnes qu'on avait chantés ici. Il se dit qu'il ne devrait pas oublier de vérifier l'histoire de cette église. Peut-être Martin avait-il raison, peut-être y avait-il eu jadis des cérémonies païennes sur ce site.

Il respira profondément et se remit à penser à Verner Heinesen. Qu'est-ce que cet homme s'attendait donc à trouver en édifiant une sorte de tour d'observation astronomique dans ce coin perdu ? Et quel rapport avec le nom porté sur cet instrument de cuivre ? Que s'était-il passé ici, il y a près de quatre cents ans de cela ?

Ce Heinesen, quel genre d'homme était-ce ? Hassan était parvenu à rassembler quelques renseignements sur ses années d'apprentissage à

Hveen, sous la direction de Tycho Brahé. Dans un musée privé tout près de Helsingør, on avait trouvé une correspondance qu'il avait échangée, semblait-il, avec sa sœur. Or, l'étude de ce Brahé, l'un des astronomes les plus célèbres de tous les temps, ne s'annonçait pas comme une partie de plaisir.

Tycho Brahé était l'enfant d'une famille noble de la province de Skåne, à l'est de Copenhague, qui fait partie de l'actuelle Suède. En 1576, le roi Frédéric II lui avait concédé à vie l'île de Hveen. Pour qu'il puisse réaliser ses recherches, il s'était vu attribuer un grand domaine en Norvège, un autre à Roskilde, ainsi qu'une pension de deux mille couronnes provenant des droits de douane perçus sur les navires franchissant le détroit de la Baltique. Il avait passé des années à construire l'audacieux Uraniborg et plus tard le centre de Stjerneborg. La communauté résidant à Hveen était un mélange hétéroclite d'artisans, d'étudiants, de nobles qui venaient le voir de toute l'Europe, dont Jacques Ier, le roi d'Angleterre. A cette époque, aucun centre scientifique européen ne pouvait rivaliser avec celui de Hveen. Là, Brahé, roi sans couronne, régnait sans partage sur toutes ses possessions : les bâtiments, les fabriques, les étangs, les jardins, les sources, et une imprimerie. Il y avait des fonderies de fer utilisées pour la fabrication d'instruments de mesure, d'énormes sphères armillaires et des quadrants gradués. Il y avait des laboratoires de chimie, du bétail, et du poisson en abondance. Sur l'île, on vivait en autosuffisance, et on produisait même le papier nécessaire pour l'imprimerie.

1596 : Christian IV, alors âgé de dix-neuf ans, monte enfin sur le trône. Christian et Heinesen avaient le même âge ; il était né en 1577, ce qui revient à dire qu'il avait onze ans à la mort de son père, Frédéric II. Ce roi avait apporté son soutien aux travaux de Tycho Brahé. Pendant les années de cet interrègne, un conseil s'était occupé des affaires du jeune monarque et comme Brahé était mal vu nombre de ses membres désavouèrent ouvertement les faveurs que le défunt roi lui avait accordées. N'importe comment, Brahé n'était pas quelqu'un de commode, et il s'était certainement fait beaucoup d'ennemis. Maintenant, ces derniers se regroupaient autour du jeune roi. Et pour l'astronome l'ambiance n'était plus la même. On l'accusait d'avoir laissé tomber en ruine l'église de Roskilde. Egalement d'exploiter la petite communauté vivant à Hveen, laquelle semblait-il était terrifiée par tous les malheurs qu'il suscitait en se mêlant d'alchimie et d'astrologie. Revenus et privilèges allèrent en s'amenuisant. Il emporta tous ses instruments et ses biens, ne laissant que ceux qu'il ne pouvait embarquer et partit pour Prague. L'empereur Rudolphe II lui fit don de l'un de ses châteaux et Brahé y resta jusqu'en 1601, où il mourut d'un éclatement de la vessie.

Ah, autre chose, nota Hassan : Brahé avait un frère jumeau, mort à sa naissance.

En début de soirée, Hassan rentra chez lui. Il venait à peine de s'asseoir pour reprendre son travail lorsque le téléphone se mit à sonner. C'était sa femme, Lisa.

"Où es-tu ?

— Chez ma sœur. Je pense que je vais y rester un peu.

— Je vois.

— Je veux savoir. Je veux savoir quels sont tes projets.

— Je n'en sais rien. En ce moment précis, je suis très occupé.

— Combien de temps comptes-tu rester là-bas ?

— Rien de sûr.

— Dis-moi juste une chose. Je pense que j'ai le droit de le demander : est-ce que tu l'aimes ?"

Hassan fixait du regard l'écran vide. Le curseur clignotait.

"Tu es toujours là ?

— Oui, finit-il par dire, je suis toujours là.

— Prends tout ton temps, dit-elle, mais dis-toi bien que je ne vais pas passer ma vie à attendre !"

On entendit un déclic : on avait raccroché. Le soleil avait baissé. La pièce était plongée dans le silence. Il resta là, immobile. Plus rien ne bougeait.

XIX

Fin d'après-midi. En jurant, Klinke pressa les chevaux. La charrette longea le lac et remonta le chemin qui serpentait sur la colline. En regardant par-dessous la bâche, Rachid aperçut à travers les arbres la longue courbe de l'eau. Les chevaux fatigués peinaient en montant parmi les arbres inclinés pour déboucher sur la proue d'une crête peu boisée et balayée par les vents.

En face d'eux se dressait une grande maison.

"Helioborg", fit Klinke dans un grognement. L'homme et le petit garçon qu'il avait embarqués se tenaient à ses côtés sur la banquette. Le père se secoua pour se réveiller, et le garçon s'étira. Rachid s'allongea à nouveau sur son lit plein de bosses, fait de sacs remplis de chaux et de boîtes de clous. Il roula sur le côté et souleva la tête pour pouvoir regarder la colline.

"Le Château du Soleil", comme on l'appelait, était situé sur un replat, à peu près à mi-pente d'une colline qui déroulait ses courbes au-dessus d'un lac paisible. Dans les prés du bas, les chevaux allaient au petit galop, gambadant de-ci de-là, crinière au vent. L'humidité imprégnait l'air qui, devenant plus froid, venait s'accrocher à vos os pour les piquer et les pincer sans cesse. La charrette allait en cahotant sur des pierres, des ornières durcies qui le secouaient jusqu'à l'os. Et tandis qu'ils grimpaient sur la pente douce de cette proue, Rachid regarda longuement la grande étendue d'eau calme et les chevaux que le spectacle de ces verts pâturages semblait réjouir. C'étaient des bêtes solides, aux pattes robustes. Il renonça à les compter. Et comme on s'approchait de la maison, il put constater qu'il ne s'agissait pas d'un seul bâtiment, mais d'une série de dépendances et de granges regroupées autour d'une cour carrée couverte de dalles.

La pluie avait formé des mares entre lesquelles les lourdes roues venaient cahoter et se balancer. La charrette décrivit un grand arc de cercle pour venir s'arrêter devant le corps de bâtiment principal. Deux femmes posèrent leur seau de lait pour voir ce spectacle. La pluie s'était arrêtée et le soleil, perçant le rideau de nuages, découpait des pans de lumière éblouissante. On écarta la bâche et Rachid cligna des yeux, tout en repérant les formes et les dimensions des lieux. Les deux femmes se tenaient toujours devant une bâtisse longue et basse qui, comme il s'en aperçut par la suite, servait de logement aux ouvriers. Tout cela avait un air de désolation, comme si ce lieu avait été livré au vent et à la pluie, ou peut-être parce qu'il lui manquait un élément qui aurait pu lui redonner vie. La maison principale était orientée au midi et comparée à ce qu'il avait pu voir jusque-là elle paraissait grande mais les charpentes et les colombages étaient si frêles qu'elle semblait se fondre dans le paysage. Et tandis qu'il montait sur le tertre dans un bruit de chaînes, il sentit tous ces yeux qui le fixaient. Stupéfaites, les femmes ne le quittaient plus du regard. Elles avaient des traits grossiers, le teint pâle et incolore. Rachid n'osa pas les regarder en face, mais du coin de l'œil et à la dérobée, comme par instinct, pour se protéger, ce qui devint ensuite une habitude.

A tue-tête, elles demandèrent à Klinke qui diable il amenait là. Klinke répondit par quelques mots secs, ce qui leur fit reprendre leur seau et continuer leur chemin. Maintenant, il s'affairait, tournant autour de la charrette, dénouant des cordes et demandant qu'on l'aide à décharger. Deux hommes s'avancèrent et se plantèrent là, les mains aux hanches, discutant avec Klinke et d'autres charretiers qui s'étaient approchés. Dans cette cour, partout, on s'activait. On demanda au garçon et à son père qui avaient fait le voyage aux côtés de Klinke de transporter quelque chose, et ils semblaient heureux de se voir confier une tâche. En trébuchant, ils se rendirent vers la porte de la grande écurie située à l'est de l'enceinte.

Rachid sentit qu'on dénouait ses chaînes. Il aperçut les arceaux de fer qui s'incurvaient dans le ciel, puis il y eut un grand bruit sourd au moment où ils montaient à l'arrière de la charrette. Il entendit ensuite le souffle puissant de Klinke tandis que s'éloignait l'ombre de ses larges épaules. Tout à coup, la maison se dresse devant lui. Lentement, il parcourt du regard la montée des pierres grises du palier d'entrée, les grilles de fer qui s'arrondissent en direction d'une porte vert olive et de son encadrement qui porte un nom gravé dans sa pierre. On avait recouvert les traverses en bois d'une couche épaisse de peinture ocre-rouge. Les bois de charpente s'entrecroisaient pour former des triangles et des carrés de torchis de chaux. Une goutte d'eau à l'éclat argenté était restée accrochée à une poutre qui dépassait. Au premier, il y avait huit fenêtres. Il les compta.

La maison d'habitation était un bâtiment vaste et profond. Pour conserver la chaleur, on avait étalé de la paille sur tous les planchers. Cette pièce était divisée en de nombreuses chambres séparées par des cloisons de bois qui lui donnaient l'aspect d'une écurie. Sur son passage, des visages sortaient de l'obscurité pour le regarder. Quelques-uns de ces hommes étaient avec leur famille, si bien qu'à eux seuls ils occupaient tout un compartiment tandis que beaucoup d'autres demeuraient vides. Des enfants passaient en courant, en riant, en cherchant à s'attraper. Si l'on avait mesuré l'un de ces édifices de bois, on aurait pu compter trois pas de large. Il n'y avait que peu de signes pour indiquer qu'ils étaient occupés, hormis ici un paquet de vêtements, là un sac, mais dans la plupart on avait étalé de la paille pour que l'on puisse y dormir. Rachid se retrouva près de l'entrée d'une stalle restée inoccupée et située à l'autre bout de la salle, tout contre le mur. Klinke lui indiqua le plancher du doigt et, portant la main à son visage, il lui fit signe que c'était un endroit pour dormir. C'était sombre et humide, mais cela ne lui importait guère. Depuis qu'on l'avait débarrassé des chaînes qui lui entouraient les chevilles, il était tout à la joie de se sentir si léger. Il se redressa et découvrit que l'autre homme continuait à l'observer. Klinke marmonna quelques mots et faisant demi-tour il disparut dans le noir. Dans l'ensemble, les vêtements de Rachid étaient dans un état lamentable. Sa longue tunique de laine était pleine de trous, et tandis qu'il tentait de retenir la vieille couverture d'écurie sur ses épaules, il eut le sentiment que s'il la laissait tomber tous ces haillons allaient se détacher d'un seul coup, comme lorsqu'on défait un nœud.

Ses mains et ses pieds étaient couverts d'ampoules et de plaies sanguinolentes. Il sentait que ses dents de devant étaient déchaussées et qu'une odeur infecte se dégageait de son corps. Cela faisait plus d'un mois qu'il ne s'était pas lavé. "Je dégage une odeur de mort", se dit-il. Et son aspect était encore pire. Il avait des cheveux très longs et pleins de nœuds et il s'était aperçu que de nombreuses bestioles étaient venues se loger dans sa barbe.

Il rampa dans le coin qu'on lui avait attribué, se mit en boule et s'endormit.

Le lendemain matin, Klinke réapparut pour lui apporter un paquet de vêtements : des pantalons de grosse laine et une chemise de travail en crin de cheval. Sans plus attendre, Rachid les enfila par-dessus les haillons qui lui tenaient lieu de vêtements. Les pantalons étaient trop grands, mais il les remonta aussi haut que possible et les attacha avec un morceau de ficelle, après quoi il retroussa les jambes. Il fit bouger ses orteils dans le cuir raide de ses nouvelles babouches. Il remarqua que l'homme l'observait. Il souriait. Rachid lui rendit son sourire.

De toute évidence, la grande bâtisse était la maison des maîtres. Au sud, elle donnait sur l'enceinte carrée formée d'un côté par les logements des travailleurs, et de l'autre par de longues écuries. Le mur du sud était doublé par un appentis qui abritait quantité de carrioles. Tandis qu'il suivait la silhouette de Klinke, trapue et aux larges épaules, Rachid regardait de droite à gauche en traversant la cour afin de pouvoir enregistrer tout ce qu'il voyait. Des canards se dandinaient d'une mare à l'autre. L'air est immobile, et il sent sur son visage la chaleur du soleil. L'été est fini, la lumière est aiguë et vive, il fait frisquet. Ils franchissent l'espace vide situé à droite de la maison principale d'où part un sentier qui file vers la montagne. Ils dépassent un rideau de bouleaux pour se retrouver devant la colline.

Là-haut, sur les flancs de la colline, tout bouge, sans arrêt, tout n'est qu'infimes mouvements. Les hommes sont au travail, torse nu, et au-dessus d'eux l'air est léger, portant le bruit des voix et l'odeur de leur transpiration. Sans plus de cérémonie, Rachid s'y retrouve mêlé. On lui met une pelle entre les mains, et on lui indique où il doit creuser.

Au bout de quelques semaines, il a appris à reconnaître les senteurs de cette terre. Le son doux du métal qui vibre légèrement contre les mottes et l'humus. Les ampoules qui enflent dans la paume des mains, les doigts à vif, cette douleur dans les épaules. Et comme le soleil commence à décrire une courbe qui se rapproche de l'horizon, Rachid al-Kenzy sent que maintenant il fait partie de cette créature aux membres innombrables qui se répand sur toute la colline. Peu à peu, elle cède sous le poids des mains qui s'acharnent sur ses flancs. Des tranchées lacèrent et creusent sa chair tandis qu'elle s'allonge et s'offre à leurs coups avec la patience de l'éternité.

Il s'habitua au comportement de ses compagnons de travail. Ils travaillaient côte à côte, mais ils ne lui accordaient guère d'attention car la tâche que chacun devait accomplir sur cette colline y était bien indiquée. Ils se levaient avant l'aurore et encore tout endormis ils se déplaçaient gauchement dans les écuries sombres et froides, devant la grande cheminée et la table qui étaient censées être des lieux de partage. On lui tendait un bol de soupe claire et un morceau de pain noir. Il restait dans son coin, assis, tête baissée, et savourait chaque gorgée, chaque bouchée de ce pain salé. Il les entendait discuter, mais il avait appris à les ignorer. Il avait appris à ne pas leur accorder plus d'importance qu'au vent qui passe. C'étaient des gens simples, et il savait qu'il n'avait rien à craindre de leur comportement. Ils ne savaient rien de lui. Ce qu'ils ne connaissaient pas les incitait à la prudence, aussi apprit-il à respecter la force du silence. Il les observait sans vraiment les regarder, car leurs mœurs l'intriguaient. Leur façon de se comporter avec leurs femmes l'amusait, car apparemment les hommes se disputaient sans cesse leurs faveurs. Il se souvint de ce que racontait Ibn Fadlân dans son récit d'un voyage chez les roumis il y a trois cents ans de cela, et soupçonna que sous ces latitudes les femmes s'accouplaient avec qui elles voulaient, même si elles le faisaient en cachette et n'en laissaient rien paraître. On aurait dit qu'en la matière il n'y avait ni lois ni religion pour les contraindre. Il ne parvenait pas à savoir qui était marié avec qui, et ne se serait même pas risqué à deviner qui étaient les parents de ces enfants qui passaient leur journée à gambader dans la cour. Ce qui le frappa, c'est que ces gens étaient différents de ceux qu'il avait tout d'abord vus dans le port où ils avaient débarqué. Ici, eux aussi étaient des étrangers, et en tant que main-d'œuvre temporaire, ils avaient quelque chose de provisoire, ce qui lui rappelait ce qu'il avait déjà vu dans ses voyages.

Il ne savait pas du tout vers quoi tendait tout ce labeur. Ils nivelaient le terrain, faisaient disparaître les buissons et les arbustes, des arbres pleins de vigueur, des bois morts ou pourris. Ils arrachaient des rochers pour dégager un vaste espace plat. Il se disait que ce devait être pour édifier une habitation quelconque. Il se demandait à quoi elle allait pouvoir servir. Quand on se tenait tout en haut de la colline, rien n'arrêtait le regard. C'était un pays tout plat, sans aucun relief digne de ce nom. On avait le sentiment que là-bas, si elle n'avait pas été aussi loin, on aurait pu voir la mer.

Peu à peu, au travers de toute cette agitation faite d'échanges et de dons, il commença à éprouver du respect pour les hommes à côté desquels il travaillait. Il ne se plaignait jamais, n'éludait aucune des tâches qui lui étaient confiées et travaillait dur. Il ne pensait pas à l'avenir et ne songeait pas davantage à s'évader. Il lui fallait du temps pour reprendre des forces et pour pouvoir se repérer.

Bientôt, les jours raccourcirent, les nuits devinrent plus longues. Ils montaient et descendaient cette colline dans l'obscurité. Le temps pouvait rester dégagé plusieurs jours de suite et quand la pluie arrivait elle était fine, dure comme des clous et le froid était tel qu'on en avait mal aux doigts, et qu'ils piquaient comme s'ils avaient été brûlés par une flamme. Maintenant, Rachid avait le plus grand mal à rassembler ses pensées. Pour avoir un peu plus chaud, il fourra de la paille dans ses pantalons et sous sa veste. Tous ces efforts n'avaient d'autre but que d'aider son corps à se sentir plus à l'aise, pour survivre dans ce climat hostile.

Par-dessus tout il éprouve de la gratitude pour cette nouvelle tranche de vie qui lui est ainsi accordée, et pour avoir été arraché à cette mort lamentable à laquelle il s'était trouvé confronté en sortant de la mer.

XX

La lune a des os d'argent blanc. Ils luisent avec une voracité téméraire. Leurs formes aiguës se hérissent d'arêtes vives qui viennent percer la peau de ce monde tendue comme celle d'un tambour. Un lézard vient regarder les barreaux de la cage où notre héros gît et croupit. Et si les os de la lune sont en argent, alors le soleil doit avoir un cœur de pierre. Dans son sommeil, Rachid al-Kenzy revoit ces instants-là. Son corps ballotte mollement entre la vie et la mort. Il rêve qu'il a traversé la Septième Mer et cet océan vert déroule dans son esprit la carte de ses chimères. Il a touché le fond, comme on dit. Il délire, sa vue se trouble. Sa peau est brûlante. Il se revoit dans ce port où il avait débarqué la première fois. Il est enfermé à clef dans une petite pièce où régnent des odeurs animales. Ils entrouvrent la porte pour lui jeter un seau de trognons de choux, de pelures de pommes de terre, de croûtons de pain et de déchets de poisson. Ils craignent qu'il n'apporte quelque horrible contagion. Lorsqu'ils se hasardent à l'intérieur pour voir s'il est encore en vie, avec un bâton, ils le piquent et le forcent à se réfugier dans un coin. Ils ne se rendent pas compte qu'il est déjà mort et qu'il est revenu dans ce monde sous la forme d'un animal.

Ses doigts sont recroquevillés, ses épaules lui font mal tellement elles manquent de soleil. Il entend son cœur battre dans sa nuque, et, à chaque pulsation, c'est une page de sa vie qui est tournée. Peu à peu, des hurlements, des voix qui se font pressantes l'arrachent à son profond sommeil. Autour de lui, de toutes parts, on l'enjambe, on lui marche dessus. Le navire est en train de se disloquer mais ce n'est plus sous la poussée des éléments et de la mer, cette fois-ci il s'agit d'insectes minuscules, de gens qui détalent comme des rats, trébuchent les uns sur les autres dans leur hâte à s'emparer de tout ce qui peut être encore sauvé. Les bois de charpente éclatent en échardes, les clous se libèrent, les voiles se déchirent et les parois s'écrasent avec fracas. Au-dessus, en dessous, tout autour de lui, on les entend qui courent. Il se retire dans un coin sombre et remonte ses genoux contre lui pour se mettre en boule.

"Quelle flèche du destin est encore venue nous frapper ?" se demande-t-il. Les restes du bosco auquel on avait arraché ses vêtements gisent à côté de lui, gonflés et raides. Son corps nu a viré au vert sombre, il est livide comme un océan mort. Une femme sort par la porte en tenant un linge contre son visage pour ne plus sentir cette puanteur. Elle se retourne et pendant un bref instant elle rencontre son regard. Elle pousse un cri, mais est-ce de frayeur, ou pour rire ? Il s'accroche au cadavre et le tire contre lui. Le corps est raide et froid comme de l'argile, sa moelle s'est vidée de toute vie. Une longue limace noire se glisse sur sa cuisse inerte et remonte vers le ventre. Rachid pousse un cri et la repousse. Il se réfugie à nouveau dans l'ombre du mur et écoute les gens qui autour de lui se déplacent dans le navire. Il fait partie des morts et des noyés.

Peu à peu, il comprend que le navire ne bouge plus. Il n'y a plus d'eau. Ils se sont échoués. Sur le pont, au-dessus, on entend le bruit de pas qui s'affairent, des pas humains, des pas d'êtres vivants. Il se met à genoux et voit une mouette grise onduler devant l'étroite fenêtre. La brièveté même de ce passage semble lui indiquer qu'il ne lui reste guère de liberté. Il se tient debout dans la coursive sombre, il hésite, lorsque au-dessus de lui une lumière pleine de vapeurs et de fumée se déverse par l'écoutille. Là-haut, il entend des voix. Autour de lui, tout a été arraché, les lanternes, les aménagements, les clous, et jusqu'au bois. Dans la coque, on voit des trous béants. Avec leurs doigts et à coups de dents, ils ont emporté tout ce qui pouvait se détacher et maintenant il ne reste plus que les traces de leur affolement, des cheveux, du sang, de la peau. On l'a laissé pour mort. Il ferait mieux de rester là jusqu'à ce qu'il fasse noir pour pouvoir sortir. Mais, déjà, sa main s'approche de l'échelle. Le vent bourdonne dans ses oreilles. Il se déplace en travers de la coque du navire et se dirige vers l'écoutille qui est à l'avant. Il s'éloigne du bruit de ces créatures. Son cœur bat plus fort qu'il n'aurait pu l'imaginer. Il se redresse contre la paroi et prudemment il sort la tête.

Là-haut, la lumière est aveuglante. L'éclat du soleil lui fait mal et il met la main devant ses yeux. En face de lui s'étale une grande plage couverte de sable blanc. Le pont est recouvert de ces étranges créatures, elles portent de lourds vêtements noirs et sentent si mauvais que cette odeur lui arrive comme un poing sur la figure. Oui, dès l'abord, cette odeur inhabituelle et passablement répugnante. Puis leur aspect. Ils ont quelque chose de lourd. Leurs cheveux sont jaunes comme de la paille sale. Ils ont la peau blanche. Ils ont de grosses mains, trop grandes par rapport au reste de leur corps. Il se laisse retomber en bas pour se réfugier dans la coque, il tremble. Il s'assied et se met tout contre la coque pour les entendre. Un son strident et très aigu monte, qui tient à la fois de l'homme et de la bête. Des fantômes, ceux de marins morts en mer. Il lui faut un certain temps pour comprendre qu'il s'agit du singe de Darius Reis.

Cette lumière le met dans la confusion. Il fait peut-être encore nuit et peut-être la lumière qui émane de leurs cheveux a-t-elle rendu ce monde aveugle. Il s'avance en rampant et à nouveau il monte là-haut et, prudemment, il passe sa tête à l'extérieur. Ils ne semblent pas le voir. Ils ont coincé le singe à l'avant et le piquent avec de longs bâtons. Cela retient fortement leur attention, alors il s'enhardit et passe une jambe par-dessus l'écoutille et se met debout. Ce sont des gens, rien que des gens, semblables aux Franj qu'il a déjà vus dans les ports. Et maintenant il distingue des femmes et des enfants. Tout étonné, il regarde autour de lui, essayant de comprendre ce qu'il découvre. Dans leur hâte, en passant devant lui, ils le bousculent avec leurs sacs et leurs étranges fardeaux. L'un d'eux porte une pile de couvertures. Deux femmes se disputent un gros coffre. Il est devenu invisible et comme un esprit il passe au travers de cette foule. Parvenu à la hauteur du bastingage, il jette un coup d'œil par-dessus le bordé. Sur le sable, on voit des chevaux, des charrettes, des mules, et ployant sous la charge des vieillards qui titubent, leurs jambes tremblent comme des fétus de paille. La plage est encombrée de sacs de riz, de caisses de figues sèches qu'ils reniflent avec méfiance. Il n'avait jamais vu de pareils êtres. Une mince file de silhouettes ne cesse de faire des allées et venues vers les maigres touffes d'herbe qui indiquent au loin la limite des dunes. Il se tourne de l'autre côté et regarde vers la mer. Là-bas, l'eau ressemble à une coquille d'un bleu cendré. Comment le navire a-t-il pu s'y prendre pour venir s'échouer aussi loin de la mer ? Les crêtes blanches leur indiquaient qu'on était à marée montante, ce qui expliquait leur hâte.

Ses yeux quittèrent la mer pour se poser sur une petite fille qui se tenait à ses côtés. Totalement immobile, elle le regardait fixement. Il fit de même. Elle ouvrit la bouche, et des sons bizarres sortirent de sa gorge. Il était pétrifié. La petite fille le montra du doigt et se mit à crier à tue-tête. Une femme aux larges hanches fit irruption dans le champ de vision de Rachid et la serra contre sa poitrine. En quelques instants, il fut entouré d'une foule de gens. Maintenant, ils le voyaient. Ils restaient là, bouche bée, et en silence, ils ne le quittaient plus des yeux. Une femme maigre, aux grands yeux et au visage émacié blanc comme le sable, tenta avec prudence de tendre une main vers lui. Il sourit et leva la main. En reculant, elle se mit à hurler. Un homme vint se planter devant lui. Et, laissant tomber son baril sur le pont, il s'interposa. Il regarda les visages qui l'entouraient, puis celui de Rachid. Il l'examina, lui souleva une main et se frotta le menton. Derrière lui, quelqu'un lui cria de se méfier, mais l'homme se retourna et leva les mains en direction de la foule. Comme s'il s'agissait d'un signal, ils se ruèrent sur Rachid qui se retrouva soulevé dans les airs. Il sentit qu'on le poussait, qu'on le bousculait, puis qu'on l'entraînait de côté pour le descendre sur la plage.

On se le passe de mains en mains jusqu'à ce qu'il se retrouve au milieu d'une bande d'hommes furieux dont la langue est hérissée d'étranges épines : ils parlent comme des créatures de la forêt. Ils le poussent encore, et il les entend crier. Il se rend compte qu'il hurle de toutes ses forces. Il n'a jamais eu aussi peur. Il tourne en rond comme un fou pour tenter de sortir de ce labyrinthe. Il tombe face contre terre, et halète sur le sable comme un poisson qu'on a sorti de l'eau.

Les mâts sont comme de grandes clefs qui tombent du ciel avec élégance. Rachid al-Kenzy chercha le soleil du regard et à sa place il ne vit qu'une auréole informe. Il se mit à genoux, se tourna vers ce qu'il pensait être la direction de La Mecque et mit son front contre le sol pour remercier le Seigneur des Cieux de Sa miséricorde. Sa dernière heure était venue. Il ferma les yeux et se prépara à mourir.

Petit à petit, il prit conscience de deux choses : les coups avaient cessé, et les hommes riaient. N'en croyant pas ses yeux, il regarda autour de lui. Et quand il se releva les rires cessèrent. Ils lui jettent la carcasse du singe au visage. Autour de son cou, il y a une corde et l'on dirait qu'il a été garrotté. Sur sa face, une expression s'est figée : celle d'un homme qui vieillit d'un seul coup au moment de mourir. Il se demande si son propre visage ne prendra pas le même aspect car, dans peu de temps, ils vont certainement lui faire subir le même sort. On lui a attaché fermement les mains derrière le dos. Ils l'ont regardé de près, curieux et stupéfaits, ils lui ont tâté les bras et la poitrine. On lui passe un nœud coulant autour du cou. Etonnés, ils secouent la tête. Une main s'avance et vient lui donner une tape derrière le cou. On le tire par la corde et on le propulse en avant, en direction des dunes. Il jette un dernier regard au navire et à sa coque brisée qui repose bizarrement sur le sable plat. Déjà, la marée montante se répandait dans la proue défoncée. Rachid aperçut les derniers hommes qui revenaient en marchant dans l'eau. Une colonne de gens se déplaçait à reculons et se dirigeait vers l'herbe haute et les marais. Une fois arrivés sur une hauteur, ils se formèrent en un groupe épars pour regarder l'écume qui s'engouffrait par les fentes de la coque brisée. Et comme le navire disparaissait dans l'eau, Rachid crut voir son passé se désagréger dans des torrents d'écume blanche. Il sentit qu'on exerçait une poussée entre ses omoplates et se retrouva traîné le long d'un sentier qu'ils venaient de tracer dans les roseaux et l'herbe haute, entouré de gens comme il n'en avait jamais vu auparavant. Il ne pensait plus qu'à une seule chose : se tenir droit, rester sur ses jambes, aussi longtemps qu'il le pourrait.

Une série de bâtiments se détachait sur un fond de marais plats. Des maisons de torchis avec des colombages. Des maisons, plus grandes, en pierre, et un bâtiment élevé avec un clocher. Les rues étaient noires de monde. Des femmes mettaient la main à la bouche pour étouffer un cri et serraient leurs petits contre elles, incapables de dire si ce qu'elles voyaient là était un homme, ou une bête. "S'il est noir, c'est qu'il est malade, c'est qu'il est maudit", fit quelqu'un en hochant la tête d'un air entendu. C'est un fils de Satan au service du diable. Aucun doute là-dessus : ils étaient d'accord. Par curiosité on avançait un doigt, et puis on le retirait. Des sifflements et des murmures lui tombaient sur le dos comme une tunique hérissée de hameçons. La foule se fendit. Abasourdi, il jeta un coup d'œil autour de lui. Une femme dont il croisa le regard s'affala sur les pavés glissants. On haletait d'étonnement, on gémissait de dégoût. Il trébucha et faillit tomber. La seule chose qui lui permettait de se tenir encore debout était l'idée que s'il tombait ces gens ne manqueraient pas de le tailler en pièces. Ces hommes, et il y en avait six maintenant, étaient grands et forts et assez curieusement, à leurs côtés, il se sentait en sécurité car il avait beau penser qu'ils l'emmenaient à sa mort, leur vigueur lui garantissait néanmoins qu'elle serait brève.

La foule marchait en silence, elle était subjuguée et ne pouvait s'empêcher de le suivre, elle ne cessait de grossir, de s'enflammer comme elle l'avait fait dès qu'elle s'était formée en procession au sortir des marais couverts d'herbe pour entrer dans la ville. Tout en longeant les rues étroites du port, elle en entraînait d'autres avec elle. Devant leur maison, les gens appelaient, ils demandaient ce qui se passait avant de se joindre à ce défilé. Ils grimpaient sur les épaules les uns des autres. Ils s'entassaient sous les porches. Tout ce monde était au comble de l'agitation. Et lorsqu'il arrivèrent à la hauteur de l'église trapue et carrée, on aurait dit que toute la ville leur avait emboîté le pas.

Parvenus à une maison située à l'est de l'église, ils s'arrêtèrent. On avait accroché la carcasse du singe à la branche d'un arbre : elle était disloquée, couverte de sable et de sang. Elle flottait, elle se balançait doucement de droite à gauche. La foule faisait un tel vacarme qu'il n'était pas imaginable que les habitants ne soient pas au courant de leur arrivée. Une porte s'ouvrit, et un homme apparut. Les cheveux gris, il était aussi mince, aussi fragile et usé qu'une vieille corde. Une discussion s'ensuivit, entre ce vieillard qui se tenait en haut d'un petit perron de pierre et celui qui avait pris la tête de la procession. Rachid eut l'impression qu'ils ne parvenaient pas à se mettre d'accord. On le poussa et avec des bâtons on le fit reculer et avancer. Autour de lui, des cris d'angoisse montaient toujours de la foule des spectateurs. Le vieillard demandait, semblait-il, qu'on reste calme, il suppliait les gens de faire preuve de patience. Ce n'était pas chose facile, car il régnait dans cette foule une ambiance proche de l'hystérie ; aussi il ne tarda pas à se retirer, et dans un bruit de verrous il leur claqua la porte au nez.

Au fond, là-bas, on entendit du remue-ménage et un courant sembla traverser l'assemblée des villageois. Un cri monta, et la foule s'écarta pour laisser passer le nouveau venu. A n'en pas douter, il en imposait. Il était fort, coiffé d'un chapeau noir et vêtu d'une sorte de gilet de cuir. Un gros nez protubérant était planté sur son visage couvert de favoris épais. Il était à cheval et entouré d'hommes qui ressemblaient à des soldats.

L'homme à la forte carrure s'inclina sur son gros cheval et dégagea l'une de ses jambes. Il resta un instant dans cette posture, suspendu et couché en travers du dos de sa monture avant de se laisser tomber au sol. A la main, il tenait une petite canne. En travers de son épaule, il y avait une large lanière de cuir luisant au bout de laquelle pendait une courte épée droite. Il s'avança vers Rachid. En se penchant et en fronçant les sourcils, il le regarda dans les yeux. Puis il se redressa, fit demi-tour et fixa la foule. Lorsqu'il se retourna, il ne fronçait plus les sourcils mais avait pris une mine renfrognée. Il retira un de ses gants à crispin qui sentait le cheval et de sa main droite il s'empara de la mâchoire de Rachid. La foule retenait son souffle. Rachid tenta de se dégager, mais, serrant plus fort, l'homme le força à ouvrir la bouche. Il examina la denture de Rachid. Rachid ne chercha pas à rencontrer le regard de cet homme de grande taille, pas plus qu'il ne tenta de se dégager, redoutant qu'il ne lui fasse encore plus mal. On lui avait lié les mains. Il sentait l'odeur de cet homme et son souffle contre son visage. "C'est un homme, ce n'est ni un démon ni un esprit, rien qu'un homme", grogna-t-il en relâchant la mâchoire de Rachid ; puis il fit un pas en arrière et se tourna vers la foule. Il fit un signe, et les gardes emmenèrent Rachid. On le traîna et il se retrouva dans des écuries remplies de bétail et de chevaux. A l'arrière de ce bâtiment, il y avait une petite pièce sombre. Une grande porte s'ouvrit et on le jeta à l'intérieur.

La lune a des os d'argent blanc. Ils luisent avec une voracité téméraire. Leurs formes aiguës se hérissent d'arêtes vives qui viennent percer la peau de ce monde tendue comme celle d'un tambour. Un lézard vient regarder les barreaux de la cage où Rachid al-Kenzy gît et croupit. Il est mort et pour revenir en ce monde il a pris la forme d'un animal.

XXI

Là-haut, sur la plaie sombre de la colline, les travaux avançaient. Tous les matins, les hommes y montaient en une file interminable de jambes, de pioches, de haches et de barres à mine. Et tout cela cliquetait, crépitait et claquait tout au long de ses flancs écorchés. Ils se levaient tôt, pressés d'en découdre. Ils creusaient dans ces strates inertes et froides, enfonçant leurs pelles dans cette chair qui s'y refusait. Par mer, on apporta une cargaison de gros blocs de pierre, et les hommes formèrent une longue chaîne qui serpentait dans le crachin, faisant monter et descendre des charrettes, et de temps en temps des voix venaient traverser ce silence épais comme d'antiques échos. Lentement, cette pile de rochers remonta le long de la colline comme si le temps faisait marche arrière, comme si en se disloquant cette montagne connaissait une seconde jeunesse.

Les semaines passent et il fait de plus en plus froid. Maintenant, on commence à sentir la morsure de l'humidité et le vent sort ses dents. Sur la colline, le sol boueux s'épaissit et devient noir comme du goudron, il s'accroche aux bottes de ces tâcherons dont les os craquent de fatigue tandis qu'ils titubent dans l'obscurité, recouverts des pieds à la tête de paillettes métalliques qui brillent dans la faible lueur du crépuscule, et viennent se coller sur leurs mains et leurs visages comme des écailles de poisson. On dirait une armée d'Ethiopiens battant en retraite. La terre s'acharne contre eux, elle avale leurs truelles et leur recrache leurs pelles au visage. Tous les matins, ils errent dans l'obscurité, avant le lever du soleil, en murmurant des prières et en espérant contre tout espoir que la tranchée creusée la veille ne se sera pas remplie d'eau pendant qu'ils dormaient. "Ce n'est pas la bonne saison pour faire un chantier", disent-ils en ronchonnant. Ils sentent toujours le fouet de Klinke au-dessus de leurs têtes. Chaque fois que l'on prendra une semaine d'avance, leur maître doublera les salaires. Il y a là de quoi faire fortune, et après cela ils n'auront plus besoin de travailler. Mais ils n'en croient pas un mot. Tous les matins ils montent sur cette colline parce que Dieu est là-haut dans Son ciel, parce que le monde a été créé par Lui et parce qu'Il a décidé que telle serait leur existence. Ils travaillent parce qu'on ne leur a pas laissé d'autre choix : c'est qu'ils ont une famille, une épouse, des petits affamés qui les attendent quelque part et qui mourront de faim s'ils ne rapportent pas de l'argent pour qu'ils puissent survivre jusqu'à l'été. En cette période de l'année, c'est le seul travail disponible, et maudit soit celui qui vous dira le contraire.

Cette année, l'automne est précoce. Pendant une semaine, le ciel est bleu et limpide comme un lac, et, celle d'après, il est plein de boue, comme le cœur d'un apostat.

Petit à petit, Rachid partage leur vie. Et chaque fois qu'il arrache une poignée de terre ou soulève une pierre, leur peur s'en va. Ce changement n'est pas complet et ne se fait qu'à contrecœur car, à leurs yeux, il a commis beaucoup d'erreurs. Il y a chez eux des choses qu'il ne peut saisir, qu'il ne peut pas comprendre tout comme il sait qu'il y en a beaucoup chez lui qui leur échapperont toujours. Ils ne savent toujours rien sur lui. Pour eux, il est une créature privée de parole, abandonnée de Dieu et qui vient de l'autre bout du monde. Il est ce Turc tant redouté qui s'est taillé un chemin à travers la Terre sainte en pillant, en violant, en mettant en broche des chrétiens innocents sur des fers portés au rouge. C'est à lui seul qu'il faut attribuer toutes les impiétés commises d'ici jusqu'à l'église du Saint-Sépulcre. Mais il est seul, ce qui le rend vulnérable. On lui rappelle sans cesse tout cela, et qu'il est noir, qu'il est un étranger. Il tend sa main, mais on s'écarte.

Le soir, les hommes s'asseyaient en rond autour de la fumée d'un feu de tourbe allumé dans leurs logements, et ils discutaient entre eux d'une voix forte. Ils faisaient circuler des cruches en terre, et il devina qu'elles contenaient une sorte de vin. Il fuyait leur présence et se réfugiait dans sa stalle où il écoutait ramper les souris sous la paille. Le repas du soir était le grand moment de la journée. Après, on était content et on discutait calmement. Dans les stalles voisines, les voix des enfants se faisaient légères et détendues. Rachid passait là des soirées paisibles, plongé dans ses pensées. Apparemment, il consacrait de plus en plus de temps à revenir sur son enfance. Cela le réconfortait. Le seul être qui n'avait pas témoigné de la peur à son égard était le garçon qui avait voyagé avec lui dans la charrette à côté de son père. Parfois, il lui montrait des nœuds de marin qu'il avait appris sur les bateaux. Ce garçon était vif, il avait envie d'apprendre, et le regardait faire attentivement. Etonné, il riait et puis vite il essayait d'en faire autant.

Un soir, ils sont de très bonne humeur. Il ne comprend pas pourquoi. Ils sont en train de célébrer une de leurs fêtes traditionnelles. Leur langue demeure pour lui tout aussi obscure et incompréhensible qu'au début. Le garçon vient le chercher, l'arrache malgré lui à son ombre pour le tirer à la lumière près de la grande table. Ceci provoque immédiatement un silence. On ronchonne, on murmure des jurons. En se tenant là et en les observant, il comprend qu'ils viennent d'absorber leur breuvage alcoolisé. Ce garçon est le seul à ne pas avoir peur de lui, à ne pas voir sa peau noire comme la marque du diable. Le garçon ouvre la bouche et se met à chanter. Les hommes se détendent, et à nouveau ils font du bruit en riant et en reprenant leur conversation. Alors le garçon se tourne vers lui et lui montrant la bouche d'un signe de la main il lui fait comprendre qu'à son tour il doit chanter. Rachid regarde le garçon. Les autres sont impatients et l'on dirait qu'eux aussi ils ont perdu leur langue, et qu'ils attendent la suite.

Alors Rachid se lance dans un récitatif. Il déclame quelque chose de mélodieux et de lyrique, comme on le lui a appris quand il était petit, pas plus grand que ce garçon qui l'encourage maintenant à le faire. Ces paroles qui lui reviennent, il les a souvent fredonnées dans sa tête. Il leur communique tout son bien-être. Il avait souvent chanté ces premiers vers, ce qui lui avait alors valu des applaudissements car, quand il se met à chanter, sa voix devient très belle.

Ils sont assis là, bouche bée, et ils écoutent ces sons étranges. "Sois notre guide et mène-nous sur la voie étroite, sur la voie de ceux qui ont Tes faveurs, et non sur celle de ceux qui ont provoqué Ta colère ou qui se sont fourvoyés."

Tout d'abord, il n'y a pas de réaction. Ils ont les yeux rivés sur leurs grosses mains calleuses et couvertes d'ampoules, déchirées par la pierre et noircies par la terre qui s'y est incrustée. Leur silence est une façon d'applaudir, et Rachid se retire de la zone de lumière. Le garçon sourit pendant que les hommes reprennent leurs conversations, ils sont à l'aise et parlent lente-ment, à voix basse, puis à voix haute, et il est évident que même s'ils n'ont rien compris à ses paroles, même s'ils n'ont pas la moindre idée du lieu d'où proviennent ces sons, il n'en a pas moins réussi à faire vibrer chez eux la corde sensible.

Il partage leur vie, mais il ne sera jamais l'un des leurs. Il sent que peu à peu il accepte de vivre dans l'isolement le plus complet. Pour ces gens, le monde qui est le sien n'existe pas. Avec eux, la communication se réduit à des gestes et à des signes. Lui qui auparavant était si fier de ses prouesses linguistiques, il ne parvient pas maintenant à saisir quoi que ce soit dans la langue qu'ils pratiquent car pour lui ce n'est jamais qu'un long gargouillis, une série de gro-gnements ininterrompus. Bien entendu, ils lui adressaient des jurons et de temps à autre il se retrouvait devant Klinke, ou devant l'autre contremaître qui lui hurlaient au visage pendant un bon moment. La seule réponse était de pren-dre un air absent. Il n'éprouvait pas de mépris pour leur manque de patience, ni de pitié pour leur ignorance. Il les acceptait tout comme il avait l'impression que la plupart d'entre eux l'acceptaient aussi. Chaque matin, ils montaient là-haut en silence, qu'il pleuve ou qu'il vente, car pour eux cela revenait pratiquement au même. C'était là, observa-t-il, quelque chose d'étonnant. Et chaque jour ils refaisaient le même chemin que la veille, et on aurait dit que chaque jour ils posaient le pied sur une terre vierge, comme si aucun homme ne l'avait encore foulée. Les jours et les semaines se succédaient. Chaque jour, ils repartaient à la conquête des flancs de cette montagne et lui imposaient leur marque, chaque jour ils battaient en retraite en trébuchant sur ses pentes, les yeux exorbités de fatigue, cherchant encore leur chemin dans la lueur déclinante du crépuscule.

Quand ils ne travaillaient pas, il restait seul. Et lorsque à la pause de midi les femmes apportaient de la nourriture de la maison, il s'asseyait légèrement à l'écart des autres. Habituellement, les femmes arrivaient ensemble. En tout, il y en avait trois, et elles semblaient prendre un certain plaisir à l'attention que leur portaient ces hommes tandis qu'elles passaient au milieu d'eux pour leur distribuer la nourriture. Aucune n'osait s'approcher de Rachid. Au lieu de quoi elles se contentaient de tendre sa ration à Klinke qui la lui apportait. Tout d'abord, il avait cru que c'était simplement dû à de la peur. Pourtant, un soir, il entendit qu'on gémissait dans l'obscurité. Il rampa jusqu'au rebord de la cloison et regarda alentour.

Deux silhouettes se débattaient furieusement sur le sol. En entendant leurs voix, il comprit qu'il s'agissait d'un homme et d'une femme. De pareils accouplements clandestins s'étaient déjà produits auparavant. Rachid dormait dans le

coin le plus reculé de la maison des ouvriers ;
dans cette rangée de stalles, il n'y avait personne d'autre, ce qui expliquait pourquoi on
préférait se donner rendez-vous dans cet endroit.
Il s'apprêtait à retourner dans son coin en rampant pour se mettre en boule et tenter de
dormir, lorsque l'homme se mit à pousser des
grognements pressants suivis d'un silence. Un
moment plus tard, on put voir sa silhouette filer
à la hâte entre les stalles et, arrivée au bout,
tourner à gauche pour se diriger vers le centre
du bâtiment et vers les autres. Rachid ne bougeait pas. La femme, il ne savait pas bien de
laquelle il s'agissait, restait cachée. C'est à peine
s'il pouvait distinguer ses formes enfouies dans
la paille. Un long silence s'ensuivit, puis à nouveau on entendit un bruissement dans la paille.
Elle se leva et se dirigea vers l'allée centrale. Le
clair de lune se glissait par une ouverture en
forme de croix nichée tout en haut du mur occidental. Elle resta là un moment, à regarder cette
lumière. Elle était habillée, du moins en partie,
car elle avait remonté ses jupes sur ses hanches
pour pouvoir remettre ses jupons en place. Puis
à son tour elle se retourna pour aller là-bas, ce
qui devait l'amener à passer à côté de sa stalle.
Elle regardait en l'air, si bien que son visage baignait dans le bleu de la lune mais à cet instant il
la reconnut : c'était la femme la plus âgée, celle
aux cheveux noirs. Il avait remarqué qu'elle
avait de nombreux enfants.

Elle se dirigea vers lui comme si elle avait lu
dans ses pensées. Il ferma les yeux, comme s'il
dormait. Il faisait le mort et ne bougeait plus.
Pendant un instant, elle en fit autant. Puis elle
avança d'un ou deux pas pour se retrouver juste
en face de lui. Maintenant, il sentait son odeur,

elle sentait la crasse et la sueur, mais c'était indéniablement une odeur de femme. Puis elle fit quelque chose de bizarre. Mettant un genou en terre, elle tendit sa main vers lui. Elle commença par lui caresser la jambe, puis remonta vers les hanches. Il ne bougeait pas, redoutant ce qui pouvait se passer s'il réagissait. Elle sentit quelque chose de dur qui lui montrait bien qu'il ne dormait pas. Vite, elle se releva et disparut dans le noir, et on entendit un rire léger qui voletait derrière elle comme une cape.

Pris individuellement, peut-être ne leur faisait-il pas peur, peut-être n'avaient-ils peur de lui que lorsqu'ils étaient en groupe ?

Le temps se fit lourd et le ciel se chargea d'une pluie noire qui se déversait sans interruption, de jour comme de nuit. Sur le chantier, on ralentit le travail presque jusqu'au point de l'arrêter. Chaque fois qu'on montait sur cette colline, on glissait, comme si pour chaque pas en avant on devait en faire deux en arrière. Les pierres qu'ils transportaient refusaient de rester en place, elles dégringolaient et s'enfonçaient dans la boue gluante. On eût dit que la colline s'arrachait à sa somnolence et que maintenant elle avait décidé de les repousser.

Tous les jours, Heinesen était là-haut, de l'aube à la chute du jour ou même plus tard, voulant toujours dresser son idée dans le ciel. A l'aide de bâtons, de toile à voile et de feuillages, il s'était aménagé un abri que le vent venait détruire toutes les nuits. Il restait là en essayant de garder ses papiers au sec. Il s'était également assuré la collaboration d'un chef de travaux, plutôt apathique et prétentieux, qui venait de la ville voisine et apparaissait dans l'allée tous les matins dans sa carriole minable sans avoir l'air de jamais vouloir se presser. Tous deux se tenaient en haut de la colline et se plongeaient dans l'étude de leurs plans pendant que la pluie dégoulinait de leurs chapeaux à large bord.

Après plus de deux semaines de ce temps-là, un beau jour, cela finit par arriver. Le vent soulevait des vagues sur le lac pour venir se plaquer sur la colline comme une main qui vous donne une gifle. La maison gémissait et vibrait. L'eau dévalait les flancs en donnant des ruades et en crachant sa boue. Elle ruisselait le long des arbres, des boiseries et des charrettes et dans la cour, elle jaillissait des avant-toits. Le cuir des sandales de Rachid se mit à pourrir et elles tombaient en morceaux. L'eau suintait de partout, de tous les coins et recoins imaginables.

Epuisé, il ferma les yeux et, s'appuyant contre la paroi de la tranchée, il respira doucement. Il l'escalada et se mit à marcher. Le vent soufflait plus fort. Ses doigts gourds cherchaient le contact du tissu raidi par le froid, et il tira son écharpe sur son visage. Autour de lui, les hommes trébuchaient et tombaient. Il alla se joindre à eux au moment où ils appuyaient de tout leur poids sur une barre à mine pour mettre une grosse pierre debout. Ils étaient six ou sept, tous occupés à la manœuvrer. La pluie tombait en vagues et soufflait à l'horizontale en travers de la colline dénudée. La lumière était d'un bleu argenté broyé dans du gris. Comme cette masse commençait à bouger, il glissa à nouveau et prit appui sur un genou. Derrière lui, des voix angoissées s'élevaient. Le garçon semblait avoir perdu pied et il était tombé dans la tranchée. De soulagement, on se mit à rire. Un léger clin d'œil, un petit signe de la main pour indiquer qu'il était hors de danger. Alors le vent s'empara de la pierre. Rachid chercha instinctivement de l'aide et sa main rencontra celle d'un autre homme qui poussa un cri et retira sa main. Ce fut un drôle de moment, c'était instinctif et idiot. Ça se passa tout doucement. La pierre se mit à basculer, à pivoter lentement vers la terre, elle lui échappa des mains, quitta ses doigts, vers le bas, jusqu'au cœur de la colline.

Ils travaillaient sans relâche sous ce déluge qui les criblait de reproches, les appelait par leur nom pour les compter, et qui tout en rugissant les écoutait respirer. Il leur fallut une heure, ou peut-être davantage, pour creuser la terre autour et dégager assez d'espace pour pouvoir enlever cette pierre carrée et plate de l'endroit où elle était tombée. Le père du garçon était là, à regarder la scène. Il ne poussait pas de cris, ne hurlait pas, il n'arrachait pas cette terre jusqu'à en faire saigner l'extrémité de ses doigts. Plus simplement, il se laissa tomber à genoux sur le bord de la tranchée et se couvrit les oreilles pour ne plus entendre tomber la pluie. Il resta comme cela, immobile. Ses paupières ne clignaient plus, il ne respirait plus, il était là, à regarder en silence.

C'est la pluie qui avait ôté la vie à ce garçon. Il avait tellement absorbé de ce liquide qu'il n'y avait plus de place pour son âme. Le poids de cette pierre le rivait au sol et maintenait son visage contre l'eau glacée jusqu'à ce que la vie s'échappe et le quitte. Les hommes ne dirent rien. Ils tirèrent simplement vers eux cette masse d'ossements et de vêtements, puis portèrent le garçon mort en bas de la colline.

Les pelles, les maillets, les lourds marteaux de fer et les ciseaux servant à faire éclater la pierre étaient répandus partout. Membres brisés dont on ne voulait plus, notes maintenant muettes, noires comme du goudron, sortant d'une plaie ouverte sur le dos d'un corbeau. Une goutte d'eau vint tomber dans l'empreinte d'une botte et quand les ronds cessèrent la colline se tut.

XXII

Hassan se réveilla fiévreux, l'esprit tourmenté, la respiration courte et pénible. Ses draps étaient froids et poisseux et lui collaient au dos lorsqu'il se dressa sur son lit et mit les pieds par terre. Tout tournait dans la chambre.

Il descendit péniblement l'escalier étroit, se lava le visage dans le lavabo et remarqua que son urine était vert foncé. Grelottant, il remonta l'escalier et sombra dans un sommeil profond et agité pour ne se réveiller, à sa grande surprise, qu'au milieu de l'après-midi.

Il resta couché à contempler une araignée aux longues pattes qui parcourait les lattes en sapin au-dessus de sa tête.

"La vie à la campagne", pensa-t-il. A nouveau, il se tira de son lit et descendit. Parcourant du regard ce fouillis de documents et de livres qui encombraient tout le salon, il se sentit submergé par un profond découragement.

Il se rendormit jusqu'au lendemain matin : là, il éprouva le besoin de faire quelque chose. Il se leva, descendit et resta planté, immobile dans la cuisine sans pouvoir décider ce qu'il allait faire. Il se sentait si faible que c'est à peine s'il pouvait se tenir sur ses jambes et il était sur le point de se traîner à nouveau vers son lit, lorsqu'on frappa à la porte. Le garçon de l'épicerie, Martin, était là, le regard tourné vers le ciel.

"Salut ! dit-il en enfonçant ses mains dans ses jeans." Il fronça les sourcils. "Vous n'avez pas l'air en forme.

— Non." Hassan se passa la main sur le visage. Il était enveloppé dans une couverture et grelottait. "Je dois avoir pris froid. Je sens que j'ai de la fièvre.

— Vous avez besoin de quelque chose ? De l'aspirine, ou quelque chose de ce genre ?"

Hassan fut pris de court.

"Eh bien, oui, en fait, je veux dire que…"

Martin lui fit oui de la tête :

"Faites-moi une liste. Je vais aller vous chercher ça tout de suite."

Ce n'est qu'après son départ que Hassan, assis dans sa cuisine et essayant de s'expliquer le changement d'attitude du garçon, se souvint qu'il lui avait promis de l'emmener sur le champ de fouilles ce même jour. Quand Martin revint, portant un sac contenant des jus de fruits, des médicaments et un pot de miel récolté par son oncle, Hassan avait fini sa toilette et s'était habillé.

"Je vais prendre un peu de tout cela, et nous pourrons partir.

— Vous en êtes sûr ? Vous savez, nous pouvons y aller un autre jour."

Hassan avala une gorgée d'une boisson chaude et amère à base de citron.

"Non, dit-il en faisant un geste de la tête. Je me sentirais encore plus mal si je restais dedans toute la journée."

Il n'eut pas plus tôt démarré qu'il regretta sa décision. Ce n'était pas qu'il n'était pas content d'être dehors : c'était une journée superbe, et quand ils passèrent sur la crête couverte de bruyère et de lavande, le soleil brillait et il faisait chaud. Mais Martin, pour la première fois depuis qu'il l'avait rencontré, était d'humeur très loquace.

"Vous savez, un jour, j'aimerais bien voyager. Enfin, je veux dire que j'aimerais bien voir le monde. Je n'ai pas d'endroit précis en tête, mais on entend tellement parler de tous ces pays, pas vrai ? Je ne crois pas qu'il y ait un endroit qui corresponde particulièrement à mes rêves. J'aimerais trouver un endroit bien à moi, mettons aux Indes. Vous êtes déjà allé aux Indes ? C'est là que je dois aller, pas de doute !"

Et ça continuait. Hassan se dit qu'il était peut-être intimidé. Quoi qu'il en soit, il ne cessa de parler que lorsque Hassan manœuvra lentement la voiture le long du sentier étroit et prit place dans la file de voitures garées sur le petit pré loué par le fermier.

Okking se tenait sur un épaulement en dessous de la colline en compagnie d'un petit groupe. Lorsque Hassan et Martin apparurent, il leva les yeux.

"Ah, bien ! Vous arrivez au bon moment. Regardez ce que nous avons trouvé."

Ils avaient déployé une grande feuille de papier au milieu d'eux. Sur ce relevé topographique de la colline, une série de lignes avaient été soigneusement tracées.

"On voit bien qu'elles sont reliées entre elles."

Ces tranchées avaient une forme nettement triangulaire et leur sommet était orienté vers le nord. Les deux côtés les plus longs regardaient vers le sud.

"C'est une structure tout à fait inhabituelle." Celui qui parlait était géomètre. Avec le tuyau de sa pipe qu'il retira de sa bouche, il indiqua le sommet de la colline. "Là-haut, on n'a pas trouvé la moindre trace d'habitat, et je ne vois pas pourquoi des hommes seraient allés s'installer en cet endroit."

Il parlait d'une façon un peu pédante, en mâchouillant sa pipe comme un vieux savant.

Okking se tourna vers Hassan :

"Qu'en pensez-vous ?

— Vous avez pensé aux ovnis ?"

Tout le monde se retourna vers Martin. Hassan se racla la gorge.

"Je vous présente Martin. Je vous ai parlé de lui. Il aimerait participer aux fouilles.

— Mais oui, bien sûr." Okking prit Martin par le bras et lui indiqua le sommet de la colline. "Allez jusqu'à la tente que vous voyez là-haut, et dites à Jens que c'est moi qui vous ai envoyé."

Martin grimpa joyeusement jusqu'au sommet. Okking se retourna vers Hassan.

"Vous disiez ?"

Hassan regarda à nouveau la carte.

"Eh bien, après tout, Martin n'est peut-être pas si loin que ça de la vérité ! Je pense que ceci a quelque chose à voir avec les étoiles.

— Comment ça ?"

Le géomètre ôta sa pipe de sa bouche.

"Je pense qu'ils étaient en train de construire une sorte de structure pour observer les étoiles.

— Pourquoi ici ?"

Okking avait l'air sceptique. Le géomètre mâchouillait sa pipe et regarda sa carte une fois de plus.

"Nous devrions rappeler ce jeune homme, dit-il avec un petit rire, il en sait peut-être plus qu'on ne le croit !"

XXIII

Les grands monolithes poursuivaient leur course en l'absence des hommes, leurs faces planes et leurs extrémités en pointe formaient des tangentes inhabituelles avec la lune, comme des cadrans solaires inversés qui s'enfonçaient progressivement dans le sol détrempé. Ces blocs têtus gisaient en tas désordonnés, à l'abandon, ils étaient soudainement devenus encombrants et inutiles, comme si leur masse énorme cherchait à retourner dans le sein de la terre noire et luisante. La colline était sombre et menaçante. Les travaux de drainage n'étaient pas terminés. Les fondations étaient exposées à l'humidité, elles étaient à découvert et sans protection, comme gardées par des âmes invisibles. Tout le matériel, poulies, leviers et outils, attendait, prêt à être utilisé. La pluie tombait sans relâche. Ce n'est pas un observatoire qu'il était en train de construire, se disait Heinesen, un soir qu'il se tenait sur le bord de ce sinistre paysage lunaire, mais un tombeau. Les travailleurs avaient disparu sans demander leur reste. Ils s'étaient contentés d'emballer leurs affaires, ils avaient chargé leurs femmes et leurs bébés sur des charrettes qui n'étaient pas attelées, et saisissant des harnais ils avaient descendu la colline sans se retourner. Le bâtiment des ouvriers se dressait comme une masse sombre et la porte battait au vent.

Après la mort de l'enfant, une torpeur lugubre s'abattit sur les champs et une brume épaisse s'accrocha à l'étrange colline. Pour Heinesen, on aurait dit que plus le projet s'approchait de sa réalisation, plus l'idée qui le sous-tendait perdait de sa réalité. Il était de plus en plus triste, plus morose, et à la moindre occasion il devenait hargneux. Tout était là, il le tenait déjà dans le creux de sa main, et pourtant c'était encore quelque chose d'irréel, de frustrant et d'insaisissable. Cela restait une fiction, née dans sa tête, qu'il ne pouvait ni poursuivre ni abandonner. Cela commençait à le ronger de l'intérieur. La flamme de l'inspiration avait commencé à faiblir, et Heinesen sentait qu'il était balancé au rythme des marées. Il y avait si longtemps que ce rêve vivait et respirait en lui qu'il s'était comme lové à l'intérieur de lui comme une larve qui n'attend que la chaleur et la lumière du soleil pour se libérer, mais cette lumière ne venait pas.

Crissement du bec de la plume sur le papier épais. La nuit, ne parvenant pas à dormir, il errait dans la maison vide et buvait pour oublier, en se laissant emporter par le grondement haletant du grand feu allumé dans le couloir. Son esprit reculait dans le temps, et il se retrouvait maintenant sur l'île de Hveen, le minuscule royaume de Tycho Brahé battu par les vents.

Dans ce lieu glacial et désolé, loin de tout, traversé par des vents contraires, c'est l'hiver. L'ombre de cet homme les domine tous tandis qu'ils se réchauffent en donnant des coups de pied dans une vessie de porc gonflée. Cette ombre s'élève au-dessus d'eux pour former une arche gracieuse qui encadre l'architecture de la grande maison : un quadrilatère, avec ses quatre salles de même dimension reproduisant les plans des bâtiments de style Renaissance tels qu'on en voyait à Augsbourg et imitant les villas de Palladio à Venise. L'air limpide est imprégné des mystères de son esprit et de son ombre qui les recouvre tous.

Le nain savant lui raconte que, la nuit, il rêve de femmes à queue de poisson qui viennent de la mer pour lui rendre visite. Le jeune Heinesen pense que cette créature bossue, mi-homme, mi-enfant, est maudite.

Les travaux continuent et le grand homme, de jour comme de nuit, parade avec ses instruments. Le vent le contrarie, et il creuse de grands bassins pour mettre ses instruments de mesure à l'abri.

Le jeune Heinesen a les doigts tachés d'encre. Ses oreilles sont remplies du bruit des roues dentées de la machine à imprimer qui dévident les méandres de la pensée du vieux Bec-de-Fer. Il écrit à sa sœur qui vit chez une tante un peu gâteuse, dont la maison située dans un quartier sinistre de Copenhague sent le hareng mariné. Sigrid se délecte des récits qu'il lui envoie, peuplés de criminels, de dévoyés, d'artisans qui habitent dans l'île où il vit, et où il y a même un nain.

"Je sens que je vis dans la pénombre, écrit-il à la faible lueur de la chandelle. Comme si je me retrouvais coincé à jamais à deux doigts d'une illumination qui ébranlera le monde tel que nous le connaissons."

Il parle de Regiomontanus, des lettres de Kepler et, une fois de plus, de Brahé. "Aujourd'hui, il m'a fait la grâce de sa compagnie et de quelques mots : Pas de taches sur une page imprimée, mon petit ! Je l'aurais tué sur place de mes mains nues. Jour après jour, je fais tourner une drôle de machine à imprimer. Je suis son apprenti, et pourtant il me consacre moins de temps qu'à son sale chien."

En d'autres occasions, ses écrits demeuraient obscurs car son esprit était complètement absorbé dans le monde du savoir auquel il se consacrait tous les jours. "Il est vrai qu'il a fait des découvertes majeures, en partie parce qu'il a reconnu que la méthode des Arabes, qui consistait à construire des instruments de plus en plus puissants, reposait sur de fausses prémisses. Ce qu'il faut maintenant, c'est de la précision, et encore de la précision. Il a mis à l'œuvre les meilleurs artisans, et sur ce point on se doit d'admirer sa persévérance, car tous, quels qu'ils soient, ne sont jamais qu'une bande de brebis galeuses qu'il faut surveiller constamment. Et s'il réserve son jugement, c'est tout simplement parce qu'il a des doutes. Voyez combien d'années il lui a fallu pour publier ses découvertes sur la Stella Nova, et encore, de façon anonyme !"

Ah, l'audace de la jeunesse ! se souvient Heinesen, amusé.

Le nain agrippe sa béquille et balance ses hanches d'avant en arrière, avec une grimace de fou sur le visage.

Heinesen s'avança dans le long couloir sombre. Il avait mal à la poitrine, et n'avait pas bien dormi. Toute la nuit, des pensées l'avaient tourmenté et l'avaient empêché de se reposer. Il n'avait aucune envie d'être un saint ou un martyr, ni d'être brûlé sur un bûcher comme hérétique. Il toussa et finit de boutonner les poignets de sa chemise. Il s'arrêta devant la fenêtre

240

qui donnait sur la cour. En la voyant déserte, il proféra un juron. Chaque jour sans travail ne faisait qu'augmenter les difficultés et les enfoncer dans les dettes. Une ferme avait besoin de main-d'œuvre pour la faire vivre, pour la cultiver, sinon la lande la reprendrait. Il allait devoir se rendre à la ville aujourd'hui même, à cheval, pour essayer d'obtenir de l'aide. Il craignait que des rumeurs ne se soient déjà répandues dans la région. Peut-être ferait-il mieux d'aller vers le fjord, dans le Nord. Il avait besoin d'une poignée d'hommes pour s'occuper de la ferme et s'assurer que les chevaux étaient bien soignés, c'est tout. Il passa la main sur le rebord de la fenêtre. Le bois sombre était grossier et plein de résine. Le sol était rayé et craquelé comme si on l'avait foulé à cheval dans tous les sens. On avait répandu de la paille pour garder la chaleur et absorber l'humidité. Au milieu, une traînée de couleur brune indiquait que quelqu'un avait étalé des fleurs séchées sur tout le plancher : c'était sa sœur. Cela le fit sourire. Bizarrement, le passage était étroit et les solives du plafond lui rappelèrent tout à coup l'intérieur d'un navire. S'agissait-il d'un navire sur lequel il avait navigué, ou alors d'un navire qui l'attendait ?

Par un après-midi gorgé de pluie, le silence qui s'était emparé d'Helioborg fut brutalement interrompu par l'arrivée d'une délégation de chapeaux noirs. Des hommes à la mine sombre étalaient leur autorité dans une voiture découverte et couverte de boue, tirée par deux chevaux récalcitrants. Une lueur surprit le regard de Heinesen au moment où il levait les yeux de sa page. De minces faisceaux de lumière qui venaient de l'orient passaient au travers des arbres dénudés.

L'attelage s'arrêta devant la maison en faisant gicler l'eau sur les dalles. Trois hommes en descendirent et parcoururent la cour du regard, cherchant le moindre signe de vie. Ils rajustèrent leurs cols et se redressèrent tandis que Klinke se hâtait de les accueillir. Le groupe resta là à converser un petit instant à voix basse avant de franchir le perron de la maison.

Semblables à des corbeaux, les trois chapeaux noirs s'installèrent autour de la grande cheminée, fronçant le nez à la vue des livres en désordre, des pages cornées et des croquis répandus aux quatre coins de la grande salle qui encombraient les murs et jonchaient les escaliers et les tables situées derrière eux. Ils se raclaient la gorge, échangeaient des ho ! et des ha ! et opinaient du chef.

Chacun d'eux était différent de l'autre. Tout d'abord, l'homme de l'évêché, un courtaud, qui tirait à intervalles réguliers sur les manchettes de son manteau, comme s'il reprochait à son tailleur d'avoir été trop avare de tissu dans cette partie de son vêtement. Son regard bleu clair se posait ici et là, le temps de cligner de l'œil, et il ne s'en privait pas. A côté de lui se tenait Koppel, grand, quelconque, avec les traits grossiers d'un paysan. C'était un commerçant riche et rusé, à la tête d'un modeste empire qui consistait en plusieurs troupeaux de bovins et de moutons, deux immeubles dans la ville voisine et des parts dans une grande caravelle qui faisait sur la Baltique commerce de fourrures, de bois de construction, de suif et, à en croire certaines rumeurs, d'enfants que l'on vendait comme main-d'œuvre docile et bon marché. Le troisième homme était de toute évidence le plus âgé. C'était Holst, le préfet du roi. Il était plus vieux et plus replet que les autres. Visage rouge, petits yeux, il semblait toujours essoufflé. Il portait un long manteau de velours de coton et sa barbe brune était striée de poils roux.

Lorsque la porte s'ouvrit, ils se retournèrent comme un seul homme. Poignées de main, salutations à la ronde. C'est Rusk, le plus petit qui, en ajustant ses manchettes, annonça le but de leur visite.

"Heinesen, nous sommes venus pour vous permettre de nous expliquer ce qui se passe."

Heinesen s'inclina légèrement.

"C'est très aimable à vous, messieurs, mais je vous en prie, dites-moi donc au juste qu'est-ce qui mérite des explications ?"

D'un geste de la main, il les pria de s'asseoir, et ils obtempérèrent tous, à l'exception de Rusk qui s'assit pour se relever aussitôt, comme si sa chaise, à l'instar du manteau qu'il portait, était elle aussi trop étroite.

"Allons donc, jeune Heinesen, ne jouez pas au plus fin avec nous ! Nous n'aurions pas fait tout ce chemin si l'urgence de cette situation délicate ne nous y avait contraints."

Il y eut un instant de silence. Heinesen les dévisagea l'un après l'autre. Rusk tapait du pied avec impatience. Heinesen fit un large sourire :

"Messieurs, je suis à votre disposition, car comme vous devez vous en douter…"

Rusk l'interrompit brutalement.

"Et cet enfant, Heinesen, dites-nous donc comment il est mort !" grommela-t-il.

Le sourire se figea sur le visage de Heinesen. Il se tourna vers le feu. Il parla d'une voix égale et sans montrer d'émotion.

"Une longue période de pluies continuelles avait ramolli le sol. Même si cela ne se voyait pas, cela le rendit très instable. Quelqu'un fit un faux pas et une pierre se détacha des fondations, écrasant le garçon qui travaillait en dessous." Il respira profondément et se retourna pour faire face à son auditoire. "Un accident. Regrettable, mais courant, comme vous le savez tous, messieurs. Un chantier, c'est toujours dangereux."

Holst rompit le silence, se racla la gorge et hurla :

"Voulez-vous dire que vous endossez l'entière responsabilité de cet accident ?"

Heinesen regarda l'imposant émissaire droit dans les yeux.

"Je maintiens que cela aurait pu arriver n'importe où, à n'importe qui, et dans des circonstances identiques.

— Mais c'est bien vous qui aviez insisté pour qu'ils travaillent ce jour-là, malgré les dangers que représentait le mauvais temps, n'est-ce pas ?

— On a toujours intérêt à ce qu'un chantier soit terminé le plus vite possible. Personne ne pouvait prévoir les risques dus aux intempéries." Heinesen prit un ton plus aimable. Il leva les bras. "J'avoue que votre chagrin est touchant, mais n'est-il pas excessif ?"

Il y eut un silence.

"Mais Heinesen, expliquez-nous donc un peu, demanda Koppel comme si Heinesen n'avait rien dit, quel est exactement ce travail que vous avez entrepris ?"

Heinesen savait que ses travaux étaient depuis quelque temps l'objet de rumeurs et d'interrogations. Toutes sortes d'histoires étranges et surnaturelles circulaient à propos de la grande colline. Il se leva et alla jusqu'au milieu de la salle.

"Regardez, messieurs." D'un geste, il indiqua le haut de la pièce. Les trois hommes levèrent les yeux vers la galerie qui était au-dessus d'eux. "Ce que vous voyez là est le commencement d'un rêve, et non d'une lubie. Non, c'est une vision du monde à venir, telle qu'elle va se développer dans quelques siècles." Les trois hommes restaient silencieux : ce tribunal d'inquisition s'était soudain transformé en un auditoire béat. "Le monde civilisé est à l'aube d'un nouvel âge, l'âge de la philosophie de la nature. Nous commençons à peine à comprendre ce monde dans lequel nous vivons. Notre devoir est de tenter de comprendre les forces qui animent notre planète." Il marchait entre les tables, s'arrêtant ici ou là pour montrer un livre, ou un instrument de mesure. "Les hommes ont amassé ce savoir depuis l'Antiquité, ils l'ont accumulé et transmis au cours des siècles, depuis l'Antiquité grecque, en passant par les Arabes et les Egyptiens, et jusqu'à nous. Pourtant, jamais jusqu'ici nous n'avons pu assimiler tout ce savoir pour le fonder en une seule colonne de lumière dont l'éclat s'étendra jusqu'aux étoiles. Rendez-vous un peu compte, messieurs ! Nous atteindrons ainsi une vision plus vaste, plus claire et plus profonde que jamais. Nous allons amasser dans nos bras la poussière de plusieurs siècles et lui insuffler la vie."

Pendant un moment, les trois visiteurs restèrent figés et sans parole, sans tenter même de le dissimuler. Ils se regardaient, ne sachant quelle attitude adopter. C'est Koppel qui retrouva le premier la parole.

"Voyons, Heinesen, comment allez-vous réaliser tout ceci ? demanda-t-il d'une voix à peine audible.

— L'observatoire que je suis en train de construire deviendra un lieu de savoir, réputé dans le monde entier. Les savants y viendront en masse. Les rois et les nobles y enverront leurs ambassadeurs et ils s'y rendront en personne pour constater le travail qui s'y fait. Nous abandonnerons la croûte superficielle des choses de ce monde pour atteindre les mystères cachés en son sein." Il se dirigea aussitôt vers la fenêtre située au nord. "Et il y aura sur cette colline des tranchées, des postes d'observation équipés des instruments les plus modernes pour mesurer les distances et les différentiels des constellations célestes. Ici, une bibliothèque, des archives où les hommes les plus savants d'Europe et du monde civilisé viendront travailler et apporter leur contribution. Il y aura des débats, des controverses, toutes sortes de discussions, et…

— Ça suffit !" grommela Holst en frappant le bras de son fauteuil.

L'expression d'émerveillement que l'on pouvait observer sur le visage de Koppel disparut. Rusk plongea la tête en avant comme un chien qui tire sur sa laisse.

"Vous rendez-vous compte de l'audace de vos propos ? grogna Holst.

— Comment ça, l'audace ?" Heinesen lui sourit calmement. "Le fait d'examiner le monde dans lequel nous vivons, vous appelez cela de l'audace ?

— Allons, Heinesen, vous ne pouvez pas ignorer les conséquences, les répercussions d'une aventure aussi… grotesque ! Ceci est l'affaire des rois et des universités, et non pas d'un obscur maquignon au fond de sa province."

Heinesen reprit son souffle. Koppel fit une tentative de réconciliation. Il s'avança vers Holst pour le calmer d'un geste de la main et prononça un long discours en termes mesurés. Il semblait bien que cela concernait les gens de la ville. Ils se faisaient du souci à tort. Une rumeur circulait dans les tavernes et sur les places de marché, à savoir que l'on était en train de construire quelque chose de tout à fait inhabituel en haut de la colline de Heinesen. D'instinct, les gens se méfient de ce qu'ils ne connaissent pas. Bien sûr, cette colline appartenait à Heinesen, et il pouvait en disposer comme il voulait, mais il ne devait pas oublier que des rumeurs de ce genre ont tôt fait de se répandre dans une petite communauté et d'y semer le trouble. Les notables de la ville s'inquiétaient des répercussions que pourraient avoir pareilles rumeurs sur la réputation de la région et sur celle de la ville. Et puis il y avait lieu de se demander quelles sortes d'individus seraient attirés par une telle entreprise. Ces gens qui viendraient contempler les étoiles, et même ceux qui participaient à la construction… de la chose feraient partie de ces étrangers sans racines qui couraient les chemins à la recherche d'un emploi. Les gens les moins recommandables que l'on puisse imaginer. Des gens sans foi ni loi qui se vautraient dans le péché, qui se livraient à toutes sortes d'excès et qui ignoraient les voies du Seigneur.

"Je peux vous assurer que toutes les personnes que j'ai embauchées étaient d'une parfaite moralité.

— Il nous est difficile d'en juger, puisque à l'heure actuelle les travaux ont cessé, fit remarquer Koppel. Est-ce que c'est à cause de cet accident ?

— Ce retard, il est vrai, est des plus fâcheux. Je vais m'employer sans tarder à embaucher une nouvelle équipe.

— Vous appelez le sacrifice de cet enfant un fâcheux retard ? dit Holst en tapant du pied avec colère. Vous n'avez donc aucune compassion ?"

Koppel intervint, levant la main pour faire taire Holst.

"Ecoutez-moi bien, Heinesen. Nous ne sommes pas venus ici pour vous faire des mondanités." Il s'approcha de Verner et lui mit la main sur l'épaule. "Nous sommes tous de bons chrétiens, des hommes cultivés, mais nous avons pu constater la fureur que suscite ce genre de propos. Vous courez incontestablement un grand danger, Heinesen, et tant qu'il en est ainsi il est de notre devoir de vous en avertir.

— S'il avait été là, s'exclama Holst, jamais votre oncle Gustav n'aurait toléré que de telles manifestations d'impiété surviennent sur son domaine.

— Des manifestations d'impiété ? reprit Heinesen en riant. Dois-je vous rappeler que j'ai été en personne au service de l'astronome du roi ?

— Non, Heinesen, ce n'est pas la peine, car nous connaissons fort bien votre passé. Vous avez travaillé pendant trois ans au service de l'illustre Tycho Brahé ; or, cet homme fut un objet de scandale et d'embarras pour le roi et pour le pays." Holst ajusta son manteau et épousseta quelque miette invisible sur l'un des revers. "C'est vrai, vous avez été son apprenti et je suis sûr que c'est de cette époque-là que datent les graines de cette lubie qui ont commencé à germer dans votre imagination. Mais laissez-moi vous rappeler, Heinesen, que les idées de cet homme ne tenaient pas debout. Il était en disgrâce quand il a quitté le royaume et, ajouterai-je, il était temps qu'il le fît ! De toute évidence, il avait l'esprit dérangé, à mon avis à cause du soutien excessif que lui avait apporté notre monarque, qui en dépit de sa grandeur avait été mal conseillé.

— On pourrait discuter de l'efficacité de ses méthodes, mais dire qu'il était dérangé, c'est faux."

Exaspéré, Holst poussa un grognement hargneux.

"Heinesen, je ne suis pas venu pour discuter de superstitions, ou des inepties qui font le régal de tous ces astrologues et devins. Les astres sont hors de notre portée, et Dieu a voulu qu'ils le restent. Tout votre attirail n'y changera rien." Il se remit debout avec quelque difficulté. "Je ne suis pas un ignorant, Heinesen. Je ne suis pas un sot. Je suis au courant des idées matérialistes qui ont cours dans certains milieux savants concernant les mouvements des sphères célestes. Des esprits futiles se complaisent dans de stupides élucubrations. Mais redescendez de votre perchoir, petit oiseau. Vos idées n'ont aucun sens pour le commun des mortels qui ne connaît que le royaume de Dieu, et pour qui vos rêveries complaisantes sont non seulement incompréhensibles, mais dangereuses."

Heinesen allait répondre, lorsque Rusk poussa un cri. Tous les regards se dirigèrent vers lui. Il se tenait près de la fenêtre. Il tourna vers eux un visage blanc comme un linge.

"Ainsi, au nom du ciel, cette rumeur était donc vraie !

— Qu'est-ce que vous nous chantez là, Holst ? demanda Koppel, en poussant de côté cet homme qui tremblait de tous ses membres.

— Voyez là-bas, la chose marche, et sur deux pattes !

— Dieu du ciel, protège-nous !" s'exclama le marchand qui s'était précipité à la fenêtre. Il fit demi-tour sur lui-même, le visage enflammé. "Avez-vous perdu la raison, Heinesen ?"

Heinesen avait du mal à ne pas éclater de rire.

"Allons, messieurs, allons donc ! C'est un homme, ni plus ni moins. Un homme comme on peut en rencontrer dans les ports d'Espagne ou à Carthage. Il est originaire d'Afrique, je pense. Probablement un esclave au service des Ottomans.

— De qui ?

— Des Turcs", marmonna Koppel, les lèvres serrées. Ses paroles frappèrent le prêtre avec la violence de l'éclair.

"Seigneur Dieu, se pourrait-il qu'ils soient là… parmi nous ?

— De quelle scène de sorcellerie sommes-nous les témoins ? fit Holst dans un souffle.

— Vous osez parler de sorcellerie, monsieur ? riposta Heinesen. Le roi lui-même n'a-t-il pas déclaré que ce genre de propos est condamnable ?"

Holst le contra :

"Heinesen, ce n'est pas le moment de plaisanter. C'est un acte de pure folie : qu'est-ce qui vous a pris de ramener pareille créature abandonnée de Dieu dans nos régions ?

— C'est par curiosité, mais aussi par nécessité. Je prends tous les hommes qui me tombent sous la main." Heinesen se retourna et les fixa calmement du regard. "Messieurs, je vous prie instamment de garder votre calme. Cet homme est un simple mortel. Il ne parle pas autre chose que la langue que l'on pratique couramment dans les ports de la Méditerranée. Cependant, il travaille dur, avec autant de persévérance qu'un cheval de trait bien dressé." Heinesen rayonnait : il savait qu'il avait touché juste. "La richesse des colonies espagnoles provient du travail d'hommes tels que lui. Les Espagnols les importent en grand nombre des côtes d'Afrique.

— Nous n'accepterons pas ces gens chez nous, quelles que soient les coutumes des Espagnols."

Holst était inflexible. Rusk secouait la tête.

"Introduire une pareille créature dans notre région, n'est-ce pas s'attirer de mauvais sorts ?

— Un prêtre qui nous parle de présages de malheur et de mauvais sorts ?" Heinesen souriait. "Je dirais que c'est là pure superstition. A quoi faut-il s'attendre encore, au diable qui fait cailler le lait ?"

Rusk, lui, n'avait pas envie de sourire et au contraire il détourna son regard et s'essuya le front.

"Je vais vous prouver qu'il est inoffensif."

Heinesen alla jusqu'à la porte et demanda à Klinke de faire entrer Rachid.

Les trois hommes se mirent à murmurer et à marmonner entre eux. Heinesen, près de la porte ouverte, fit signe à Rachid de s'avancer. Lorsqu'il entra, les trois hommes reculèrent.

"Tranquilo." Heinesen resta à sa place, il leva lentement une main, en prenant soin de ne pas faire de mouvement brusque, comme s'il s'était agi d'un poney craintif. *"Tranquilo"*, répéta-t-il. Il indiqua les visiteurs. "Ces trois messieurs aimeraient faire ta connaissance."

Rachid parcourut l'assemblée du regard, puis, ne sachant trop que faire, il s'inclina légèrement. Personne ne parlait.

Heinesen regarda chacun de ces visages. Il vit l'ignorance, il vit la peur, et, un bref instant, il en éprouva de la satisfaction. Il était plus convaincu que jamais qu'il était éminemment nécessaire d'apporter les lumières du savoir dans cette contrée d'obscurantisme.

"Viens, n'aie pas peur", répéta-t-il.

Rachid s'avança jusqu'au milieu de la salle. Lentement, il parcourait les lieux du regard. Il n'avait jamais pénétré dans cet endroit. Il avait l'impression d'être à l'intérieur d'une grande chambre construite en bois. On avait pratiqué une ouverture dans le plancher du dessus, si bien qu'on apercevait le toit. La lumière entrait à flots par les fenêtres. Il regarda au travers de l'une d'elles qui donnait sur la colline, à droite. Il remarqua que chacune avait des carreaux différents : celle-ci avait des carreaux jaunâtres qui donnaient à la salle de chauds reflets cuivrés. C'était une très grande salle. Les ombres, quand on s'éloignait du centre, devenaient plus profondes et, çà et là, des objets volumineux et bizarres se détachaient dans l'obscurité. Il avait l'impression de scruter le fond d'un océan très sombre où le rythme de la vie se serait ralenti à la façon d'une horloge qui cesse de faire tic tac.

D'un geste de la main Heinesen lui indiqua le centre de la salle.

"Viens", dit-il en lui faisant signe.

Rachid fit un tout petit pas vers la table.

"Messieurs, n'ayez pas peur. Remarquez son dos voûté, probablement une malformation de naissance. Remarquez ces yeux qui suggèrent la simplicité d'esprit que l'on peut s'attendre à trouver chez une créature inoffensive."

Koppel saisit le bras de Heinesen et se pencha pour lui murmurer à l'oreille :

"Comment pouvez-vous être sûr que ce n'est pas un émissaire des Turcs ?

— Un espion ? Allons donc messieurs, je vais vous montrer la simplicité de cette créature." Il regarda autour de lui et prit une feuille de papier. Les autres suivaient la scène attentivement. Heinesen mit une plume dans la main de Rachid. "Ecris-nous quelque chose", lui ordonna-t-il.

Rachid regarda les trois hommes. Il regarda la salle, puis il regarda la plume dans sa main.

Les hommes s'inclinèrent en avant tandis qu'il se penchait au-dessus de la feuille. Il dessina une série de lignes et de points, des lettres étranges.

Heinesen brandit la feuille en faisant un grand geste.

"Des gribouillis sans signification, messieurs. Voici bien la preuve de ce que j'avançais !"

Les trois hommes n'étaient pas convaincus. Rusk respira profondément.

"C'est sûrement quelque malédiction. Ecrite dans la langue du diable !

— Taisez-vous donc, le prêtre. C'est un simple gribouillis d'enfant", répliqua Koppel.

Heinesen se tut. Le préfet l'examinait de près.

"Qu'en dites-vous, Heinesen ?"

Avant même qu'il ait eu le temps de répondre à la question de Holst, le prêtre se lançait dans une nouvelle déclamation.

"Des païens, vous dis-je, des adeptes de l'Antéchrist, à la solde du diable, la peau aussi noire que l'âme ! Vous avez donc perdu la raison ?

— C'est la Providence qui l'a amené ici."

Le préfet n'en croyait pas ses oreilles. Les mots avaient du mal à sortir de sa bouche.

"La Providence ? Méfiez-vous, jeune Heinesen, vous n'allez pas tarder à entonner le chant des hérétiques."

Heinesen fit le tour des visages.

"Je pense, annonça calmement Holst, que nous en avons assez vu."

Le feu crépitait. Il enfonça son chapeau sur sa tête. Les autres s'agitèrent et se préparèrent à partir. Arrivé à la porte, Holst s'arrêta.

"*Herremand* Heinesen, sachez que vous avez causé de grands troubles dans cette région. Vos menées peuvent être considérées comme une tentative de saper l'autorité du royaume. Vous serez prié de répondre à ces accusations en temps opportun." Sur quoi il se dirigea vers la sortie. "Nous saurons trouver notre chemin, merci", ajouta-t-il en jetant un dernier coup d'œil à Rachid par-dessus son épaule.

Arrivé à la porte, Koppel hésita.

"Soyez prudent, Heinesen, sachez que vous n'êtes pas au-dessus des lois. Il n'y a pas de colère plus redoutable que celle des justes. Votre bonne réputation ne saurait vous protéger, et aucun homme ne voudra s'interposer entre vous et les fanatiques."

Sans un mot de plus, il mit son chapeau et quitta la salle à grands pas. La porte se referma derrière lui, et on entendit le préfet appeler son cocher. Klinke raccompagna Rachid de l'autre côté de la cour. Heinesen s'effondra sur sa chaise avec un soupir. Il garda les yeux fermés un instant, écoutant les cris du cocher et le fracas de la voiture sur les dalles, puis sous le porche de la maison du gardien.

Enfin le silence. Heinesen souleva la feuille de papier et regarda avec attention ce qui était tracé dessus, mais ce n'est que lorsqu'il posa la feuille sur la table, et qu'il vit les signes sous un autre angle, qu'il comprit : c'était la constellation des Pléiades.

XXIV

Si l'on connecte des fractions de lumière jusque-
là isolées, peu à peu une structure se dégage de
l'obscurité. C'est ce à quoi songeait Verner
Heinesen en voyant Klinke se diriger vers la
maison. Klinke, avec ses jambes courtaudes et
ses grosses mains de paysan. Klinke n'était pas
content. Dès le début, lorsque Verner et Sigrid
avaient revendiqué leur héritage, il s'était toujours montré sceptique. Tout de suite, il s'était
opposé à ce projet : cela n'était pas digne d'un
noble ni de sa sœur. Exploiter une terre et élever
des bêtes était un travail exigeant qui impliquait
que l'on s'y connaisse. Ils feraient bien mieux
d'aller résider en ville, et pour le reste de s'en
remettre à lui. Klinke avait passé toute sa vie à
travailler avec l'oncle Gustav, et pour lui ce qui
comptait le plus, c'était son attachement à cette
terre. Au début, cela ne s'était pas passé sans
mal, mais au fil des ans Heinesen avait fait ses
preuves et il estimait qu'il avait gagné un peu la
confiance de son contremaître irascible.

Le souvenir que Heinesen avait des rares
visites qu'il lui avait rendues durant son enfance
demeurait vague, et il en gardait surtout l'image
d'un homme âgé et peu bavard qui n'avait
guère de temps à consacrer aux enfants. Son
père ne passait jamais beaucoup de temps avec

le reste de sa famille, car il considérait qu'ils n'avaient pas grand-chose dans la tête et manquaient de volonté, et en de nombreuses occasions il avait déclaré que son frère Gustav tenait de sa mère. Il se souvenait que quand on prononçait son nom à la maison, c'était à la façon de son père, sur un ton moqueur, agacé et fataliste, si bien que cela avait fini par constituer dans son enfance un élément aussi permanent que le bruit des navires qui se berçaient à l'ancre dans le port de Copenhague. Ses parents lui avaient laissé de son oncle l'impression d'un homme assez excentrique, imprudent et impulsif. Sa sœur et lui-même avaient peut-être hérité de cette curiosité qui par la suite les avait amenés à se déraciner, et à vendre toutes les propriétés qui leur restaient pour venir s'installer ici. Etaient-ce cet entêtement, ce désir de défier toutes les règles établies par son père qui l'avaient entraîné à retrouver les penchants iconoclastes de son oncle ? La curiosité y était aussi certainement pour quelque chose, car dans ses souvenirs les plus lointains il s'était toujours demandé, car cela l'intriguait beaucoup, pourquoi on pouvait tout abandonner pour se retirer dans ce coin perdu pour y élever des chevaux. En s'installant au Jutland, Gustav Heinesen s'était tellement éloigné d'eux que c'était comme s'il s'était embarqué pour la Nouvelle Espagne.

Or, se dit Heinesen, il se produisait maintenant ce que Klinke avait le plus redouté. Le contremaître apparut, tenant par la manche la silhouette de l'esclave.

"Je vous l'amène.

— Merci, Klinke."

Le contremaître ne bougeait plus, on aurait dit qu'il rechignait à sortir de cette pièce. Il fit un pas en avant, se racla la gorge, puis un pas en arrière. Cela faisait tellement songer à quelque étrange ballet qu'il eut du mal à s'empêcher de sourire.

"Allez, Klinke, à quoi songes-tu ?

— Eh bien, si vous n'y voyez pas d'inconvénient, j'aimerais dire ce que j'ai sur le cœur !"

Klinke s'exprimait avec cette gêne et ce ton pincé des gens qui n'ont pas la parole facile. Il sentait bien que sa façon de parler n'était pas celle qui convient dans les salons ni aux nobles préoccupations des gens instruits.

Heinesen s'appuya sur la rampe de la galerie et regarda l'homme qui était en bas.

"Allez, vide ton sac !

— Le problème, c'est qu'il nous a apporté la poisse. Jamais cet endroit n'a eu l'air aussi lamentable. Il y manque le bruit que font les honnêtes gens quand ils travaillent." Il sembla hésiter avant de pouvoir retomber sur ses pieds. Il fit un signe à l'homme qui se tenait à côté de lui. "C'est pas raisonnable de le garder ici ! Il est pas d'ici, vaudrait mieux le renvoyer à ce trou de terre d'où il est sorti à quatre pattes !" Il remit son chapeau et marmonna : "Maintenant, j'ai dit ce que j'avais sur le cœur."

Et il quitta vite la pièce.

Comme Heinesen descendait l'escalier, le cuir de ses souliers craqua sur le bois. Et tandis qu'il s'approchait jusqu'à se retrouver en face de lui, en passant, il laissa tomber sur la grande table une liasse de papiers qu'il tenait dans ses bras. Rachid rencontra son regard, puis il détourna la tête.

Dans la pièce, l'air était trouble et épais, comme si on avait fait brûler quelque substance, de la résine ou de l'encens. Rachid le sentit pénétrer dans ses narines, mais il ne put dire si cela provenait d'une sorte d'encre, ou bien d'un lubrifiant étalé sur les axes des grandes maquettes de planètes disposées partout dans la pièce, ou encore d'une substance qui suintait du bois, ou du goudron qui recouvrait les poutres du toit, à moins qu'il ne s'agisse d'une combinaison de tous ces éléments. Mais au fur et à mesure qu'il se posait toutes ces questions il finit par comprendre que ce que cette odeur dégageait était de l'énergie. Une force qui avait quelque chose de gluant, de terrible et qui grondait, l'énergie d'un esprit intrépide qui avait donné libre cours à son génie, ou à sa folie. Et pendant que Heinesen se déplaçait dans la pièce avec une énergie inlassable, s'arrêtant ici ou là pour lui montrer un livre particulièrement intéressant, ou un instrument qui faisait sa fierté, Rachid fixait le plancher du regard.

"Qu'est-ce qu'on va faire de toi ?" se demanda Heinesen à voix haute. Il déplaça sa main pour atteindre un objet dont il connaissait bien l'emplacement. "Ça, fit-il en montrant la feuille de papier sur laquelle Rachid avait gribouillé quelque chose, ça, c'est la constellation des Pléiades. Tu le savais !"

Il commença à lui lire un texte en grec archaïque que Rachid eut tout d'abord du mal à suivre. Heinesen lui indiqua des points sur la feuille.

"Non seulement tu connais bien cette constellation, mais tu en sais, je dois bien l'admettre, l'orthographe correcte en grec."

Rachid ne disait rien.

"Et qui plus est, tu as retenu cette constellation en sachant bien qu'en ce moment elle est à l'ascendant. C'est donc que tu as dû la voir et l'observer."

Rachid gardait le silence. Il ne bougeait pas, ne levait pas les yeux. Il avait été bien sot de révéler son savoir. Etait-ce par vanité, par jeu, ou plus simplement peut-être par orgueil ? Heinesen jeta la feuille de papier sur la table et se mit à arpenter la pièce. Maintenant, il s'exprimait à nouveau dans sa langue. Rachid le suivait du regard, mais il ne comprenait pas un traître mot.

"On dirait que tu en sais plus qu'il n'y paraît au premier abord, le Maure ! Mais je ne sais pas pourquoi tu as cru devoir étaler ton savoir devant l'émissaire du roi." Et lui plantant le doigt dans la poitrine, il ajouta : "Tu as flanqué la trouille de sa vie à l'homme de confiance de l'évêque !"

Et il se mit à rire. Rachid s'éclaircit la voix.

"Quien tiene Moro, tiene oro", déclara-t-il.

Heinesen fit une pause et le regarda. Il traduisit ce proverbe à voix haute pour son usage personnel :

"Qui a un Maure a de l'or."

Rachid approuva d'un signe de tête et sourit.

"Sache donc que l'or ne m'intéresse pas."

Rachid restait imperturbable.

Heinesen rit puis, tournant sur ses talons, il s'éloigna.

"Voilà qui est étrange, très étrange", fit-il à voix basse.

Rachid l'observait tandis qu'il se déplaçait le long d'étagères garnies de livres, de rouleaux, de longues et lourdes rames de papier et de casiers en bois.

"Les écrits, la connaissance, déclara-t-il d'une voix vibrante d'émotion, voilà ce qu'il y a de plus noble au monde. Nous sommes d'accord, non ? Le savoir des Egyptiens nous accompagne. Je suis de plus en plus persuadé que si je pouvais avoir accès à l'un de leurs chiffres sacrés, je pourrais percer les secrets de l'univers."

Il fit signe à Rachid de monter l'escalier avec lui.

Le niveau supérieur formait une sorte de mezzanine dont la galerie courait tout autour de la pièce et on y accédait par des escaliers raides en bois verni longeant le mur de gauche. Sur cette plate-forme où l'on pouvait à peine se tenir debout, il y avait des étagères, des enfilades d'étagères scellées dans les murs, des étagères où s'empilaient des rouleaux, des manuscrits, des livres, des cartes, des portulans de toutes sortes, de toutes formes et de toutes dimensions. Une lampe à huile pendait à un crochet fixé dans le plafond, comme un rhomboïde de cristal luisant. En dessous d'eux, au milieu de la pièce, un énorme foyer en forme de cloche montait et disparaissait dans une cheminée. Là, deux ou trois personnes pouvaient s'asseoir et profiter de la chaleur du feu. Des ombres géométriques déroulaient leurs courbes et leurs bissectrices dans un labyrinthe de tresses, d'arches, d'amples faisceaux faits d'ombre et de lumière.

A partir de son centre, cette galerie se prolongeait par des couloirs qui s'enfonçaient dans le noir. Çà et là, un éclat métallique signalait la présence d'une longue règle, d'une jauge, d'une sphère. Rachid s'arrêta en face d'un grand disque en cuivre. Il souleva cet astrolabe pour en lire les inscriptions.

"Persan, annonça Heinesen au-dessus de son épaule d'un air ravi. Je l'ai acheté à Venise, à un prince d'une humeur massacrante qui était couvert de dettes."

Maintenant, son espagnol revenait.

Il disparut dans un autre couloir. Tout en s'avançant, il se penchait en avant, se pliait en deux, s'inclinait d'un côté puis de l'autre, parlait tout seul : il cherchait quelque chose.

"Ah, le voilà !"

Un bruit mat et lourd de quelque chose que l'on traîne sur le plancher. Heinesen réapparut, tirant derrière lui le coffret en bois de Rachid.

"Tu le reconnais ?"

Rachid se mordit la lèvre. Le coffret était tout abîmé et cabossé. Sur le côté, on pouvait voir une large fente. Heinesen souleva le couvercle d'un geste brusque et fouilla à l'intérieur.

"C'est à toi, non ?" Il posa l'étui de cuivre sur le dessus du coffre. "Dis, le Maure, qu'est-ce que tu es ? Un magicien, un sorcier ?"

Rachid ne dit rien.

Heinesen rit. Il se frappa le front.

"Que je suis sot !"

Rachid avança timidement sa main pour caresser du doigt les bords découpés.

"Est-ce que tu incarnes un talisman qui porterait bonheur, ou bien une malédiction de plus qui viendrait s'abattre sur moi ?" D'un geste, Heinesen repoussa sa question. Il se mit à parler à toute allure. "Où que tu ailles, on dirait que tu suscites la peur et un sentiment d'appréhension, et tu dois te demander pourquoi. Je vais te le dire. Pour eux, tu es différent. Ce n'est pas plus compliqué que ça. Quand je t'ai rencontré, les plus modérés croyaient que tu étais un espion à la solde du roi d'Espagne. Pour les autres, tu n'es rien de moins que le diable en personne."

Heinesen s'empara de l'étui de cuivre et lui montra l'escalier. A mi-chemin, il s'arrêta et le regarda par-dessus son épaule.

"Combien de langues parles-tu ?"

Rachid regarda dans le vide et inspira profondément. Il leva la tête.

"Je peux parler et écrire plus ou moins bien l'arabe, le grec, le latin, le persan et le sogdien. Je connais un peu aussi le sanskrit. Je peux tenir une conversation dans la langue des Franj et, bien sûr, dans le parler des matelots."

Heinesen l'interrompit par un éclat de rire bien avant que Rachid ait eu le temps de finir sa phrase.

"Oui, oui, c'est plus qu'il n'en faut, fit-il d'un air très agité. Une merveille ! Ne va surtout pas t'imaginer que j'ai pris cette décision par pure philanthropie, lui déclara-t-il en se retournant pour descendre les escaliers. J'ai l'intention, monsieur, de faire bon usage de vos connaissances. Je vais utiliser tes talents de traducteur.

— De traducteur ?"

Heinesen lui montra du doigt les étagères remplies de livres et de documents.

"Bien sûr. J'ai passé des années entières à voyager à travers tout le continent européen pour amasser une bibliothèque comme n'en possède aucun collectionneur privé. Je parierais que plusieurs universités pourraient me l'envier !" Il était tout content de lui. Il hocha la tête et répéta : "Un traducteur, bien sûr, c'est ce qu'il nous faut."

D'un signe de la main, il fit venir Rachid près de lui. Les plans du chantier étaient étalés sur une grande table à dessin. En faisant de grands gestes, Heinesen lui expliqua rapidement ce qu'il avait en tête. Des tourelles, des tours, des tranchées, avec toutes sortes d'instruments.

"Je suis en train d'inventer une bête qui livrera bataille au ciel, dit-il. Et tu vas m'aider !"

XXV

Les étoiles affamées tètent la lune qui maigrit tandis que, l'une après l'autre, elles viennent la vider de son lait. Les mois passent, et Rachid al-Kenzy vit dans un lieu comme il n'aurait jamais pu en imaginer. Les journées sont sombres et brèves, et il ne reconnaît plus ces étoiles qui décrivent des cercles et montent brusquement en spirale bien au-dessus de son crâne. On ne voit plus le Scorpion, et l'étoile du Grand Chien ne fait plus que de brèves apparitions, bien faibles, tout près du sol. Il est parvenu aux confins de la terre, ou s'en est approché beaucoup plus qu'il n'aurait jamais osé l'imaginer. Le souvenir de cette pluie qui le cinglait le long des sentiers tortueux menant du navire échoué aux étables où on l'avait mis aux fers n'est plus aussi intense, il n'en reste plus qu'une cicatrice, une callosité. Il a perdu son chemin. Il est persuadé que cela n'était pas inscrit dans sa destinée et qu'il n'aurait jamais dû se retrouver ici. Comment expliquer pareille erreur ? Et s'il n'y est pour rien, en ce cas, où est donc la main de Dieu ? S'il était écrit que sa vie n'aurait jamais dû passer par ce lieu, alors, quel était le dessein ?

L'air a la fragilité du verre et l'on doit surveiller son souffle comme on le fait en haut d'une montagne. Un vent froid enfonce sa lame jusqu'à l'os. Rachid al-Kenzy vit dans un lieu qu'on appelle le Château du Soleil, dans un pays qui ne sait pas ce que c'est que la chaleur. Il est assis dans une petite pièce en haut des escaliers de la maison du gardien. Une longue galerie aux poutres basses et noircies par le temps mène à la cour. Les murs sont nus. Sur le plancher couvert de paille, on a posé une couchette en bois, et c'est là qu'il dort. Près de la fenêtre il y a un grossier tabouret à traire, à trois pieds, sur lequel il vient s'asseoir pour contempler le ciel. De la fenêtre située à l'est, il a une vue plongeante sur les flancs gras de la colline ; là-bas, le lac a mis sur ses reins une cuirasse de fer, et des chevaux viennent caracoler sur les champs recouverts d'une herbe haute, bleue et verte. Pendant la journée, le soleil est pris dans les bouquets raides de bouleaux qui se dressent à la lisière des champs comme des piquets acérés fichés dans une boue cuivrée. Là-bas, un mince ruban d'arbres indique les limites du domaine. Sur le mur ouest, une minuscule ouverture tient lieu de fenêtre et, en regardant au travers, il aperçoit au loin la grande maison et le sentier qui ondule comme une rivière couleur de bitume jusqu'au sommet de la colline noire. La nuit, il a l'éclat dur et mouillé du serpent.

Il fait si humide que ses os en pleurent, et ce clair de lune est aussi saugrenu, aussi extravagant qu'un éclat de rire dans un cimetière.

Rachid al-Kenzy restait assis là, à méditer sur son destin. Ainsi le but même de son périple ne faisait-il plus partie du monde du possible. Le temps a ralenti son allure et s'est arrêté. Il s'était détourné de sa propre voie. Et même s'il parvenait à quitter ce lieu, il lui faudrait des années avant de pouvoir retrouver le Hollandais et rapporter ce télescope. Un instrument d'une telle puissance ne pouvait pas passer longtemps inaperçu. Et quand il rentrerait au pays, cet instrument d'optique hollandais serait déjà mis en vente un peu partout, chez tous les brocanteurs de la terre, de Paris à Peshawar. Les enfants du vizir en auraient tous un modèle réduit en cuivre dont ils se serviraient comme d'un jouet.

Une fois de plus, il se mit à songer à la situation difficile qui était la sienne. Non, on ne peut pas percer le mystère de la vie en un seul jour. Il lui fallait prendre son temps, un signe allait se manifester, et alors il partirait. Il lui fallait élaborer un plan avec le plus grand soin, car si ces gens ne lui faisaient pas peur, il était ignorant de leurs coutumes et redoutait les images qu'ils pouvaient se faire de lui. Il se sentait retenu ici par un autre lien : la curiosité. Il était fasciné par la richesse des documents sur lesquels il était tombé. Il y avait là une bibliothèque qui aurait fait l'orgueil d'un roi. Le dey d'Alger en aurait versé des larmes d'envie. Rachid était fier d'en être arrivé là, de se retrouver ici, de pouvoir ajouter cet épisode merveilleux au récit de ses bonnes et mauvaises fortunes. Le réconfort que lui procuraient de telles pensées fut de courte durée, et il le repoussa comme quelque chose de vain et de futile. Pourtant, il avait toujours cru que les hommes, comme les étoiles, obéissent à une géométrie. Il était de son devoir de découvrir ce qui pouvait être à l'origine de cette étrange série d'événements qui l'avaient amené ici.

Il pouvait très bien vivre ici, se disait-il, tout comme il aurait pu vivre n'importe où. Il n'a pas de foyer, pas un village ou une ville qui pleurent son absence, il n'a pas d'enfants qui attendent le retour de leur père. Il allait donc s'instruire le plus possible avant que l'heure ne soit venue pour lui de s'en aller. Et s'il y avait une dominante dans sa vie, c'était bien celle-là : s'instruire en tout lieu, chaque fois qu'une occasion se présentait, et puis s'en aller quand l'heure était venue.

C'est ainsi que jour après jour il se démène pour explorer le savoir de ce nouveau monde. Il s'est laissé prendre dans un filet où tout ce qu'il avait appris jusque-là ne peut que le ligoter davantage encore. Il faut lutter pour se libérer, mais où cela pourra-t-il le mener ? Il a peur de tout perdre, jusqu'à ses esprits, et de finir ses jours enchaîné à un piquet comme un animal privé de parole, en train de fixer le ciel d'un air absent, tandis que les étoiles dévoreraient son âme.

Il faut reconnaître que cette nouvelle affectation lui rend la vie plus facile. Il n'a plus à creuser, à charrier des pierres, à se traîner tous les jours de bas en haut de cette colline jusqu'à l'épuisement. En fait, depuis la mort de ce garçon, on a cessé tout travail sur la colline. Les bâtiments où vivaient tous ces travailleurs et où il dormait sont plongés dans l'obscurité et à l'abandon. Dans la maison du gardien, en dépit du froid qui y règne, il fait plus chaud et il a du mal à imaginer ce qui aurait pu se passer s'il avait dû continuer à vivre dans cette grange parcourue par les courants d'air.

Depuis quelque temps, dans l'ensemble, cette maison avait retrouvé son calme. Il n'y restait que peu de gens : Klinke, qui dormait loin de la pièce où se tenait Rachid, de l'autre côté de la cage d'escalier, et puis le cuisinier, un gros homme qui parlait fort, et une logeuse qui s'enfuyait dès qu'elle apercevait Rachid. Le jour où il avait été affecté à ce nouveau poste, on lui avait fait quitter sa galerie pour l'emmener au sous-sol, dans une cuisine vaste comme une grotte, où il s'était senti bien au milieu de cette fumée et de cette chaleur. On lui avait donné de l'eau chaude pour sa toilette ainsi qu'une paire de ciseaux, afin qu'il se coupe les cheveux et taille sa barbe. Puis des vêtements neufs, des culottes en laine épaisse et chaude, une chemise de lin fin. En plus de tout cela, une veste épaisse en crin de cheval, des bas et des chaussures en bois. On le nourrissait de lait chaud dans lequel il faisait tremper des morceaux de pain noir et dur. Heinesen avait bien fait comprendre qu'à partir de cet instant il devait prendre tous ses repas dans la cuisine en compagnie des autres. Aussi Rachid mangeait-il là, tandis que, fascinés, ils ne le quittaient pas des yeux. Le cuisinier avait un certain embonpoint, et une mèche rouge carotte qui se dressait sur le sommet de son crâne. Apparemment, la femme qui avait la charge de cette maison était son épouse, même s'il passait plus de temps à converser avec son chien, un animal qui ne quittait jamais son coin près du feu, à moins qu'on ne l'en déloge d'un coup de pied. Ces gens regardaient Rachid comme s'ils ne s'étaient jamais attendus à le voir manger. Ils s'asseyaient côte à côte, à l'autre bout de la table, et lui lançaient de petits extras qu'il avalait goulûment dès qu'ils lui parvenaient. Cela les amusait, comme quand on joue avec un chien, même si c'était un peu plus animé ; après quoi ils se mettaient à parler entre eux et le laissaient à ses pensées.

Il n'y avait rien d'étonnant à ce qu'ils manifestent une telle curiosité à son égard et une telle réticence à s'approcher de lui. Il comprit qu'à leurs yeux il était une créature étrange qui ne faisait pas partie de leur univers. Pour les ignorants, il était un objet de curiosité, qui n'avait pas d'histoire, ni de nom. Pour ceux qui étaient capables de penser, il était la preuve vivante d'un autre monde dont ils ne savaient rien, et dont par conséquent ils se méfiaient. Pour eux, il était le Turc, un fils du fameux Süleyman qui avait acquis sa notoriété en empalant des chrétiens qui vivaient dans la crainte de Dieu. Il regardait ces deux hommes, leur visage et leurs yeux grands ouverts pendant qu'ils discutaient entre eux en jetant de temps en temps un coup d'œil dans sa direction. Ils n'avaient plus peur de lui, ils n'éprouvaient plus rien à son égard, pas même de la pitié. Rachid se demandait s'il parviendrait jamais à connaître ces gens et si, avec le temps, il ne finirait pas par les approcher, à moins que cela ne vienne d'eux.

Enfin, une dernière personne vivait dans cette maison : la sœur de Heinesen. Rachid savait qu'elle était là, même s'il ne la voyait que rarement. A une ou deux reprises, il avait aperçu une vague silhouette, une ombre au fond d'un couloir en train de franchir une porte. Un jour, un soir, depuis la maison du gardien, Rachid avait aperçu Heinesen qui s'asseyait pour prendre son repas dans la grande salle : en face de lui, il y avait une femme.

Une fois de plus, Heinesen partit en voyage, il cherchait toujours à obtenir le soutien moral ou financier des nobles et des princes de l'Europe. Tous les matins, Rachid se levait tôt, s'agenouillait pour faire ses prières avant de descendre l'étroit escalier pour quitter la maison du gardien. Il passait entre les charrettes et les carrioles et traversait rapidement la cour pour se rendre à la grande maison, en inclinant la tête pour se protéger de la morsure du vent, et par la pensée il se voyait déjà au milieu des étagères couvertes de parchemins poussiéreux et de papiers.

Il entra calmement dans ce bureau. Avant de faire quoi que ce soit, il marquait toujours une pause et regardait autour de lui pour s'assurer qu'il était bien seul. Puis il traversait la pièce et venait s'installer à la table située près de la fenêtre. Cette table était aussi grande que la pièce où logeait Rachid dans la maison du gardien. Il en avait fait le tour en tous sens pour le vérifier. Il se hissait sur la grande chaise et soulevait ses jambes pour les poser sur un repose-pied rond en paille tressée. La gouvernante avait reçu des instructions pour veiller à ce qu'un feu soit allumé.

Alors Rachid s'installait confortablement sur sa grande chaise tandis que derrière lui le bois crépitait dans le large foyer. Puis il penchait la tête et commençait ses lectures. Au début, il ne pouvait pas rester assis et à peine prenait-il le temps de respirer que déjà il montait et descendait les escaliers au pas de charge, parcourait les couloirs et tout excité il faisait l'inventaire de ce qu'il y avait là. Il commença par des documents écrits en arabe, mais il y en avait peu et ils étaient pour la plupart très vieux et dans un triste état, pour s'orienter rapidement vers des textes espagnols et grecs. Il s'aperçut que les mots et les graphies lui revenaient très vite. Souvent, il était tellement plongé dans ses livres qu'il en oubliait de manger, jusqu'à ce que son estomac crie famine. Alors, il dégringolait de sa chaise et d'un pas chancelant il longeait le couloir sombre jusqu'aux marches de pierre menant aux cuisines. Ses horaires fantaisistes semblaient convenir aux autres qui ne manifestaient pas le désir de partager leur repas avec lui. Et il mangeait dans une écuelle en bois les restes qu'on avait bien voulu y déposer. Le chien ouvrait un œil et lui adressait un regard plein de tristesse comme s'il retirait la nourriture de la bouche de cet animal privé de parole.

Mais il était hors de question qu'il consacre tout son temps à assouvir sa curiosité. Heinesen lui avait confié une tâche à accomplir pendant son absence. Il devait traduire de gros documents tolédans. Il s'agissait de tableaux de la lune, du soleil et d'autres corps célestes, décrivant leurs mouvements et leurs positions respectives. La version qu'il lisait maintenant était due à Ibn al-Ha'im, un natif de Séville, qui dès le début entendait redresser les erreurs de ses prédécesseurs. La démonstration d'Ibn al-Ha'im comportait de longs passages en langue arabe et dans ce que Rachid pensait être du castillan. Il estima que Heinesen n'avait probablement que faire de ces mesures, de ces inégalités relevées entre la Lune et le Soleil et qui reposaient sur des relevés détaillés des positions des planètes effectués par Al-Battânî, ni de la fréquence de leurs apparitions périodiques. Rachid était persuadé que s'il se mettait à fouiner dans ces couloirs il pourrait dénicher des versions plus exactes de ces mêmes tableaux, ainsi celle d'Al-Khuwârizmî, voire celle du roi d'Espagne Alphonse X, Alphonse le Sage comme l'appelaient les chrétiens, sans aucun doute parce que c'était lui qui avait réussi à chasser les Maures du León et de la Castille. C'est lui qui avait dit : "Si j'avais créé le monde, j'aurais certainement fait mieux !" Ces temps-ci, Rachid se remémorait souvent cette anecdote qui lui rappelait l'arrogance éhontée des chrétiens.

Quoi qu'il en soit, ces tableaux tolédans n'étaient pas d'une grande utilité. Pour pouvoir les utiliser, il aurait fallu les adapter à ces latitudes. Il y avait plus de trois cents ans qu'ils avaient été imprimés et quelqu'un avait déjà dû en proposer des adaptations. Il était évident que Heinesen le soumettait à une épreuve pour vérifier l'étendue de ses compétences.

Il se renverse sur sa chaise qui craque et vient s'appuyer sur le bureau. Il règne dans l'air un mystère épais, comme si une vague odeur d'encre venait tout irriguer en se mêlant à celle du parchemin en train de se décomposer. A force de vouloir décrypter ces caractères d'imprimerie et à cause d'un éclairage insuffisant, il a mal aux yeux. Cet ouvrage est écrit dans une langue qu'il connaît bien et pourtant il a du mal à reconnaître les mots. Il remue les lèvres tandis qu'il suit le texte du doigt. Devant lui se dresse une montagne de livres. La lampe baisse. Il étire son cou, se frotte les mains et souffle sur ses doigts pour les réchauffer. Il songe avec nostalgie aux chaudes latitudes où la vivacité de la lumière fait bondir les lettres sur leur page. Comment peut-on apprendre quelque chose sous ces latitudes où les mots viennent se réfugier à l'intérieur du papier pour s'y tenir au chaud ?

Les hauteurs, les azimuts, les tableaux, la carte des étoiles, il connaît tout cela, même si la langue et les méthodes utilisées demeurent gauches. Il reconnaissait les modes de pensée de ses ancêtres, ces grands hommes qu'il avait fini par admirer et par aimer comme s'ils faisaient partie de sa famille, d'une véritable famille, car c'est ainsi qu'il les considérait. Depuis longtemps, en fait pendant toute sa vie, ils étaient venus se loger dans sa tête au point que maintenant ils faisaient partie de son existence, et lui de la leur. Comme il avait rêvé de se mêler à ces mathématiciens, ces astronomes, ces géographes ! Maintenant, tous ces enthousiasmes étaient si loin qu'ils n'en paraissaient que plus risibles. Autrefois, les livres qui garnissaient les étagères de cette grande bibliothèque auraient excité son imagination au point de lui en faire perdre le souffle. Il aurait voulu les avaler tous d'un seul coup. Page après page, ligne après ligne, il aurait voulu se creuser un passage jusqu'à ce que tout le savoir dissimulé dans ces signes secrets finisse par lui appartenir. Il aurait voulu boire cette encre, manger ce papier. Ces livres contenaient les arches des cieux, le mystère sacré et insondable qui l'enserrait comme un cocon.

XXVI

"Vous ne pouvez pas rester ici indéfiniment, vous le savez.

— Oui, je le sais. Mais je ne peux pas me résoudre à rentrer.

— C'est si dur que ça ?"

Ils étaient assis dans la voiture à la hauteur du carrefour, près de la boutique. Martin inspectait ses ongles sales.

"Voyez-vous, je ne connais rien à tout cela, mais j'ai toujours pensé que d'avoir une famille, enfin, disons, une femme et un enfant, c'était une autre histoire, non ? Avoir quelque chose à protéger, vous voyez ?"

Hassan fit non de la tête.

"Ce n'est pas toujours aussi simple !"

En face d'eux, une petite voiture bleue prenait le tournant à vive allure. Elle s'arrêta devant la boutique dans un crissement de freins. Un garçon en descendit et entra.

"Voici vos amis.

— Ce ne sont pas vraiment mes amis", murmura Martin. Il secoua la tête en arrière pour dégager sa mèche de cheveux. "Ce sont les seuls jeunes de mon âge dans le coin." Il rit pour faire diversion. "En fait, ça me serait difficile de ne pas les fréquenter !"

On entendait de la musique provenant de l'intérieur de l'autre voiture. Le garçon qui était entré dans la boutique en sortit et regarda des deux côtés de la route. Il aperçut Martin et le salua de la main. Martin fit de même. Le garçon se pencha vers l'intérieur de l'autre voiture d'où sortaient des éclats de rire qui résonnaient le long de la route déserte. Puis il monta dans cette voiture qui fit rapidement marche arrière pour se retrouver à la hauteur de celle de Hassan. A l'intérieur, trois ou quatre garçons s'agitaient et gesticulaient. Le conducteur fit hurler son moteur à plusieurs reprises et démarra en trombe, en faisant patiner les roues dans un grincement strident de pneus sur l'asphalte.

"Eh bien, on ne peut pas dire que je n'ai pas apporté de l'animation dans ce coin !"

Le ton légèrement agacé de Hassan ne passa pas inaperçu. Martin releva la tête.

"Ils font les andouilles, c'est tout. Il ne faut pas leur prêter d'intentions.

— Mais s'ils n'ont aucune intention, alors, pourquoi font-ils ça ?

— Il n'y a pas beaucoup de distractions par ici. Ils n'ont guère de choix.

— Mais si, on peut toujours faire des choix. Toi, tu as fait un choix, non ?"

Martin s'agitait, tapotant le tableau de bord.

"Vous ne savez pas ce que c'est. Ici, il ne se passe rien. Vous, vous avez une vie, un boulot, une famille. Je veux dire, peut-être qu'ils se demandent pourquoi vous avez tout ça, et pas eux."

Hassan essayait de deviner le visage du garçon dans l'obscurité.

"Et toi, est-ce que tu te le demandes aussi ?"

Martin leva les mains puis les laissa retomber. Comme s'il ne trouvait pas ses mots. Il esquissa à nouveau un sourire qui se figea sur ses lèvres.

"Vous en parlez comme s'ils voulaient vous faire du mal, ou je ne sais quoi. Comme s'ils voulaient vous empêcher de travailler ici. Ils ne savent rien de vous, ni de ce que vous faites ici.

— C'est bien le problème, hein ?"

Martin détourna la tête et regarda au loin pendant un instant.

"Je ne comprends pas.

— Ils se moquent pas mal de ce que je fais ici. Pourquoi s'en soucieraient-ils ? Ils ne veulent pas savoir. Ils tiennent trop à leur ignorance, à leur peur. Et tout ça, ça grossit au fil des ans, ça pousse et ça les prend à la gorge. Et, un beau jour, c'est tout ce qu'il leur reste et ils ne connaissent rien d'autre.

— Ce ne sont que des gosses de paysans, stupides, qui s'ennuient, qui s'ennuient comme moi." Il tira de toutes ses forces sur la poignée et sortit de la voiture. "Allons, ça suffit comme ça !"

Hassan regrettait d'avoir passé sa mauvaise humeur sur le dos de ce garçon. Il essaya d'arranger les choses.

"Ce que je veux te dire, c'est qu'il y a des tas des choses que tu pourrais faire dans ta vie, Martin. Il ne faut pas en rester là !

— Ça, c'est sûr."

Il y eut un silence.

"Et tes amis ?"

Martin indiqua le bas de la route.

"Ils vont revenir, dit-il. Bien obligés : il n'y a pas d'autre endroit où aller."

En reprenant la route pour rentrer chez lui, Hassan pouvait voir Martin dans son rétroviseur, sa silhouette gauche et dégingandée traversant la route sombre en direction des lumières vives de la boutique.

Il était encore en train d'essayer de reconstituer le monde tel qu'il était à cette époque-là. Où en était l'astronomie au début du XVIIe siècle ? Quels domaines englobait-elle ? Tycho Brahé était au service du roi en tant qu'astrologue. Dans une série de conférences données en 1574, Brahé précisait que selon lui le destin de l'homme n'était pas réglé uniquement par des conjonctions célestes, mais que Dieu avait donné à l'homme la possibilité de se soustraire à l'influence des astres. L'astrologie pouvait donc aider à prévoir une menace ou un danger imminent et permettre ainsi à l'homme de les éviter. C'est parce que l'astrologie était incapable de prédire les événements avec précision que Brahé avait décidé de regarder de plus près les instruments dont il disposait. Il attribuait le flou des prédictions astrologiques à un manque de précision, et c'est pourquoi il avait consacré tous ses efforts à construire ses propres instruments.

Que penser alors de ce Rachid al-Kenzy ? Le savoir scientifique du monde arabe n'avait cessé de décliner tout au long du XVIe siècle. Dans le monde arabe, l'âge d'or du savoir se situait trois siècles plus tôt. Puis il y avait un grand vide. Aucune mention n'était faite, par exemple, de la théorie de Copernic sur l'héliocentrisme jusqu'à la fin du XVIIe siècle, et, là encore, c'était de façon allusive. La réaction du monde islamique aurait-elle été semblable à celle du monde chrétien ? Placer le centre de l'univers dans le Soleil, loin du monde et loin de l'homme, n'était-ce pas là une idée bien dangereuse ? C'est Allah qui avait créé la Terre et les Sept Cieux, n'est-ce pas ?

Hassan recula son siège et mit les pieds sur le bureau. Donc, si l'on admettait que Rachid al-Kenzy n'avait pas fréquenté d'université européenne, dans ce cas, il n'aurait rien su de l'état des sciences à son époque. Les idées de Copernic en astronomie n'étaient connues que d'un petit nombre d'érudits, et elles n'étaient certainement pas admises par beaucoup de gens.

Qu'est-ce qu'un homme comme lui aurait pu faire de telles idées ?

Pourquoi s'était-il aventuré si loin vers le nord, et seul ?

Pourquoi Heinesen était-il enterré sur la colline, et qui l'avait enterré ? Pourquoi l'instrument de cuivre était-il enterré à ses côtés ? Un cadeau ?

Il reprit ses notes. L'incendie de la cathédrale avait eu lieu en 1610, ce qui était un repère plus précis permettant de fixer l'époque où le mystérieux "Turc" était présent dans la région. Que se passait-il en 1610 dans le monde de l'astronomie ? Hassan consulta son encyclopédie et cliqua la date. L'écran s'alluma et la machine se mit à bourdonner. Avec son curseur, il parcourut l'index. Galilée était en train de construire son télescope, et il observait les montagnes de la Lune. 1610 était une année étrange : les idées concernant la marche de l'univers se voyaient alors complètement bouleversées. En 1633, Galilée avait été condamné à la prison à vie pour avoir semblé approuver les théories de Copernic. La sentence n'avait pas été appliquée, mais il avait passé le reste de sa vie en résidence surveillée.

Il était peu vraisemblable que Rachid al-Kenzy soit venu ici pour chercher un savoir ou des preuves scientifiques ; il serait plutôt allé vers une ville universitaire. Donc, son arrivée ici aurait été un accident, ou une pure coïncidence.

Hassan revint vers sa carte de l'Europe. Du doigt, il parcourut la côte. Un navire allant vers le nord, ou vers le sud ? Vers le nord. Son doigt rencontra la Hollande, et quelque chose lui revint alors en mémoire. Il se reporta à son encyclopédie. En 1609, Galilée s'était pris de querelle avec un astronome allemand du nom de Simon Mayr, à propos de la fabrication de son télescope. L'année précédente, en Hollande, pour la première fois, il avait été fait mention de cet instrument. Mais au moment où Al-Kenzy arriva en Europe, l'usage du télescope était-il devenu courant ? Pourquoi aurait-il fait tout ce chemin pour un tel objet ? Hassan chassa cette idée, éteignit tous ses appareils et monta se coucher pour sombrer dans un sommeil profond, très profond.

XXVII

Rachid abandonna la tâche que Heinesen lui avait confiée, ou plutôt c'est elle qui décida de l'abandonner, car il se trouva emporté vers d'autres entreprises, vers d'autres horizons. Il avait commencé à se consacrer entièrement à tout ce qu'il y avait dans cette bibliothèque. Il ne savait pas exactement ce qu'il cherchait, peut-être un indice, une voie lui permettant de comprendre ce qui se passait dans l'esprit de Heinesen.

De temps en temps, il se remémorait sa vie sous des latitudes plus familières. Il ne se reconnaissait plus. Il dormait mal. Il avait perdu l'appétit. Peu à peu son dégoût pour la nourriture de ce pays l'avait quitté, et il aurait pu manger s'il avait pu se forcer à avaler, mais chaque bouchée restait coincée dans sa gorge, et il étouffait presque.

Il avait l'impression de subir une lente érosion, comme le sable quand il est poussé par le vent, ou comme ce champ de maïs sur lequel il avait vu s'abattre un jour une nuée de sauterelles. Il avait vu ce champ changer de couleur sous ses yeux, et les tiges vertes se tordre avant de disparaître pour laisser une terre nue, stérile et brune. En remontant le cours de sa vie, il lui semblait que toutes ces années portaient en elles un processus de désagrégation, depuis le jour de sa naissance et même antérieurement. Même avant son entrée dans ce monde, il avait été dépossédé de son lieu de naissance lorsque sa mère avait été réduite en esclavage. Ainsi donc, il avait perdu sa maison, son père, sa famille et sa mère bien-aimée. Et maintenant il flottait dans un océan de voix dont aucune ne lui appartenait. Sa science des étoiles était maintenant trahie par la magie. Son savoir en géographie s'était émietté dans la plus grande confusion. Sous les latitudes où il séjournait maintenant, Dieu ne plaçait plus l'homme au centre de la création, mais à son extrême périphérie, sur une de ces nouvelles sphères qui tournent dans la lumière, simple poignée de lucioles insignifiantes. Autour de lui, des gens prononçaient le nom de Dieu mais ne croyaient pas ce que disaient leurs lèvres.

Il commençait à préparer son évasion. Dans l'immense bibliothèque, il y avait bien sûr des cartes terrestres et marines, et même des cartes du ciel. Il se dirigerait vers la côte, à l'est, et vers les voies d'eau qui menaient à la mer Baltique, vers les ports de la Ligue hanséatique et vers la Poméranie. Il était solide, et pensait qu'il pourrait endurer toutes sortes d'épreuves pour retrouver son chemin vers le sud, vers le monde. Il avait soigneusement recopié des cartes de la région à travers laquelle il avait prévu de passer. Il savait où se procurer assez de nourriture dans les réserves des cuisines pour subvenir à ses besoins durant ce voyage. Il avait même repéré les chevaux qu'il emmènerait avec lui. Tout était prêt, le moment du départ était proche, avant l'arrivée de l'hiver, avant qu'il ne perde la raison. C'était le moment de partir.

Mais la constellation qui décrivait des cercles au-dessus de la tête de Rachid al-Kenzy lui était inconnue, et il risquait de se perdre complètement. Une autre planète le dominait, imprévue, inattendue.

C'était un jour comme les autres, jusqu'au moment où la porte s'ouvrit dans un grincement, et Rachid leva distraitement les yeux de la page qu'il lisait. La personne qui entra traversa la salle en chantonnant sur son passage. Sans bouger, il la regarda répandre des fleurs séchées sur le plancher recouvert de paille tandis qu'elle s'avançait. Elle ne jeta pas le moindre regard dans sa direction, elle ne semblait même pas avoir remarqué sa présence, comme s'il était invisible. Il dirigea à nouveau son regard sur les pages qui étaient devant lui et reprit ses calculs. Il savait qui elle était : la sœur de Heinesen. Rachid avait la quasi-certitude qu'elle souffrait d'une grave maladie dans son corps, ou alors que son esprit était quelque peu dérangé. En la voyant, Rachid pensa que si la maison dans laquelle elle marchait avait été en flammes, elle l'aurait à peine remarqué. Il replongea son nez dans son livre. Elle menait une vie solitaire, en haut de l'aile nord de la maison, dont elle ne sortait que rarement. Et lorsque cela lui arrivait, on aurait dit que pour elle le reste du monde n'existait pas, comme si toute sa vie elle avait été portée par une vague de pensée.

Dans les jours qui suivirent, elle fit quelques nouvelles apparitions, et Rachid commença à se sentir gêné par sa présence. Il ne se sentait plus à l'aise, comme avant. Il nourrissait de forts soupçons quant à sa personne et à ses intentions.

Autant Heinesen était jovial et enjoué, autant Sigrid (c'était là son nom) était tout l'opposé de son frère. Elle semblait ne parler que très rarement à qui que ce soit. Rachid attendait avec impatience le retour de Heinesen.

Elle n'était pas très grande. Elle avait le port calme des gens sûrs d'eux-mêmes. Ses cheveux courts disparaissaient sous un simple foulard noir qui aurait dû la faire paraître négligée, alors que cela accentuait ses airs étranges. Elle ne fit que de brèves apparitions, ce dont il lui sut gré. Le seul bruit de ses pas le remplissait de peur et d'agitation, mais il n'avait pas de mots pour décrire le genre de menace qu'elle représentait pour lui.

Les yeux baissés, il devinait à l'absence de bruit qu'elle avait cessé de bouger. Il n'osait même pas jeter un coup d'œil furtif dans sa direction, de peur de rencontrer son regard. Il n'osait pas le faire, mais c'était plus fort que lui. La salle était silencieuse depuis si longtemps, aussi… à un moment qui lui sembla propice, tournant la page de son gros livre, il laissa son regard glisser sur la courbe du papier, puis il leva les yeux. Elle n'était plus là ! Son cœur se mit à battre. Il y a deux choses dont il vaut mieux avoir peur, lui avait autrefois enseigné le vieux *feki* : la mer et les femmes qui ont "l'œil". La mer il lui avait survécu, mais ce n'était peut-être que pour succomber à ce danger encore plus redoutable. Il se leva tout doucement de sa chaise. Elle avait vraiment disparu sans laisser de trace, elle s'était évanouie dans l'air. Il étouffa un juron, et se mit à réciter à voix basse des versets sacrés. Ses efforts pour savoir où elle était se firent plus pressants, moins prudents. Il fit un pas en avant, et, fou d'inquiétude, il regarda à nouveau autour de lui et tourna de gauche à droite. Sa manche frôla la pointe d'un compas plus grand qu'un homme qui était posé sur le sol. Il se mit à vaciller. Rachid fit un bond pour l'attraper et réussit à l'empêcher de tomber. Précautionneusement, il remit le lourd instrument de cuivre en équilibre. Et soudain, elle était à nouveau là, émergeant des profondeurs comme une mince fumée noire s'élevant dans le verre d'une lampe à huile.

Aucun ne dit mot. Il baisse la tête et regagne son siège pour reprendre le travail. Après quelques instants, il s'arrête et se rend compte qu'elle n'a pas bougé. Il lève à nouveau les yeux.

Derrière elle, sur la gauche, la lumière de la fenêtre éclaire son visage. Elle est dans une attitude pleine d'autorité, les mains croisées devant elle. Elle a un visage plein d'énergie, remarque Rachid, une forte mâchoire et un large front fuyant qui disparaît sous le foulard noir serré autour de sa tête. De cette coiffe austère s'est échappée une minuscule mèche de cheveux fins qui danse dans les rayons du soleil comme une tresse de fils d'argent.

Rachid se demandait s'il avait fait quelque chose de mal. Peut-être avait-elle senti qu'il ne se consacrait plus à la tâche que son frère lui avait confiée.

Il se souvenait que Heinesen lui avait dit, en passant, qu'elle écrivait de la poésie et qu'elle lui en récitait, le soir, quand ils étaient assis dans la grande cheminée : Rachid n'avait prêté à tous ces éloges qu'une oreille distraite. Il n'avait jamais entendu parler de femmes qui écrivent de la poésie et il doutait fort que, dans ce langage semblable au caquetage des canards, on puisse exprimer des sentiments aussi sublimes que ceux de la poésie.

"Tandis que mes talents, je l'avoue, m'orientent vers les calculs, les mesures et tout ce qui est de l'ordre du quantifiable, ses dons se situent davantage dans les manifestations intuitives de l'intellect. Elle sait lire dans les âmes avec une grande clairvoyance, et à mon humble avis elle maîtrise avec beaucoup d'autorité tout ce qui se tisse entre les astres et l'âme. Elle peut parler pendant des heures de la pertinence de Giordano Bruno et des hermétiques, de la *Prisca Theologica*, ou de l'*anima mundi*. Ne crois-tu pas que cela constitue un domaine de pensée de la plus grande importance dès qu'il est question d'interpréter la nature du destin de l'homme tel qu'il est inscrit dans les étoiles ?"

Evidemment, Rachid ne pouvait dire ni oui ni non, car pour lui tout cela était nouveau. L'astrologie, il connaissait, et il avait des notions de magie et d'interprétation des rêves, mais ces noms-là étaient nouveaux pour lui. Il n'avait pas la moindre idée de leur importance. Mais tout cela ne faisait que confirmer les soupçons qu'il éprouvait depuis le début à l'égard de cette femme.

Rachid se prit à penser qu'ils n'étaient peut-être pas frère et sœur. De tels sujets avaient été débattus en présence d'Allah, et le seraient encore jusqu'à ce que les feux de l'enfer aient consumé tous ceux que cela concernait. Il était bizarre qu'aucun des deux ne soit marié, alors qu'ils avaient dépassé depuis longtemps l'âge pour le faire. La fécondité d'une femme est limitée dans le temps, et, malgré son caractère visiblement austère et sans aucun doute intransigeant, elle n'en était pas moins femme, faite pour engendrer des enfants.

Quoi qu'il en soit, il ne faisait aucun doute pour Rachid que depuis que cette créature était sortie de son isolement la maison semblait en proie à un malaise. Jour après jour, elle restait assise, griffonnant des centaines de pages avec fébrilité, travaillant tard dans la nuit, jusqu'à ce que sa plume se casse, ou qu'elle n'ait plus d'encre, ou que d'autres pensées lui viennent à l'esprit et la fassent renoncer à ce qu'elle était en train de faire.

C'est ainsi qu'un jour, levant les yeux, il la trouva endormie, la tête posée sur la table, les mains étendues sur le meuble de chêne. Sans faire de bruit et sans bouger, il la regardait. Et pour la première fois il n'avait pas peur de porter son regard sur elle pour l'observer. Il ne voyait pas grand-chose : des cheveux sombres qui s'échappaient du foulard noir. Et tandis qu'il l'observait, elle bougea, et le foulard glissa de sa tête. Ses cheveux étaient raides et fins, comme de la soie foncée, pensa-t-il. Au milieu du front il y avait une bande plus claire de cheveux blanchis prématurément. Il remarqua les traits fins de son visage et ne comprit pas comment elle avait pu lui faire peur. Elle devait avoir le même âge que lui, un ou deux ans de moins peut-être. Pouvait-on vraiment imaginer qu'un tel visage pouvait faire du mal ?

Quelques feuilles du manuscrit étaient tombées par terre. Il hésita un instant, puis se pencha et regarda à nouveau. Elles étaient toujours là. Il respira profondément et posa celle qu'il avait dans les mains. Elle n'avait toujours pas bougé. Le feu pétillait joyeusement derrière lui. Il n'hésita plus. Glissant doucement de sa chaise, il se mit à genoux pour ramasser les feuilles qui étaient tombées par terre. Il les retourna plusieurs fois dans ses mains pour savoir ce qu'elles contenaient.

C'est de cette façon qu'elle le dirigea vers les œuvres des païens.

"Hebdomades", lit-il lentement.

C'est à cet instant précis qu'elle se mit à bouger et, comme pétrifié, il retint son souffle. S'éveillant tout à coup, elle leva la tête. Elle tourna les yeux dans sa direction et voyant qu'il était là elle se renversa en arrière et tomba par terre en poussant un cri de frayeur. Ils étaient tous deux comme de glace, tels deux animaux épouvantés, lui à genoux, elle un pied pris dans la chaise placée à côté d'eux. Elle haletait et s'empressa de rassembler ses feuilles et ses vêtements. Il redressa la chaise. Voulant le faire elle-même, dans sa précipitation, elle frôla la main de Rachid. Il battit en retraite, reprit sa place sur sa chaise et s'enfonça à nouveau dans son travail.

Le silence revenu, la salle retrouva son calme. Ils n'avaient pas encore échangé un seul mot.

XXVIII

"*Hebdomades.*" Au bout d'un moment, ce mot sortit de la bouche de Rachid.

Elle posa ses mains sur le livre placé devant elle, le ferma d'un geste assuré et leva les yeux.

"*Hebdomades*, répéta-t-il. Qu'est-ce que cela signifie ?"

Elle répondit sans hésiter, le regard calme et direct, les mains croisées sans crispation sur son carnet de notes :

"Publié en 1589 à Venise par Fabio Paolini. Il contient la théorie de Ficin sur la magie. Il montre comment la magie repose sur la cosmologie et l'astrologie."

Elle parlait l'espagnol mieux que son frère.

Rachid fronça les sourcils.

"Mais sur quoi repose son existence ?

— Son existence repose sur notre existence."

Il se souvint que Heinesen lui avait dit un jour qu'elle avait appris seule à parler et à écrire l'espagnol, au moment même où il voyageait dans ce pays. Pendant son absence, ils avaient correspondu dans cette langue, car elle était très attachée à son frère, et très volontaire. Pourtant, elle avait un accent étrange, parce qu'elle n'avait jamais utilisé cette langue pour parler, mais seulement pour lire et écrire. Elle parlait avec assurance mais avec une certaine maladresse qui l'irritait, comme si les mots allaient lui échapper dès qu'elle ouvrait la bouche. Elle maîtrisait sa grammaire mieux que lui, et cela lui rappelait certaines conversations des vieux érudits juifs des quartiers mudéjars d'Alger.

Elle parlait maintenant très vite ; ayant entrepris d'expliquer l'*Hebdomades* de Paolini, elle continuait à si vive allure qu'il en avait le vertige. Sa connaissance de l'ouvrage en question était incomplète, car elle avait trouvé sa trace par hasard, dans les œuvres d'un Anglais, John Dee. Connaissait-il l'œuvre de Dee ? Rachid, l'esprit vide, fit signe que non. Elle continua de plus belle.

John Dee avait écrit une préface pour la traduction par Billingsley du traité mathématique d'Euclide. Il partageait les idées d'Agrippa dans son *De occulta philosophia*, où l'univers est divisé en trois mondes.

"Dans le premier, c'est-à-dire le Monde Naturel, le mage opère au moyen de la magie naturelle. Dans le Monde du Milieu, ou Monde Céleste, il utilise la magie des mathématiques. Et, dans le Monde Supracéleste, le mage opère au moyen de configurations numérologiques." Elle était vraiment superbe au milieu de ses envolées, et c'est à peine si elle prenait le temps de respirer. Il n'avait jamais vu pareil enthousiasme. "Dee pense qu'on peut faire apparaître les anges par le truchement des nombres."

Elle s'arrêta aussi brutalement qu'elle avait commencé. Il ne savait que penser. Des anges grâce à la magie ? Il était conscient que l'expression ahurie de son visage devait lui donner un air bovin, il n'en était pas moins incapable de bouger le petit doigt. Sa tête oscillait au rythme de son discours. Il voulait en savoir plus.

"Je dois avouer qu'il m'est difficile de voir la portée immédiate de ces théories extravagantes."

Il avait enfin réussi à retrouver l'usage de la parole. Il voulait dire que ces recherches lui semblaient consacrées à une sorte de magie fausse et dérisoire qui n'avait pas grand-chose à voir avec les nobles sphères. Elle reprit d'un ton léger et enjôleur :

"Cela ne vous surprend pas que le premier ouvrage que Cosimo de Médicis ait fait traduire du grec en latin ait été, non pas Platon, mais le *Corpus hermeticum* ?"

Oui, cela le surprenait. Et comment aurait-il pu être au courant ? Sa voix s'écoulait goutte à goutte dans l'odeur de renfermé de la bibliothèque, telle une encre puissante qui se serait infiltrée dans la tête de Rachid.

"Est-ce que cela ne vous indique pas à quel point cette œuvre est importante ?

— Je ne connais pas cet Hermès Trismégiste", murmura-t-il.

Chacune des longues heures qu'il avait passées plongé dans les mots et les pages semblait être maintenant remise en question, et devenir pâle et grise comme l'éclat du soleil passant du jour à la nuit.

Dans un froissement brusque de ses jupes, elle se dressa, posant un instant les mains sur la grande table sculptée où il travaillait. Elle portait une robe bleu indigo fortement amidonnée. Les boutons de sa tunique étaient en os sculpté et poli. Le bruissement de ses jupes superposées était comme le balancement langoureux de branches d'arbres sous la mer. En ce moment, il apprenait à la regarder, à lui faire face calmement, sans agitation, sans hypocrisie, comme un être humain face à un autre. Ses yeux le trahissaient, ils vacillaient de-ci de-là et ne pouvaient saisir que des fragments, des angles, un lacet pendant de sa manche, une mèche de cheveux ondulant dans la lumière.

Hermès Trismégiste était un prêtre égyptien, lui explique-t-elle, contemporain de Moïse, eh oui ! Il est aussi connu sous le nom d'Idris. C'est ainsi qu'il raconte la création de l'homme : d'abord furent créés la lumière et les éléments. Puis vint la création des cieux avec les sept planètes qu'il appelle les "Gouverneurs". Vint ensuite la création de l'homme. Lorsque Adam chercha à connaître les secrets de la puissance divine, il fut chassé du jardin d'Eden pour avoir désobéi, mais, selon Hermès, il retrouva son pouvoir sur la nature en communiant avec le cosmos. Les sept Gouverneurs lui manifestèrent leur amour en lui donnant chacun une part de leur pouvoir.

Rachid eut d'abord l'impression qu'il était tombé dans un monde de spéculations d'amateurs. C'était nouveau pour lui. Les idées que défendait cette femme n'étaient au mieux que des hypothèses insensées, au pire des appels directs à l'idolâtrie païenne, à l'adoration de la nature et des planètes. Il adressa une prière silencieuse au Créateur, au Tout-Puissant pour qu'Il lui pardonne de se complaire dans de telles inepties. Mais le voilà pris au piège. Ses oreilles réclament d'autres histoires, car elles sont plus séduisantes et plus merveilleuses que toutes celles qu'il a jamais pu lire ou entendre et elles lui fournissent une clef. Il est fasciné, ensorcelé. Elle a commencé à lui raconter l'histoire du monde où elle vit, de l'air qu'elle respire. Très vite, elle lui fait comprendre beaucoup de choses, qu'il s'agisse d'automates ou de mécanismes d'horlogerie. L'horlogerie est la clef qui ouvre l'*anima mundi*, l'esprit de l'univers.

Le temps, voilà donc la clef, suggère-t-il, s'accrochant au moindre fétu de paille. Elle fait un signe de la tête : pas seulement le temps. Le temps et l'espace. La perspective.

Tout est affaire de perspective, dit-elle. L'espace infini est doté d'une qualité infinie et cette qualité infinie est dotée de l'acte infini d'existence. Elle parle maintenant de Giordano Bruno, l'hérétique. Rachid est assis, la bouche grande ouverte, prêt à gober des mouches. A cause des pensées qu'il avait osé formuler à voix haute, Bruno avait été condamné au bûcher et brûlé vif à Rome, il y a à peine dix ans de cela. Il avait prétendu que le Soleil était la source de toute vie et de toute énergie. "La Terre tourne parce qu'elle est vivante, elle vit !" disait Bruno. On dispersa ses cendres vers les nuages pour signifier que l'univers était sans limites.

"N'est-ce pas l'expression même du mystère de la vie ?" lui demanda-t-elle.

Il n'avait aucune idée de quelle expression il s'agissait, mais le sens poétique qu'elle donnait au monde l'emplissait de terreur.

"La terre sur laquelle nous marchons est vivante. Voyez les arbres, le vent, voyez la lumière du soleil…"

Elle s'arrête brusquement car sa pensée la devance et elle ne sait plus où elle en est.

Quelle différence y a-t-il entre les pratiques des infidèles et celles des croyants ? Lui aussi serait sûrement brûlé vif s'il proférait de telles idées une fois rentré chez lui, et pourtant…

Elle le guidait le long d'un sentier, le nourrissant de miettes pour qu'il reste sur la bonne voie. Les mouvements irréguliers des planètes étaient difficiles à expliquer. Si l'on suivait le modèle ptolémaïque selon lequel les sphères décrivaient des cercles concentriques, comment expliquer de telles variations de distances dans le système planétaire ?

Dans ces conditions, un cercle ne serait plus un cercle.

S'il avait entendu parler de pareilles idées à Alep ou à Damas, Rachid aurait certainement ri comme les autres. Alors, va-t-on faire maintenant de la Terre une idole, une divinité ? Mais il n'est plus à Damas, il est dans la ceinture de la Septième Zone, selon le grand érudit Ibn Khaldoun, qui n'est pas faite pour que l'homme vienne y vivre. De plus, il est dans le Château du Soleil, il est tout seul : c'est tout seul qu'il doit trancher entre le vrai et le faux.

Or, on lui a déjà montré une évidence : la Stella Nova, observée dans toute sa luminosité par Tycho Brahé, le vieux Bec-de-Fer ; c'est le surnom que donne Heinesen à son ancien maître, astronome à la cour du roi dans ce pays d'eau et de glace. Il avait observé une nouvelle étoile qui brillait dans la constellation de Cassiopée. L'angle de cette étoile changeait à mesure que la constellation s'approchait de son apogée, prouvant ainsi que cette nouvelle étoile était bien au-delà des planètes. Il y avait donc mouvement et changement, et les étoiles n'étaient pas fixées sur un treillis de cristal, comme Aristote l'avait prétendu. Et si ceci était exact, ce que l'on avait cru jadis fixe et immuable ne l'était absolument pas. Ce que l'on avait cru silencieux et immobile ne l'était plus. Bien sûr, il aurait pu se tromper, mais les calculs étaient là, et mathématiquement parlant, ces mesures étaient justes. Une nouvelle étoile !

Rachid trouvait qu'il ne progressait guère. Il lisait de plus en plus vite, mais la quantité d'informations qu'il lui fallait ingurgiter augmentait en conséquence. Son esprit avançait par saccades, comme le font les pattes d'une gazelle à l'agonie.

Et maintenant, on va de l'avant, on s'approche de Copernic.

Inspiré sans aucun doute par les écrits de Bruno, Copernic parlait de la nature des mouvements de la Terre comme de mouvements naturels et dépourvus de violence. "Tout ce qui survient dans la nature se déroule selon le meilleur plan possible et dans de bonnes conditions." Rachid plissa le front, perplexe. Est-ce que cet homme préconisait un retour à la condition animale ? Prétendait-il que la nature était supérieure à l'homme ? Avant que le vrai Dieu unique ne soit connu, le monde était plongé dans les ténèbres du Jahilliya. Un temps d'ignorance, peuplé d'idoles et de dieux païens qui exigeaient des sacrifices humains. Se pouvait-il que les étoiles elles-mêmes fussent devenues de tels objets de vénération ? Copernic, le fils d'un marchand polonais, parlait d'une rotation journalière que l'on croirait provenir du ciel alors qu'en réalité elle provient de la Terre. Lorsqu'on est sur un bateau voguant en eaux calmes, tout ce que l'on voit autour semble se déplacer, alors qu'en fait c'est le bateau lui-même qui se déplace. De tels arguments s'enfonçaient dans son cerveau comme des serres qui ne le lâchaient plus.

Elle parle maintenant d'architecture, des constructions florentines de Brunelleschi et d'Alberti. La théorie de la perspective représente le monde tel que l'œil le voit, l'œil de l'homme remplaçant celui de Dieu. Un tout petit pas, un simple glissement, sans plus. Ce que nous voyons est vérité.

"Votre perspective à vous est en train de changer, dit-elle. Cela ne doit pas vous effrayer."

C'est vrai, le monde bascule, et Rachid est terrifié à l'idée qu'à tout moment il pourrait s'envoler pour se retrouver de l'autre côté, dans le vide obscur.

Elle n'a qu'à faire un signe, et il la suit. Elle est en train de lui enseigner des choses qu'il n'avait jamais soupçonnées.

Rachid resta plusieurs jours sans pouvoir travailler. Il se sentait impuissant et paralysé, comme si tout ce qu'il avait appris jusque-là se réduisait à une poignée de poussière. Et même cela, se dit-il en sursautant, était faux.

En regardant les figures qu'elle lui avait montrées, il lui vint à l'esprit que ce Copernic avait eu probablement connaissance des idées de Nâser al-Dîn Tûsî.

"De qui ?" demanda-t-elle.

Nâser al-Dîn Tûsî était le fondateur de l'école de Maragheh. Rachid respira profondément. Cela avait commencé avec Hûlâgû bey, le petit-fils de Gengis Khan, qui avait décidé d'accroître ses chances de succès au combat en faisant don à ses astrologues et à ses devins d'un endroit où ils pourraient travailler en paix. Il fit venir les meilleurs penseurs du pays et leur fit construire un observatoire à Maragheh, en Azerbaïdjan. Celui-ci était dirigé par Tûsî, un homme d'un savoir si vaste que l'on murmurait que le fondateur de la dynastie royale lui-même était soucieux de ne pas froisser sa susceptibilité. Ils élaborèrent des modèles où seuls entraient en ligne de compte des mouvements circulaires dont la vitesse était constante. Ptolémée avait inventé l'équant. Les philosophes de Maragheh s'en souvinrent. Ainsi pour chaque planète il y avait un point, un emplacement dans l'univers à partir duquel la vitesse angulaire était perçue comme constante.

Les astronomes affluaient de l'Occident et de l'Orient, du Sichuan chinois, de Goa dans les Indes, de Castille. Tous réunis dans une même admiration du grand savant. Pourtant ils n'apportaient pas de révélations bouleversantes. Chacun travaillait avec soin et méthode. Personne ne contestait la théorie des sphères héritée de Ptolémée. Ni dans la splendeur du *Zij* de Muhi al-Din al-Mahgreb, ni plus tard chez Mu'ayyad al-Urdi de Damas auquel Ibn Shatir avait indirectement fait référence à propos de son traité sur la forme de l'univers, chez aucun de ces auteurs on ne contestait l'hypothèse de base selon laquelle le monde occupait le centre de l'univers.

Pourquoi l'auraient-ils fait ?

Certains jours, il avait l'impression de tourner de plus en plus vite, comme un chien qui court après sa queue. Une partie de lui-même avait envie de redevenir ce fugitif ignorant qui errait dans les ports de la débauche.

Couché sur le dos, il contemplait l'obscurité. Il avait pris l'habitude de faire de longues promenades dans les champs, les pieds gelés, insensibles comme des bouts de bois. Les chevaux à robe brune paissaient dans l'herbe, il admirait leur forme compacte et ramassée. Certains n'étaient pas plus gros que des mules, mais ils pouvaient transporter un homme plusieurs jours de suite sans s'arrêter. Les lignes et les mots commencent à se brouiller devant ses yeux. Ils changent de place et se figent comme s'ils fondaient sur la page. Il ne peut plus lire une seule ligne. Il a toujours cru à la vérité des mathématiques. C'est pour lui une croyance aussi forte que n'importe quelle autre. Si la conclusion à laquelle ces équations le menaient était une réfutation de la parole de Dieu, alors il serait perdu, à jamais. La vérité est-elle la même si l'on change de lieu ? Se pouvait-il que ce que l'on considérait comme vrai sous ces latitudes ne le fût pas ailleurs ? Son esprit commençait à lui jouer des tours.

XXIX

Invisible, le Scorpion glisse sur l'angle de satin bleu du ciel. C'est la nuit. Il voit l'astre avec les yeux de l'esprit et, plein d'émerveillement et de tendresse, il se souvient de son aspect dans le ciel surplombant l'académie où il s'était endormi si souvent avec la voûte des étoiles en guise de couverture ! En ce moment, il dormait à l'endroit même où il travaillait. La bougie était presque consumée et le petit poêle encastré dans le mur ne dégageait plus guère de chaleur. Il se réveilla, grelottant de froid et tout raidi par une mauvaise posture. Epuisé par une nuit peuplée de cauchemars et de démons, il rampa jusqu'au sol, s'enroula dans tout ce qu'il avait de couvertures et, fermant à nouveau les yeux, épuisé, il s'endormit.

Même pendant son sommeil, son esprit tournait sur des orbites sans fin, dans des vagues circulaires d'air chaud, à la recherche de repères qui lui indiqueraient la bonne direction.

Les livres encombraient sa tête tandis qu'il ne cessait d'absorber goulûment leur contenu. Tout ceci lui était si familier, et pourtant, comment se faisait-il que cela le dérangeât tellement ? Ces langues qu'il n'avait pas pratiquées depuis si longtemps venaient s'agiter sous son poignet comme un pouls fiévreux. Il ne trouvait pas le repos. Quand il dormait, ses lèvres continuaient à bouger tandis qu'il suivait les lignes des pages qui s'étaient imprimées dans sa mémoire.

Il se dit que ce malaise qui ne cesse d'augmenter en lui est dû à une sorte de nostalgie, au changement de climat ou à ce froid humide qui s'est installé dans ses os comme une pourriture. Mais il sait que ce n'est pas vrai, il sait que ce n'est pas dû à ce froid mordant, à ces douleurs dans le dos, ni à la façon dont les arbres semblent dépérir autour de lui, ni même à l'absence de soleil qui donne à cet endroit un air de tristesse et de désolation incroyables. Ce n'est pas non plus à cause de l'absence des repères familiers dans les constellations qui au-dessus de sa tête percent timidement à travers les brumes et les nuages chargés de miasmes. Ce qui le perturbe le plus profondément, c'est la façon dont les mots guident à nouveau son esprit aveuglé le long de chemins interminables.

Et tous les jours il est rempli de frayeur.

Frayeur lorsqu'il pense au chaos qui s'étend derrière le mystère que le Créateur de toutes choses a inscrit dans les Sept Cieux. Frayeur devant le mal que ce simple rideau de lumière tient à distance, mais que l'homme dans sa vanité stupide et dans son désir de toute-puissance risque de déchaîner. Frayeur à l'idée de perdre la seule chose qui l'ait soutenu tout au long de sa vie : sa foi religieuse. Il ne prie plus. C'est une frayeur directement liée au respect qu'il éprouve quand il contemple la pure beauté mathématique de cette architecture complexe, capable de décrire un si grand nombre de mouvements à la fois. Plus il a faim de savoir, plus sa foi diminue. Il craint que sa démarche ne l'ait amené au fond d'un port où règnent des forces conflictuelles, trop puissantes pour qu'il puisse leur échapper, et il se désespère à l'idée que son savoir n'est peut-être pas capable de faire face à une telle complexité. Il craint que son savoir si péniblement acquis ne l'abandonne au premier changement de marée. Et il s'enfonce en rampant dans le sombre labyrinthe du doute.

La pluie a disparu, remplacée par de minuscules grains de neige qui saupoudrent tout comme si on avait répandu du sel par poignées. Les toits des bâtiments qui bordent la cour rectangulaire sont maintenant silencieux et sans vie. Les écuries et la grande maison changent de décor et se parent d'une lumière étrange, celle de la saison qui s'avance. Rachid reste assis pendant des heures sans bouger. Il a déjà vu la neige, sur la crête de montagnes éclairées par le soleil, au-dessus de l'académie. Il se souvient maintenant des merveilles du monde, comme si ses sens avaient été engourdis après tant d'heures passées dans une sorte de sphère armillaire remplie de livres et imprégnée d'une odeur d'encre. Maintenant, il voyait avec quelle facilité le monde peut se transformer complètement. Un après-midi, alors qu'il se rendait du bâtiment principal à la maison du gardien, il fut pris dans une rafale de flocons légers et cotonneux et il resta là, émerveillé, sans se douter qu'il provoquait l'amusement de Klinke qui l'observait depuis les écuries et riait tout seul. Les flocons venaient se poser sur son nez et se transformaient en eau. Il restait là, comme un enfant, tandis que ce nuage tourbillonnait autour de lui comme un vol de papillons aux ailes laiteuses.

Son esprit ne fonctionne plus comme avant, et peut-être de façon irréversible. Il aurait dû s'en douter, c'est évident. Il aurait dû se douter qu'il y a toujours un prix à payer, qu'il y a toujours un risque à vouloir sortir des sentiers battus. Et que les risques auxquels on s'est préparé ne sont pas toujours les plus grands. Avec le temps, bien des choses sont devenues évidentes et si l'on souhaite revenir en arrière cela relève d'autre chose que d'un simple désir. Il se vouait à l'étude en se prêtant une innocence qu'il avait déjà connue, mais dont il aurait dû admettre qu'elle était fausse. Partir implique des sacrifices. Et même un homme comme lui, dont la vie était faite de départs et d'arrivées, ne pouvait ignorer qu'à chaque fois il fallait un peu plus de courage. Après tout, c'était peut-être là son destin.

Maintenant, il lui apparaissait clairement qu'il avait buté sans le savoir sur quelque chose d'unique. Sur une idée aussi dangereuse que révolutionnaire. En Orient, on ne connaît pas le divorce entre foi et raison. Ses pairs autant que ses maîtres se seraient moqués des idées de ce Copernic. Comment donc, vouloir rompre la mainmise du Tout-Puissant sur les Sept Cieux ? Alors, il ne resterait plus que le vide. Mais il était de plus en plus persuadé que la mission à laquelle il devait consacrer sa vie, c'était de dévoiler. Revenir dans sa patrie porteur de ce savoir représentait certainement une prouesse plus importante que s'il rapportait un instrument mécanique, quelle que fût son utilité stratégique. Ainsi le cours de sa vie ne suivrait plus une progression régulière, mais deviendrait un outil du changement. S'il pouvait emporter ce savoir et exposer clairement la vérité aux esprits les plus avisés de la cour du sultan, alors sa récompense dépasserait tout ce dont un homme peut rêver ; mieux encore, son nom serait inscrit dans les livres d'histoire comme celui de l'homme qui avait apporté un nouveau rayon de lumière dans la caverne obscure de l'ignorance humaine. Un tel exploit se situait au-delà de toute récompense, non ? Mais, d'un autre côté, on pourrait tout aussi bien le traiter d'apostat et lui trancher la tête.

Il retourna à ses plans d'évasion et commença à rassembler les cartes et autres documents nécessaires. Il allait devoir emporter tout cela avec lui. Il revint en arrière et se mit à réviser ses notes pour s'assurer que dans sa hâte il n'avait rien oublié. Il se sentait investi d'une nouvelle mission et son départ était imminent. Dès qu'il aurait rassemblé toutes les preuves, il partirait. Bientôt.

Mais les étoiles ont changé de constellation et, éveillée ou endormie, elle vient vers lui. Il ne parvient pas à comprendre pourquoi cet attachement étrange ne cesse de se développer en lui. Ce désir d'être auprès d'elle. Elle était animée d'une force insondable, folie ou vérité, il ne pouvait le dire. Quoi qu'il fasse, il était maintenant hypnotisé par son charme et par ses yeux verts. Il se souviendra de cette sensation car elle reviendra, le possédera, le prendra aux tripes et le fera se tordre dans son sommeil. Il a été "touché par la terre", comme on dit. Son esprit ne lui appartient plus.

Et maintenant dans cette grande maison vide ils décrivent des cercles chacun autour de l'autre, et tout le reste est passé à l'arrière-plan. Ils semblent tourner en orbite à l'intérieur d'un espace dont les confins ne sont pas indiqués mais que l'on sent. Ce qui est gênant dans cet espace dont ils ont tous deux conscience, c'est qu'ils ne peuvent ni admettre ni ignorer son existence.

La chaude lueur du poêle et le poids pesant d'une fin d'après-midi lui font pencher la tête et il s'endort sur la table devant lui. La plume lui échappe des doigts et tombe doucement par terre. Il n'entend pas la porte qui s'ouvre. Il ne l'entend pas lorsqu'elle se déplace à travers les ramures ondoyantes de sa pensée endormie, il n'entend pas le bruit de ses pas lorsqu'elle s'approche. Elle se penche au-dessus de la table pour jeter un coup d'œil aux ouvrages étalés devant lui. Elle hésite à faire demi-tour, puis, se baissant à la hâte, elle ramasse la plume et la place dans sa main inerte. Puis elle disparaît.

Il guette un signe d'elle. N'importe quoi, pour indiquer qu'elle aussi est saisie par cette fièvre. Il aimerait connaître son âge ; elle doit avoir un ou deux ans de moins que lui, pas plus, et pourtant ce qui le frappe c'est la finesse et la vivacité de son esprit. Elle sait tant de choses ! Elle a voué sa vie à l'étude, entièrement, égoïstement. Rien d'autre ne l'a jamais intéressée. C'est cela qui crée des liens entre eux.

Son esprit s'est égaré et semble vagabonder au long des pages, comme lui-même vagabondait autrefois dans les vergers de son enfance. Les bruits de sa vie, les souvenirs, les parfums, tout cela est enfoui dans son corps, sous sa peau. Le parfum du tamarin, du jasmin, de l'abricot. Il n'en reste plus grand-chose. Il craint qu'avec le temps tout cela ne soit perdu, qu'il ne sache plus ce qu'il est ou qui il est. Cette lumière fragile a réduit les couleurs de sa mémoire à une palette de gris. Il n'habite plus dans les angles nets de la lumière du soleil, il craint maintenant de se retrouver dans ces pans d'ombre que la lune projette au cours de ses éclipses, dans la pénombre. Ce qui les sépare et les unit tout à la fois, c'est leur mutisme ainsi que leur conspiration muette contre ce qui rend leur rencontre impossible.

Il essaie de parler un peu leur langue. Il fait rouler les sons dans sa bouche, comme des cailloux, en remuant la langue. A ses efforts gauches et maladroits, à sa grande joie, elle répond par des cascades d'un rire léger qui tentent de lutter contre la concentration intense qui se lit sur son front. Loin d'être consternée par ses efforts, son application l'amuse. Il est plein d'admiration pour son humilité, pour sa noblesse infinie.

Comment peuvent-ils donc se rencontrer au milieu de ce chassé-croisé de langues qui les déroute ?

Le jour où il se passa quelque chose de remarquable, il était seul, assis dans la galerie. Il était plongé dans l'étude du double mécanisme chez Tûsî, et de son influence sur la pensée de Copernic. Si on pouvait établir un lien entre la pensée d'un savant vénéré tel que Tûsî et les théories radicales d'un maudit incroyant tel que Copernic, alors cet ensemble ne serait plus aussi disparate qu'on aurait pu le croire au premier abord. S'il parvenait à trouver un courant de pensée reliant les deux sphères apparemment séparées de l'Orient et de l'Occident, s'il pouvait découvrir si oui ou non Copernic était au courant des travaux de Tûsî, alors, alors quoi ? Je ne suis qu'un homme ordinaire, se dit-il. Il ne peut comprendre des idées nouvelles que s'il les rattache à son propre savoir. Copernic avait sûrement eu connaissance des écrits hermétiques. Il a dû les prendre pour les écrits d'un sage égyptien de la haute Antiquité. La frontière entre ce que nous connaissons, entre ce dont nous pouvons prouver la véracité et ce que nous croyons demeure vague, et elle ne devient nette qu'une fois que nous l'avons arrachée au flou de l'intuition. Les idées ayant trait à la vie universelle, aux énergies, ce sont là des croyances, des intuitions. Copernic se fiait à son intuition et à partir de là il élaborait un raisonnement pour la justifier.

En dépit de sa fragilité, le soleil au midi semblait sur le point de se dégager des arbres qui l'avaient enchaîné au ras de la terre humide pendant de si longs mois. Assis en silence, Rachid se demandait comment la terre pouvait être si différente. Dans ce climat, elle semblait vieillir et mourir. Klinke arrive avec une brassée de bois sec et commence à garnir la cheminée avec des gestes brusques et maladroits. Les veines de Rachid absorbent la fumée avec délice, il ferme un instant les yeux à la lumière et, épuisé, il a le sentiment de sombrer dans un sommeil profond et agréable. Il flotte, il descend un fleuve d'eau tiède. Il est debout sur un quai, à Alger. Il est conteur et s'adresse à l'océan. Son histoire est un démon, une fièvre qui ne le lâche pas. Il faut qu'il continue à parler : une histoire en entraîne une autre. Il ne peut pas s'arrêter, sinon, que fera l'océan ?

Elle était devant lui comme si elle avait glissé, détail infime, du coin de son rêve. Elle était assise en face de lui, de l'autre côté de la grande table. Il toussa et se racla la gorge, se sentant un peu ridicule d'avoir été surpris pendant qu'il somnolait. Elle ne montra pas qu'elle l'avait vu, mais il se surprit à se demander pendant une seconde s'il avait aperçu un sourire à peine voilé sur son visage. Elle ne leva pas les yeux, et la lumière du soleil bas qui entrait par la fenêtre fit miroiter dans ses cheveux des mèches d'or et d'argent. Elle gardait la tête baissée et griffonnait à toute allure. Surpris, il remarqua la façon dont l'ombre de l'embrasure de la fenêtre touchait son cou. Elle était penchée, légèrement à l'écart de la lumière. La courbe éloquente des doigts de sa main gauche s'étirait sur la page.

Puis elle leva la tête.

A ce moment précis, le soleil traversa ses yeux, inondant tout d'un coup la salle de rayons d'une chaleur blême. Il dérivait, il flottait sur une mer de vie en fusion. Qu'est-ce qui avait changé ? C'étaient pourtant les mêmes yeux qu'il avait croisés et évités pendant des semaines et des mois, et c'était bien le même soleil vers lequel à la moindre de ses apparitions il avait tourné son visage comme un lézard, ce même soleil qu'il avait contemplé pendant toutes ces vaines années qu'il avait vécues jusqu'à cet instant si particulier. Mais, cette fois-ci, la lumière qui émanait d'elle convergeait vers lui. Elle le regardait, et c'était comme si au moment même où elle levait les yeux il se mettait à exister. Une partie de lui qui jusqu'ici était morte trouvait soudain sa place, était portée sur la carte avec précision, avec exactitude.

Elle parlait mais il n'entendait pas ses paroles. Il voyait les mouvements de ses lèvres mais n'arrivait pas à distinguer la moindre syllabe.

Ce fut un instant simple, étrange, et unique.

A partir de ce moment-là, il commença à remarquer des choses, des choses étranges : de légers parfums qui semblaient remplir la salle.

Des parfums qu'il n'avait jamais remarqués auparavant. Ses oreilles devinrent si sensibles que le moindre craquement de pas dans l'escalier résonnait comme une montagne qui s'écroule dans la mer. La peau au bout de ses doigts devint douce et sensible comme celle d'un bébé. C'est à peine s'il pouvait supporter le contact rude du papier sur lequel il écrivait. Ses paumes étaient toujours moites et sa tête tournait comme s'il avait bu tout un baril de vin de Crète. Il ne pouvait ni dormir ni trouver la force de s'arracher à son lit le matin. Il ne comprenait plus un mot de ce qu'il lisait. Il avait beau essayer, c'était comme si ses yeux effleuraient la surface de la page sans pouvoir en sortir un seul mot.

D'autres choses commençaient également à attirer son attention : le tracé de sa bouche, ses dents régulières, la courbe douce de ses lèvres, la façon dont la lumière venait jouer sur sa joue.

Il commence à ressentir de la douleur, un véritable malaise physique qui lui tord les entrailles. C'est la douleur de la séparation, de l'incertitude, et il n'a jamais encore ressenti de pareilles sensations. Il reste cloué au lit par la fièvre pendant trois jours. Cette souffrance ne diminue pas, mais au contraire elle augmente dès qu'il se retrouve seul. Il guette le bruit de ses pas dans le couloir. Au creux de la nuit, il entend son rire léger.

Elle était le soleil, et il était la face cachée de la lune. Il avait l'impression que des ombres sortant de ses bras se déployaient comme des ailes rigides et enduites de poix, puis se repliaient et l'écrasaient, il se sentait d'une lourdeur insupportable et c'est à peine s'il pouvait encore bouger. Elle était un lac de lumière et de calme aux reflets changeants et il aurait aimé se glisser dans ses flots chaleureux. Sa géométrie était si complexe et si sublime que le réseau d'étoiles qui illuminait le ciel en pâlissait et n'était plus qu'un ornement lointain et sans valeur. Elle vibrait de lumière, les étoiles n'étaient que de ternes colifichets.

Il s'attendait à un enlèvement, à une transformation, à un changement de forme. Une métamorphose qui lui permettrait d'arriver jusqu'à elle. Elle était distante, aérienne, elle flottait au-dessus du sol, éthérée, tandis qu'il demeurait maladroit et immobile comme un arbre abattu. Ses pieds gonflaient, ses épaules devenaient raides. Il se heurtait aux murs et se cognait les pieds. Il renversait l'encre sur la table. Ses doigts devenaient longs et durs comme du bois, ses ongles se changeaient en griffes.

La mèche argentée qui tombait en cascade du front de Sigrid était un signe mystique, elle lui rappelait les mystères astrologiques et les sortilèges qui nouent les doigts de l'âme. Elle indiquait le chemin vers un savoir pour lequel il savait qu'il n'était pas prêt et dont, pis encore, il se croyait indigne.

La façon dont elle incurvait ou dépliait la pointe de ses doigts en frôlant la surface du papier le faisait presque hurler de douleur, car il s'était mis à l'unisson de ses gestes, de ses mouvements, au point qu'on aurait dit que ce papier rugueux était sa propre peau.

A mesure que la lumière qui l'entoure s'amplifie et darde ses rayons, il se sent rejeté, repoussé dans des recoins obscurs, et ses yeux clignotent comme ceux d'une chouette en plein jour. Il est ce parent pauvre qui au cours de la cérémonie n'apporte que de vieux os et une peau toute mitée, remplie de puces. Elle est hors de portée et malgré cela, comme un idiot ou un enfant, il persiste à tendre la main vers cette flamme.

Il est suspendu dans l'air, sans pouvoir ni tomber ni voler. Il aimerait pouvoir l'offenser, car ce serait fini entre eux. Il ne peut pas en rester toujours là.

Narcisse sait que la beauté qui le contemple du fond du ruisseau n'est pas la sienne. Sa folie, c'est qu'il désire qu'il en soit ainsi. Et pourtant il sait que dès qu'il s'approchera pour toucher cette chimère miroitante elle éclatera dans ses mains. Dès qu'il franchira la frontière qui sépare sa main de son œil, il détruira l'objet même de son désir.

Et pourtant la fièvre persiste. Il découvre qu'il peut déceler son parfum dans l'air. Avant même qu'il l'ait vue ou entendue s'approcher, il sent qu'elle est tout près. Il parcourt les écuries et s'arrête net, avec la certitude qu'elle est passée par là il y a plusieurs heures, voire plusieurs jours. Il cligne des yeux et regarde autour de lui. Il pose son pied sur le sol, et soudain il est rempli d'inquiétude. Il sait que ses jours sont comptés.

Par la fenêtre il regardait vers l'orient. Une étrange lueur orange était apparue à l'horizon. Elle semblait enfler et palpiter comme une énorme luciole. Une colonne de fumée noire montait dans le ciel. Quelque part, quelque chose brûlait avec rage et Rachid se demandait si ses yeux commençaient à lui jouer des tours, ou si cela aussi était peut-être un signe.

XXX

Comme c'était son dernier jour sur le chantier, Okking avait spontanément invité Hassan à venir déjeuner chez lui. Hassan comprit que c'était par pure courtoisie, avec l'intention de célébrer de façon formelle la fin de leur collaboration. Il savait aussi que pour Okking un tel geste n'était pas facile. En règle générale, dans cette région, on n'invitait pas des étrangers chez soi pour partager un repas avec eux. Même si depuis trois semaines ils avaient été en quelque sorte des collègues, aucun des deux ne savait pratiquement rien sur l'autre. Peut-être était-ce une façon de lui faire comprendre qu'il était parvenu à la fin de son séjour ici, et qu'il devait maintenant songer au retour. Assez curieusement, il n'avait pas envie de partir. Il n'avait pas davantage envie d'échanger les politesses qui sont de rigueur lors d'une pareille soirée. Il fixait des yeux le curseur qui clignotait sur l'écran placé devant lui. Tout lui glissait entre les doigts. Et il commençait à se demander ce qu'il allait bien pouvoir faire de tous ces matériaux une fois qu'il aurait tout fini. On ne pourrait pas parler d'un mémoire, d'un travail académique, car il avait franchi depuis longtemps la frontière qui sépare les faits avérés de ce qui relevait de son imagination. Serait-ce alors un ouvrage de fiction décrivant l'arrivée d'un visiteur venu, semblait-il, du Moyen-Orient au début du XVIIe siècle ? En tant que tel, ce récit serait peu crédible. Tous les faits qu'il avait pu recueillir étaient rares et sans lien entre eux. Il était persuadé que cet homme avait existé, et que les motifs qui avaient amené ce voyageur ici n'étaient probablement pas ceux qu'on lui avait prêtés.

Il commençait à penser que Rachid al-Kenzy jouait ici le rôle d'un catalyseur. Enfin, du moins, son Rachid à lui. Un élément venu de l'extérieur, qui, une fois qu'on l'introduisait, accentuait quelque peu l'éclairage.

Les Okking vivaient dans une grande villa moderne située au bord d'une route quelconque à la sortie de la ville. Il lui fallut plus d'une heure pour la trouver. A deux reprises, il se perdit et dut demander son chemin. Connaissant Okking, ce n'était pas là le genre de maison auquel on aurait pu s'attendre. Tout y était net et bien rangé, chaque chose semblait être à sa place, presque comme dans une maison de poupée. L'entrée était belle, avec son parquet verni, et, au fond de la salle, un grand miroir. La femme d'Okking était mince, dans la cinquantaine, vêtue avec soin, et ses cheveux poivre et sel étaient serrés en une boucle bien faite et fonctionnelle qui lui tombait presque sur les épaules. Elle avait mis un mince collier autour du cou, et portait un gilet sombre et un pantalon. Okking était en pantoufles, ses lunettes étaient perchées sur le bout de son nez, et il tenait un ouvre-bouteille à la main. Hassan avait envie de se déchausser, mais comme il faisait sec, au lieu de cela, il essuya consciencieusement ses souliers sur le paillasson.

Il fit des compliments sur cette maison, mais sans plus. Le prenant à la lettre, Mme Okking, qui s'appelait Ellen, lui fit rapidement visiter les lieux d'un air détaché, comme si elle l'avait déjà souvent fait, comme une routine. Okking se gardait de tout commentaire. Il prenait une attitude polie, légèrement embarrassée, comme si cette maison faisait partie du domaine de sa femme. Ils s'assirent tous deux dans le salon pendant qu'elle s'activait dans la cuisine. C'était une pièce toute en longueur, dont un mur entier était couvert d'étagères de livres bien rangés avec, à l'autre bout, une large fenêtre qui donnait sur une grande tache sombre correspondant au lac. Plus loin, une rangée de réverbères au néon indiquait la ville.

"J'espère que votre séjour ici a été profitable ?"

Hassan sourit en sirotant son vin.

"Je ne sais pas si je vous ai été d'un grand secours…"

Cet homme au visage rouge pencha légèrement la tête de côté en un geste qui voulait exprimer, c'est ce que pensa Hassan, une générosité qui se voulait discrète.

"Au muséum, tout le monde est très content de vous. Sans votre aide, on n'aurait pas pu identifier et classer les matériaux qu'on a trouvés. Au moins, fit-il en se grattant le front, j'espère que cela ne vous a pas trop ennuyé ? Vous êtes finalement resté loin de chez vous plus longtemps que vous ne l'aviez envisagé."

Hassan posa son verre sur la table.

"Oui, mais je dois admettre que c'est un peu ma faute. Tout ce dossier m'a beaucoup interrogé.

— Bien sûr. C'est un dossier tout à fait inhabituel.

— Oui, fit Hassan d'un signe de tête. Je ne crois pas que nous puissions jamais reconstituer tous les faits. Tout ce qui manque dans ces traces fait que nous avons du mal à comprendre cette époque."

Okking inclina la tête de côté.

"Ah bon ?"

Hassan hocha la tête. Il s'apprêtait à dire quelque chose, il s'arrêta, puis reprit la parole.

"Je me disais, vraiment, c'est dommage, qu'on ne dispose dans ce dossier de rien d'important à propos de cet Arabe qui s'est retrouvé mêlé aux travaux de Heinesen."

Okking haussa ses grosses épaules.

"Il est bien rare que l'on fasse de pareilles découvertes. Parfois, je me dis que pour l'essentiel l'histoire se fait à partir de ces trous, de tout ce dont on n'a pas de trace écrite, et de ces voix qui ne veulent pas parler." Il était d'humeur joyeuse et se comportait maintenant comme le ferait un oncle débonnaire qui s'amuse avec son neveu. "Mais oui, bien sûr, vous avez raison. Cela aurait été formidable !

— Je n'arrête pas de me demander pourquoi ils avaient laissé là cet étui de cuivre. Je veux dire, sans parler de sa valeur, cet instrument, il l'utilisait dans ses voyages pour retrouver la direction de La Mecque afin de pouvoir dire ses prières."

Hassan s'interrompit, car il comprit qu'Okking ne l'écoutait plus.

"Un peu plus de vin ?

— Je suppose que s'ils l'ont laissé là ça doit vouloir dire quelque chose ?"

Okking remplit les verres.

"Vous avez certainement raison, mais rien ne nous permet de l'affirmer."

On laissa tranquillement tomber cette discussion. Hassan sirotait son vin pendant qu'Okking se rendait dans la cuisine pour y retrouver sa femme. Il put les entendre qui discutaient à voix basse.

Ils revinrent ensemble. Mme Okking s'assit. Okking lui versa un verre de vin qu'elle goûta une seule fois pour ne plus y toucher.

"Vous êtes marié ?" fit-elle en souriant.

Mais il ne voulut pas se laisser piéger par une question aussi directe.

"Oui, fit-il d'un ton bref, et j'ai un petit garçon."

Le silence qui s'ensuivit finit par se refermer sur lui. La femme d'Okking s'était assise en avant, les genoux serrés et penchés de côté, si bien qu'elle faisait songer à un elfe perché sur sa branche. Il connaissait ce silence. Il s'y attendait.

"Vous parlez très bien le danois.

— Ça fait longtemps que je vis ici."

Il parlait trop vite, il restait trop au bord des choses.

Elle rougit.

"Je ne voulais pas être indiscrète, mais voilà, vous savez comment c'est nous avons tous envie de savoir d'où viennent les gens."

Il lui aurait tout pardonné, sauf ce "mais voilà".

"Pas de problème, répondit-il en souriant. J'y suis tout à fait habitué."

Okking s'activait. Bientôt, on entendit monter de sa chaîne stéréo la complainte allègre de Count Basie. Il alla chercher du vin pour remplir les verres.

"Je crois, dit Hassan, que je vais poursuivre mes recherches sur ce dossier. J'ai des contacts à l'université du Caire. Peut-être pourrai-je dénicher quelque chose de ce côté-là.

— Ma foi, je ne suis pas un spécialiste, mais je ne fonderais pas trop d'espoirs à ce propos."

Et Okking se renversa sur son grand fauteuil en dévisageant Hassan comme s'il le voyait pour la première fois.

"Peut-être me suis-je laissé entraîner un peu trop loin par toute cette histoire. Mais savez-vous, remarqua Hassan qui tentait de détendre un peu l'atmosphère, je n'étais jamais encore venu au Jutland ?

— Vraiment ?" ajouta Ellen.

Okking émit un grognement.

"Un vrai citadin !"

A nouveau, le silence s'installa entre eux.

"Il existe des rapports de voyages effectués en ce pays par des marchands arabes, le plus célèbre étant celui d'Ibn Fadlân, à propos de son périple vers le pays des roumis. Mais en ce qui concerne ce dossier nous avons là quelque chose de véritablement unique.

— Je vois que cette histoire vous a frappé !"

Hassan se pencha en avant et regarda la bougie qui était placée entre eux.

"Or rien ne nous indique que cet homme fût un marchand, ou que sa mission ici ait eu quoi que ce soit à voir avec un quelconque commerce. Je crois qu'il était à la recherche de quelque chose."

De toute évidence, Okking n'était pas d'humeur à poursuivre une discussion sur leur travail. On était vendredi, et ce soir il avait envie de se reposer. Et il ne se sentait pas plus attiré par une nostalgie du passé qu'il n'avait envie de parler de son métier. Il eut un rire léger.

"Je vais vous dire une chose, quand j'ai commencé à étudier l'archéologie, c'était une véritable obsession. Je brûlais d'envie de mettre au jour les histoires secrètes de nos ancêtres.

— A l'époque, il travaillait si dur qu'il n'avait presque plus de temps à nous consacrer, approuva-t-elle en hochant la tête.

— Quand on se fait vieux, ce genre de choses perd de son importance."

Hassan fit comme eux, il sourit. Il n'avait pas envie de pousser les choses plus loin, il ne désirait pas les informer des longues heures qu'il avait passées à se laisser porter par son imagination, dans sa recherche d'une figure qui lui échappait, d'une ombre maintenant vieille de quatre siècles.

Heureusement, le reste de la soirée fut occupé par le rituel du dîner. Le repas avait été très bien préparé, sans aucune originalité. Les messieurs firent des commentaires admiratifs sur cette nourriture qu'on leur servait : des barquettes en feuilleté léger garnies de champignons, suivies d'un rôti de bœuf bien saignant, accompagné de pommes de terre et de carottes sautées ; puis un petit gâteau disparaissant sous une crème fouettée à basses calories. Quand arrivèrent le fromage et les biscuits, Okking manifestait déjà des signes de fatigue dus à la quantité de vin qu'il avait absorbée. Il avait le regard terne et se mit à bâiller. On avait changé de sujet de conversation, et maintenant on parlait de leurs enfants qui étaient devenus des adultes et les avaient quittés. Leur fils faisait son tour du monde, et leur fille vivait dans la capitale.

"Il y a tellement d'agitation là-bas, tellement de monde, et il s'y passe tellement de choses !"

La mère croisa ses mains sur la table.

Hassan commençait à se demander si on n'allait pas glisser vers des commentaires détournés sur les immigrés.

"Bien sûr, dit-elle, la capitale est un milieu beaucoup plus «cosmopolite» que la province, mais les jeunes d'aujourd'hui sont beaucoup plus capables de se prendre en charge qu'on ne l'imagine."

Ils se faisaient du souci. Il fallait des heures pour se rendre à la ville, c'était un autre monde, et où vivaient des gens comme lui.

Hassan se répandit en remerciements, et en conduisant avec prudence il traversa la ville endormie. Elle était presque déserte, et il y avait très peu de circulation. Il se retrouva rapidement à sa périphérie, seul sur une longue route bordée d'arbres et d'étoiles.

La seule chose qui bougeait dans ce village, c'étaient les phares de son véhicule. Lorsqu'il en sortit, il s'aperçut qu'il y avait quelque chose qui n'était pas normal. Il ferma la voiture à clef, et en fit le tour pour se retrouver devant la façade. On avait barbouillé les fenêtres de la petite maison avec une mixture faite de crème à raser et de peinture pour bombages. Et on en avait recouvert toutes les fenêtres de la façade. Quand il atteignit la porte de la cuisine située derrière la maison, il fut rassuré en voyant qu'elle était encore fermée à clef. Apparemment, personne n'avait tenté d'y pénétrer de force. On avait accroché un jouet en peluche à la porte avec un gros clou enfoncé à grands coups de marteau. Il l'arracha, le tint dans sa main un instant, et le retourna : c'était un petit singe en fourrure.

Il estima qu'il était resté trop longtemps absent. Il était temps de laisser le passé tranquille, et de revenir à la réalité. Il était temps de rentrer au pays. Il posa le singe sur la table en face de lui et s'assit. Au bout d'un moment, il prit le téléphone et appela sa femme.

XXXI

Les chevaux luisants approchent, leurs sabots frappent un sol dur, le fer martèle le bois. Leur écho se répercute sur la colline, il s'enfonce dans le silence poreux de la grande maison et ce bruit de chaînes annonce une série d'événements. Après un moment d'un calme écrasant, on frappe à tout rompre à la porte d'entrée. Rachid ne bouge pas. Il entend le bruit que font ces gens, ils sont nombreux, il entend leur impatience. Il s'avance précautionneusement. Par la fenêtre, il aperçoit huit hommes qui se tiennent là. Ils ont l'air étrangement gauches, avec leurs vêtements épais, leurs grosses bottes, avec ces longues cannes, ces fusils, ces épées qu'ils tiennent fermement à la main. L'homme qui est au centre de ce groupe lui rappelle quelqu'un, et Rachid se souvient alors qu'il est l'un des trois hommes qui étaient venus lors de la mort du garçon.

Il n'hésite pas un seul instant. En marchant sur la pointe des pieds, il traverse rapidement le vestibule. Les voix se rapprochent. Heinesen, qui est rentré cette nuit, les a interrompues et proteste avec véhémence pendant que l'autre homme fournit des explications.

Rachid descend l'escalier de pierre qui mène à la cuisine. L'odeur d'un feu de bois, la présence d'une fumée qui monte de l'âtre. La porte est entrouverte. Il sort dans l'air froid et voit le cuisinier courbé en deux, tournant le dos à la maison, en train de ramasser des bûches sur le tas de bois. Rachid s'avance tout doucement, avec circonspection. Sans quitter le cuisinier du regard, il commence à monter sur la colline. Sous ses pieds, le sol est gelé et dur comme de la pierre. Le froid traverse ses bottes, et une douleur lancinante monte dans ses pieds. Il trébuche, il a le souffle court. Il marche, puis il court. S'il parvient à atteindre le sommet de la colline, il pourra disparaître dans les arbres qui sont de l'autre côté et au-delà dans les marais. Il a presque parcouru un tiers de cette distance lorsqu'il entend un cri derrière lui. Il se retourne et voit le cuisinier qui le montre du doigt. Deux des soldats se tiennent à ses côtés.

A nouveau, Rachid court vers le sommet. Pendant un instant, on dirait que rien ne s'est passé depuis ce fameux matin (mais c'est si loin maintenant) où des janissaires le talonnaient. Il n'a toujours pas compris que vouloir atteindre le sommet d'une colline pour s'échapper, ce n'est pas une très bonne idée. Il maudit sa bêtise, il maudit sa vanité, mais par-dessus tout il maudit ses pieds qui ne parviennent pas à s'accrocher à la pente, au dos de cette colline, à sa carapace de pierre.

Il court, mille pieds le suivent et dans Sa sagesse Dieu sait qu'il aurait dû réussir, mais ces soldats ont des chevaux et bientôt ils l'ont rattrapé. Il reçoit un coup au milieu du dos qui l'expédie au sol. Et quand son visage vient s'écraser dans la neige sèche et poudreuse, son corps est vidé de son souffle.

Ils le ligotent et le balancent sur le dos d'un cheval comme un sac de blé. Les autres l'attendent en bas dans la cour. En montant sur son cheval, Heinesen fait un signe de tête qui dit son désarroi. Sigrid ne dit rien, elle ne regarde même pas dans sa direction. Elle monte en silence dans la carriole et vient s'asseoir, tête baissée, à côté de Klinke qui serre les lèvres. Les soldats sont juchés sur leurs montures, ils attendent l'ordre du départ. De la position qu'il occupe sur la croupe du cheval, Rachid voit la maison s'éloigner lentement derrière eux, et il se dit qu'il ne la reverra jamais plus.

Ce voyage leur prit toute la matinée. Il faisait clair. Sur son dos, il sentait la chaleur du soleil. Sous son cheval, il voyait défiler lentement la route. La ville était plus grande qu'il ne l'aurait cru. La fumée des feux de bois s'élevait des cheminées des chaumières. Ils franchirent une brèche dans les défenses, une élévation raide de boue et de paille qui s'étirait de part et d'autre de la porte ouest pour descendre et disparaître en direction d'une lueur indiquant un plan d'eau. Des enfants couverts de boue se tenaient sur ce monticule et se moquaient d'eux. L'un d'entre eux leur jeta une motte de terre, et les autres firent de même. Une pierre vint heurter le front de Heinesen, et son corps bien enfoncé sur sa selle en fut tout ébranlé. En riant, les soldats abandonnèrent leur tâche et se penchèrent pour leur rendre la pareille. Pliant sous le nombre, les enfants détalèrent de l'autre côté et disparurent.

Le sang coulait sur le visage de Heinesen. Pour s'en débarrasser, il secoua la tête. En se tordant le cou, Rachid put apercevoir Sigrid qui se tenait bien droite et gardait la tête haute. Il ne put s'empêcher d'admirer son calme.

Ils longèrent des rues couvertes de fumier de cheval et de mouton, de paille et de branches brisées. Là-dessus, les ornières des lourdes charrettes, comme des cicatrices laissées par une grosse lame. Les hommes croisaient les bras et regardaient passer cette procession. Horrifiées, les femmes portaient la main à la bouche ; d'autres éloignaient leurs enfants pour qu'ils n'assistent pas à la scène. Un homme gifla sa fille parce qu'elle regardait trop Rachid. Il les parcourait du regard, l'air distrait, leurs visages étaient rendus sombres par la crasse et la sueur, et leurs mains étaient durcies et abîmées par le labeur. Ils portaient des vêtements simples et grossiers. Il n'éprouvait rien à leur égard, ni pitié, ni étonnement. Il n'avait pas peur d'eux, il avait peur de leur ignorance. Les seules choses qu'ils connaissaient, c'étaient la terre sur leurs mains, l'odeur de l'herbe quand elle pousse en été, la chaleur et la fumée d'un feu en hiver.

Lorsqu'ils arrivèrent, la cathédrale achevait de se consumer. Ils firent halte au centre de la ville. La scène qui se déroulait sous leurs yeux fit très peur à Rachid. C'était donc là le feu qu'il avait vu luire à l'horizon la nuit précédente. C'était bien un signe, mais pas celui qu'il avait espéré. Ici, des pierres noircies, des volutes de fumée qui montaient encore de ces ruines. Des visages d'hommes épuisés, couverts de suie et de crasse. Des gens qui pleuraient à genoux. Heinesen mit pied à terre et aida sa sœur à descendre de la carriole. Des mains s'emparèrent de Rachid et le firent tomber sur le sol où il resta accroupi, les mains toujours attachées dans le dos.

Il observa Sigrid tandis qu'elle s'avançait. Elle marchait d'un pas léger, comme absente, ainsi qu'il l'avait vue si souvent faire dans la maison, se frayant un chemin au milieu d'un amas de bois calcinés, d'argile et de briques noircies par

le feu. Les hommes qui avaient vainement com-
battu cet incendie se penchèrent pour la regarder. Elle se déplaçait comme dans un rêve et
elle passait au milieu de cette foule comme si
celle-ci n'était pas là. Heinesen dut faire face à
Rusk, le prêtre.

"Heinesen, vos travaux immondes ont encore
engendré des démons !

— Vous parlez par énigmes, le prêtre. Cette
fumée vous fait perdre la raison."

Le prêtre l'abreuva de ses sarcasmes.

"Et c'est vous qui parlez de raison !" Et il leva
le bras pour désigner la cathédrale en ruine.
"Tout d'abord, le décès de ce garçon, et maintenant, ceci. Diriez-vous que c'est là l'œuvre de la
raison ?" Il passa devant lui et d'un geste drama-
tique il éleva les bras vers le ciel. "Braves gens,
cette nuit même, la maison de Dieu s'est effondrée dans les flammes, et cet homme, fit-il en
pointant un doigt vengeur sur Heinesen, cet
homme vient nous parler de raison !

— Contrôlez-vous un peu, le prêtre", lui dit
Heinesen d'une voix sifflante, mais le prêtre le
repoussa.

Rusk était hors de lui. Il se précipita vers la
foule des spectateurs.

"S'il vous fallait un signe d'En Haut, eh bien,
le voici ! Et qu'est-ce que ce signe nous dit ? Je
vous le demande, mes braves, qu'est-ce qu'il
nous dit ?" Il hochait la tête, et avait une façon
bizarre de sourire. "Il nous dit que le Malin est
au milieu de nous, et qu'il y a été introduit par
des membres de notre communauté. Prenez-y
garde, car, je vous le dis, c'est un avertissement
des plus sérieux. Notre communauté qui marche
dans les voies du Seigneur est avertie : le Malin
est parmi nous !"

Heinesen se retourna, il recherchait désespérément quelqu'un qui pourrait l'aider. Il aperçut une silhouette qui se tenait à l'extérieur de la foule, un homme arborant un large chapeau et qui tenait dans sa main une jolie canne.

"Koppel ! cria-t-il, pour l'amour du ciel, faites quelque chose !"

Mais le marchand se contenta de hocher la tête de gauche à droite, puis il détourna son regard.

A cet instant, un cri jaillit de la foule. Des mains se retournaient et montraient la cathédrale du doigt. Sigrid venait d'apparaître sous le porche, les vêtements hérissés de flammèches. Elle s'avançait, aussi imperturbable que si elle se promenait dans des prés ensoleillés.

"Elle traverse les flammes !"

Heinesen se précipita pour tenter d'atteindre sa sœur, mais un groupe d'hommes s'empara aussitôt de lui et le maintint fermement. Furieux, il se débattait, mais ne parvint pas à se libérer.

"Vous faut-il encore d'autres preuves de sorcellerie ?" hurla Rusk d'une voix triomphante.

Trois hommes se précipitèrent pour s'emparer de Sigrid. Ils tentaient de la retenir sans se faire brûler, et tout en poussant des jurons et des hurlements de douleur ils réussirent à éteindre les flammes qui remontaient le long des ourlets de sa robe. Klinke dégringola de la charrette et se mit à tirer en arrière les hommes qui entouraient Heinesen. Une main se tendit et se referma sur un gros morceau de brique qui vint voler dans l'air. Klinke poussa un cri au moment où le projectile l'atteignit derrière la tête, et il s'effondra.

"Ils introduisent le Malin parmi nous, sous la forme de cette maudite bête noire comme la poix !" Et d'un geste brutal, Rusk remit Rachid sur ses pieds et le poussa en avant à portée de la foule. "Et celui-là, qui sert-il ? Je vais vous le dire. Ils ont osé fouiller la voûte des cieux, avec des instruments et à l'aide de charmes, et ils agitent leurs langues fielleuses pour proférer des malédictions !"

La foule ne savait que faire. Sur leurs visages, Rachid pouvait lire leur terreur. Une femme s'évanouit, laissant apparaître le blanc de ses yeux. Il pouvait sentir l'odeur de leur peur, comme la peur des chevaux qui se retrouvent coincés dans un enclos. Au comble de la confusion, ils se ruaient en avant, puis en arrière. Rachid sentit que ses jambes le lâchaient. Il faisait des efforts pour rester debout, car au moindre signe de faiblesse ils allaient le tailler en pièces.

"Cela a commencé par la mort d'un jeune chrétien, et maintenant, c'est ça !" Et Rusk secoua Rachid qu'il tenait par la nuque. "Quelle sorcellerie diabolique n'ont-ils pas mis en œuvre avec l'aide de ce suppôt de Satan, dont la noirceur du corps indique à coup sûr un esprit corrompu ? Cette noirceur qu'il apporte dans le monde, c'est celle de Lucifer ! A quelles fornications contre nature ne s'est-il pas livré ? Et qui nous dit que cette femme n'est pas la catin du diable, qu'elle ne porte pas dans ses entrailles le fruit de son péché ?"

La foule commençait à découvrir l'ampleur du danger qui la menaçait. Maintenant, les hommes échangeaient des regards angoissés, dans l'attente d'un signe. Rachid saisit sa chance au bond, et en se dégageant il se précipita à l'arrière de la carriole. Il se hissa sur ses pieds et, les mains toujours attachées derrière le dos, il fit face à la foule. Il pouvait lire la terreur dans leurs yeux. Eux-mêmes ne savaient pas quoi faire de cette frayeur, ils restaient pétrifiés d'horreur. Mais, en un clin d'œil, ils étaient capables de se ressaisir, leur confusion pouvait se transformer en une haine tenace et alors ils pourraient bien lui arracher les jambes et les bras pour le jeter en pâture aux rapaces.

Effectivement, cette foule murmurait quelque chose à voix basse : qu'on les brûle ! Les ténèbres s'avançaient et Rachid ferma les yeux, respira profondément et se mit à pousser un hurlement, long, aigu et sauvage, comme un chien.

Sur-le-champ, la foule s'immobilisa, retenant son souffle. Il régnait un silence de mort. D'en haut, il les parcourut du regard. Il haletait ou il riait d'épuisement, de soulagement. Il fit un effort pour contrôler sa respiration.

"Bonjour, bonnes gens ! fit-il d'une voix forte en s'adressant à eux dans leur propre langue. Est-ce qu'il y a quelque chose à manger sur cette table ? Est-ce qu'on a allumé un feu dans la cheminée ?"

Pendant un instant, il y eut un grand silence. Même si Rachid s'apprêtait à dire autre chose, sa connaissance de leur langue était si limitée qu'il aurait eu du mal à prononcer un mot de plus, aussi il s'en tint là, et ce silence fut interrompu par des rires. Ils éclatèrent par à-coups, ils formèrent des bulles et se répandirent autour de la place, en face des ruines calcinées de la cathédrale. Ils riaient et riaient encore, et Rachid qui ne savait plus que faire se contenta de les fixer à nouveau du regard.

"Mais est-ce que vous voyez le tour qu'il est en train de vous jouer ?" dit le prêtre qui écumait de rage et ne cessait de se déplacer au milieu d'eux comme un fou, essayant de les faire s'insurger et de les arracher à ce sortilège.

Mais ils repoussaient les mains qu'il leur tendait. Rusk se retrouva seul, il se déchaînait et prenait le ciel à témoin, pendant que leur rire lourd et interminable résonnait dans ses oreilles. On avait oublié cette épreuve, et dans ce paroxysme de rires il n'était plus question des œuvres du démon. Rachid ne pouvait en croire ses yeux. Ils n'avaient jamais vu pareille créature s'exprimer dans leur langue. Il s'assit et, replié sur lui-même, il ne put plus quitter des yeux ces gens étranges.

Klinke se remit debout. Des caillots de sang s'étaient fixés sur son vêtement et sur son cou, et il était horrible à voir. Il aida Sigrid et Heinesen à remonter dans la carriole et s'y hissa pour tirer sur les rênes. Ils sortirent lentement de la ville. Personne ne tenta de les arrêter.

XXXII

Heinesen ne devait jamais se remettre du supplice qu'ils avaient dû subir ce jour-là. C'était comme si la foi qu'il pouvait avoir en l'homme ou en lui-même était à jamais ébranlée. Il s'enfermait dans ses appartements et n'en sortait que rarement. Il se désintéressait de tout et refusait de discuter de quoi que ce fût. Il n'était plus question de ses plans ambitieux. Les gens venaient frapper à sa porte pour demander du travail et repartaient déçus. D'autres venaient là en quête d'informations de la part de connaissances, de collègues, d'amis, de gens qui voulaient savoir où il en était dans l'avancement de ses travaux, mais toutes ces questions demeuraient sans réponse.

Un jour, une carriole arriva à vive allure et s'arrêta devant l'entrée. Deux hommes en descendirent et déposèrent un long coffre de bois. Le laissant sur les marches, ils remontèrent dans leur véhicule, fouettèrent énergiquement leurs chevaux et battirent en retraite en toute hâte en dévalant la colline. Rachid souleva le coffre et le transporta dans la galerie. Il était tout seul. Il ouvrit le coffre et en sortit un paquet plus petit enveloppé dans une toile huilée. A l'intérieur, il y avait un long étui verni. Pendant un instant, il laissa reposer sa main sur la surface lisse.

Il repousse le fermoir luisant et soulève le couvercle.

Il sait ce que c'est, et il le savait longtemps avant d'apercevoir ce long coffre rectangulaire dans le vestibule sombre. Sa main vient caresser le velours lisse, puis ses doigts se glissent en dessous pour atteindre le cuivre luisant, doux et arrondi. Il le soulève à la lumière et examine soigneusement l'inscription portée sur la plaque de cuivre vissée sur le couvercle : *Hans Lepper-shey, Mifddelburg, Zeeland*. Il soupèse le télescope en l'élevant dans ses mains et hoche la tête à la vue de cette merveille du monde.

L'état de Heinesen empirait. Sa sœur ne le quittait plus, ni de jour, ni de nuit. Elle avait les traits tirés, et son visage devenait gris. Ses yeux qui jusque-là scintillaient de clarté s'emplissaient d'ombre. Assis dans la galerie, Rachid attendait. Il ne pouvait plus travailler. Il avait l'impression qu'il attendait quelque chose, mais il n'aurait pas su dire précisément quoi. Il lui aurait fallu des éléments qui lui auraient indiqué une ligne d'action. Alors, il attendait.

On fit venir un médecin, un homme jeune, qui avait l'air agité et inquiet, et qui était par-dessus tout très gêné de se retrouver dans cette maison. Il ordonna immédiatement que l'on cloue des planches sur toutes les ouvertures pour que la lumière ne puisse y pénétrer ou en sortir, afin d'éviter toute contamination. Toutes les personnes vivant à l'intérieur de cette maison devaient y rester, et tous les gens de l'extérieur ne devaient plus prendre le risque d'y pénétrer. Il était impossible de savoir ce qui l'emportait chez lui, d'une mesure correspondant effectivement au mal dont souffrait Heinesen, ou (comme Rachid le soupçonnait) d'une mesure imposée par ce médecin pour mettre son esprit en paix. Après quoi il insista pour que tout le monde se fasse des gargarismes à l'eau salée et leur intima de se laver les mains et les pieds avec leur propre urine. "Quelle étrange ordonnance", se dit Rachid, et il refusa de suivre des prescriptions aussi répugnantes. Il ne fallait pas s'étonner qu'il fît si peu confiance à de pareilles gens. Il gardait ses distances, et lorsque le docteur lui demanda s'il avait fait le nécessaire il inclina respectueusement la tête en signe d'acquiescement.

Sigrid restait au chevet de son frère. En se tenant accroupi près de la petite ouverture de sa chambre située dans la maison du gardien, Rachid pouvait voir une lumière qui se déplaçait dans les pièces du haut, et il savait que c'était elle, avec sa lampe à huile. De temps en temps, il l'apercevait qui se tenait à la fenêtre de la chambre de Heinesen et qui regardait le monde extérieur. A chaque instant, il sentait se creuser l'abîme qui les séparait. Il fermait les yeux et imaginait qu'il se tenait à côté d'elle, mais lorsqu'il les rouvrait il n'y avait plus personne à la fenêtre.

Une semaine passa. Le médecin venait tous les jours, et son attelage passait avec fracas sous la maison du gardien comme si des démons le chassaient de ce lieu. Le peu de personnel qui restait, le cuisinier et sa femme ne tinrent pas longtemps et s'en allèrent à la fin de la première semaine. La vue de Klinke déclinait à cause du coup qu'il avait reçu et un matin, sous un beau ciel bleu, il partit sans plus d'explications. Rachid l'observa tandis qu'il descendait la colline d'un pas hésitant sans jamais se retourner pour regarder la maison.

La ferme était à l'abandon, on ne s'occupait plus des écuries. Les poules, les chevaux erraient alentour, sans que personne s'occupât d'eux De temps en temps, il y en avait même qui entraient dans le vestibule, mâchant la paille répandue sur le plancher et grattant le bois de leurs sabots. Des poules vinrent nicher sous les escaliers et on vit apparaître des œufs dans des endroits tout à fait inattendus.

XXXIII

Il se balance dans l'espace sombre et constellé d'étoiles. Le Scorpion est dans la partie méridionale du ciel, bas et insaisissable. Les mains tendues devant lui, il plonge à pic.

Quelques gouttes de pluie viennent cracher sur la nuque de Rachid qui enfonce sa main dans une eau sombre et trouble. Il en a jusqu'aux genoux, mais il peut sentir le fond où les ouvriers avaient posé les premières dalles plates. Il lève le poing et le serre pour faire gicler la boue de sa paume.

C'est à grand-peine qu'ils avaient escaladé le flanc de la colline, avec un unique et frêle poney, en poussant les roues de leurs mains dans la lumière qui déclinait. Au-dessus de leur tête, le ciel était comme un jade écorché par un banc de nuages épais en forme de conque qui le traversait et venait s'y loger tout doucement. Le chantier était maintenant un labyrinthe de blocs marbrés de pluie, éparpillés alentour selon un code indéchiffrable.

Cette charrette était trop lourde pour que le poney puisse franchir la dernière partie de la montée, aussi attachèrent-ils aux harnais ce coffre en bois fabriqué à la hâte pour le traîner sur le sol. De temps à autre, il s'enfonçait dans la chair molle de la colline comme s'il voulait leur résister, et ils devaient s'arrêter pour le dégager. Lorsqu'ils atteignirent enfin le sommet, il fixa une poulie sur les échafaudages et à l'aide d'un cordage il fit lentement descendre le cercueil dans la tranchée ouest, après quoi il laissa filer la corde. Sigrid l'attendait là-haut, ses vêtements flottant au vent. A genoux, il dégagea la paroi du fond qui n'avait pas été consolidée par des pierres. Cela lui prit la majeure partie de la journée. Il grelottait de froid et ne sentait presque plus ses doigts. La pluie se mit à tomber et elle s'arrêta pour se transformer à nouveau en neige, et seuls les croassements rauques des corbeaux perchés dans les grands arbres qui en bas entouraient le lac venaient ponctuer les trombes d'eau.

Il lui fallut ramper dans la chambre qu'il avait creusée dans la boue luisante. Il rampa jusqu'à ce que ses pieds soient à l'intérieur et à l'abri de la pluie. Dans cet espace étroit, en griffant le sol, il s'efforça d'aller un peu plus loin. Avec toute cette terre au-dessus et autour de lui, il éprouvait une sensation étrange. C'était là l'endroit où Heinesen devait reposer et il était bien qu'il fût enterré exactement ici, sous ce monument dont il avait tellement rêvé, mais pour l'instant Rachid se demandait plus simplement comment il devait s'y prendre.

Lentement, à reculons, il parvint à s'extirper de cette chambre, en prenant garde de ne pas toucher les parois de crainte de les faire s'effondrer sur lui. Enfin, il était à l'extérieur. Il ne lui restait guère de force, mais en le repoussant et en le soulevant il réussit à faire lentement entrer ce coffre de bois dans son trou. Il avait beau faire, il dépassait encore d'un empan. Il était trop faible, trop fatigué pour pouvoir le tirer à l'extérieur et tout recommencer, aussi il se penche et en poussant avec son dos il tenta de le faire bouger de gauche à droite pour pouvoir mieux l'enfoncer. En vain. Il était épuisé. Ses mains et ses bras tremblaient, et c'est à peine s'il avait encore la force de se tenir debout. Des flocons de neige venaient se déposer sur les flaques luisantes autour de ses pieds pour fondre puis disparaître. Il regarda en l'air, là où elle se tenait, et en hurlant il lui dit de s'éloigner. Elle n'eut pas l'air de le comprendre, aussi, une fois de plus, il se mit à crier en faisant un geste de la main. Cette fois-ci, elle se déplaça, elle s'écarta du rebord de la tranchée, maintenant il ne la voyait plus. Alors, en poussant un cri, il souleva sa pelle bien haut et la plongea dans le coffre. On entendit le bruit du bois qui volait en éclats. Une fois encore, il la leva en l'air, et on entendit un craquement. L'extrémité du coffre se fendit en deux, et le visage bleu de Heinesen se retrouva soudainement exposé à la pluie.

Reposant sa pelle, Rachid descendit et prit cette tête dans le creux de ses mains. Elle était gelée, un peu comme du bois ou de la pierre, mais en plus dur. Il essaya de courber le corps en avant, mais finalement et non sans mal il parvint à l'enfoncer davantage dans ce trou en lui faisant plier le cou en avant. Des éclats de bois lui restèrent dans les mains et il les jeta au loin. Il fouilla dans ses vêtements et en sortit l'étui en cuivre. Pendant un instant, il le tint entre ses mains puis, en le faisant passer à l'intérieur, il vint le poser contre la tête du mort. Il commença alors à refermer le trou. En soulevant des poignées de boue, il en obstrua l'entrée. Il voyait encore le profil de Heinesen pâle comme de l'ivoire, jusqu'au moment où d'une dernière poignée il recouvrit son oreille gauche. Puis il ramassa des petites pierres pour édifier un muret devant l'entrée de la chambre. Il traîna une lourde dalle, et en la soulevant il la mit en place. La tranchée ouest serait donc légèrement plus courte que les autres, mais il ne pouvait rien y faire.

En s'aidant des mains, il s'agrippa à la corde qui était à l'extrémité de la tranchée ; en se hâtant, ils descendirent tous deux la colline en direction de la maison.

En chemin, elle s'effondre. Ses jambes ne la portent plus, elle s'affaisse en une masse de vêtements trempés qui s'étalent sur le sol. Sans hésiter davantage, il se met à genoux, et il passe ses mains au-dessous d'elle ; il sent une douceur qui cède à sa pression. Ses mains ne lui font plus mal. Elle frémit, ses yeux vacillent, pris dans les bassins profonds du rêve. Elle grince légèrement des dents. De sa main couverte de boue, il essuie l'eau qui ruisselle sur son visage. Vus de si près, ses yeux sont comme des coquillages que le ressac viendrait doucement caresser. Et ses lèvres, comme des vagues surprises dans la splendeur de leur mouvance. Ses pommettes et son menton renvoient des éclats de lumière, ses cheveux ne sont plus emprisonnés dans le cadre austère de son foulard. Ces cheveux doux sur lesquels son regard s'était si souvent attardé, il les caresse de ses doigts, il remonte jusqu'à leurs racines qui disparaissent sous son crâne. Vue de si près, si proche de lui, sa beauté le terrifie.

Il se remet debout et la serrant contre sa poitrine il parcourt en chancelant le reste du chemin qui mène à la maison.

XXXIV

Il s'endort près du grand feu, dans la cuisine. Elle
est à côté de lui, et ramassée en boule elle regarde
fixement les flammes. Cela fait trois jours qu'elle
n'a pas bougé. Il se lève, et une fois de plus il
parcourt la maison silencieuse. Inquiet, il va d'un
endroit à l'autre et traîne dans les pièces vides : il
attend quelque chose. Dehors, le ciel s'est
dégagé et les nuages amoncelés ont laissé place
à la clarté des étoiles. Bientôt, il le sait, ils vont
venir et cette fois-ci ils seront sans merci, ils ne
feront pas de quartier. Ils allaient venir pour arracher ce furoncle maudit de la peau de leur univers. Pendant un instant, il caresse l'idée de rester
ici. Avec elle à ses côtés, peut-être pourrait-il
faire sa vie ici. Cet endroit ne lui appartient plus,
pas plus qu'à elle. Puis cet instant s'enfuit.

Au moment où il s'écarte de la fenêtre, une
lueur pareille à l'éclat de la lune sur du métal
accroche son regard, quelque chose se met à
bouger dans l'ombre bruissante de la maison du
gardien. Il reste un moment à observer cela, mais
comme il ne voit rien d'autre il continue à marcher. Il traverse la longue galerie sombre ; au-
dessus de lui, il sent comme la menace de vastes
espaces. Au milieu de la pièce, il y a le télescope, une montagne de livres et de manuscrits
qu'il a assemblés là.

L'arrachant à l'obscurité où son esprit s'est enfoncé, des mains s'emparent de lui et le tirent brutalement de côté. Il vient heurter le mur avec un bruit sourd. On le pousse sous les escaliers dans un coin du vestibule. Ces ombres parlent d'une voix inquiète et pressée. Il s'en dégage une odeur de fauve, de suif et de peur. Au comble de la confusion, ils échangent des jurons. Il comprend que ce n'est pas de lui qu'ils ont peur. Ce qu'ils redoutent par-dessus tout, c'est ce qu'ils sont capables de faire.

Il reconnaît l'un de ces visages. C'est le père du garçon qui est mort. Rusk, le prêtre, est également là, son visage se perd dans la pénombre. Ils étaient une dizaine, peut-être davantage. Il avait l'impression qu'il y en avait d'autres qui étaient venus de la ville et qui attendaient dehors. Le prêtre s'avança, le regarda droit dans les yeux puis s'éloigna. Quelqu'un appela du fond du vestibule, près des escaliers menant aux cuisines. Vite, les autres se regroupèrent autour de lui. Rachid se rua en avant, en pensant qu'ainsi il allait les retarder assez longtemps pour qu'elle puisse s'échapper. C'est alors qu'il sentit une odeur de fumée.

Les hommes s'énervaient. Ne craignant plus d'être surpris, maintenant, ils criaient. Un gros homme tenta de descendre les escaliers vers la cuisine, mais c'était déjà trop tard. Quelques instants après, il revenait en titubant, en toussant : il étouffait. On l'aida à se remettre sur pied et maintenant on sentait monter la chaleur. Des braises ardentes, un nuage d'étoiles fragiles, de la couleur d'une orange, montaient de ce puits obscur, comme une longue haleine chaude qui venait leur souffler sur le visage. Ils piétinent le sol, ils se donnent des tapes sur leurs manteaux pour étouffer cette lumière, et dans leur hâte d'atteindre la porte d'entrée ils tombent les uns sur les autres. Maintenant, une langue de feu vient lécher la cage d'escalier.

Il était seul. Combien de temps, il ne s'en souvenait plus. Tout bougeait dans la maison. Il entendait leurs pas précipités et, dans les recoins des murs et des chevrons, des chuchotements inquiets. Il crut reconnaître sa voix, une voix confuse, tordue par la culpabilité ou la souffrance, il ne pouvait le dire, ne sachant pas s'il s'agissait d'elle ou de la vieille charpente qui cédait aux flammes. Les hommes avaient disparu. On l'avait oublié. A travers la fenêtre, il aperçut la foule qui s'était assemblée à la lueur des étoiles et ne quittait pas la maison des yeux. L'instant d'après, il se déplaçait et retournait dans la galerie, la fumée se glissait par les interstices des planches sur lesquelles il marchait. Il se retrouva au milieu de ce qui était maintenant le cimetière de leurs instruments et de leurs ambitions. Avec une ficelle qui traînait là, il se mit à nouer ensemble des rouleaux de manuscrits et des livres, des cartes enroulées en faisceaux qu'il attacha à ses épaules et fixa autour de sa taille. La fumée lui piquait les yeux. Il fit bouger cette charge pour la répartir autour de son corps et pour se déplacer avec la plus grande liberté possible. Il faisait vite maintenant, dévorant des yeux ces pages qui avaient si longtemps retenu son attention. Des chiffres, des mots, des schémas dansaient devant ses yeux, il se demandait ce qu'il allait prendre ou abandonner. Ici, il avait appris tout ce qu'il avait pu. Il avait appris que le Soleil était à l'origine de ce monde, et que la Terre n'était jamais qu'un élément dans la musique des sphères. Il avait plongé son regard dans les abîmes du savoir et il en avait éprouvé une véritable peur.

Il ne parvenait pas à détacher ses pensées d'elle, elle finissait par devenir ce qu'elle avait toujours été, rejetant son linceul pour n'être plus qu'une incandescence, l'image même de la lumière. Encombré de son fardeau, il se dirigea vers la porte. Il s'arrêta, retira le télescope de son étui, et le mettant sous le bras il s'engagea dans le vestibule sans regarder en arrière. Le plancher était la proie des flammes, et des pans entiers du plafond s'écroulaient autour de lui. Il sentit que son visage et ses mains commençaient à se dessécher et à se craqueler. En bas, dans la cour, et tout contre la fenêtre, il vit des silhouettes humaines qui se déplaçaient comme des poissons enfouis dans les profondeurs d'un océan. Leurs visages flamboyaient, ils exultaient, ils étaient fous de colère et ils priaient. Ainsi, ils l'offraient enfin ce sacrifice, ce sacrifice dédié à la mort de l'enfant, à la sainteté de leur âme et à la pureté de leur esprit. Il battit en retraite, fit demi-tour, mais les flammes lui barraient la route, alors il tourna et tourna encore jusqu'à ce qu'il finisse par atteindre l'arrière de la maison. Il souleva une chaise et la lança de toutes ses forces. La galerie de verre vola en éclats et il dévala le long d'un tunnel de pierres noircies vers la nuit. Il était dehors, il tentait d'éteindre les flammes qui le ceinturaient, les ballots de papiers calcinés toujours attachés autour de lui.

Il sentait sur son visage les poils qui brûlaient, il sentait dans ses narines l'odeur de la chair roussie. Maintenant, l'air frais, rien que l'air frais et la nuit. Déjà les flammes et la fumée s'élevaient dans le ciel sombre en émettant des petites gerbes de braises. Elles montaient dans la nuit, nuage de cendres grises qui se glissaient dans les ténèbres en direction des étoiles. Pour la dernière fois, il se mit à gravir la colline. Il toussait, peut-être même pleurait-il, mais il avançait toujours.

ÉPILOGUE

A l'aide de cet œil unique, contempler le monde qui est au loin. Par-delà les vagues tumultueuses et leur roulement de tambour, par-delà l'océan vert comme une cire, en direction du lavis impeccable d'un horizon qui demeure toujours insaisissable. En direction des limites mêmes de la terre, et au-delà. Cet instrument creux, ce tube qui rapproche ce qui est lointain. Un simple tuyau luisant qui peut aller toucher ce qui est en avant, au loin et dans le futur, et revenir en arrière pour s'enfoncer dans le passé.

L'instrument en question est d'une simplicité déroutante : un étui de cuivre ouvert à chaque extrémité, et dans lequel on a coincé des gouttelettes de verre. La lumière traverse le verre et en passant elle se plie (si proche est la parenté entre le verre et l'air) et ainsi transformée elle parcourt le long tube de cuivre du temps. Ses rayons sont rassemblés comme autant de fils noués en écheveau, exactement comme l'on fait quand on raconte une histoire. De la sorte, ce qui semblait lointain devient proche. Le temps est projeté vers l'infini, vers des étoiles lointaines et mortes. Le passé s'avance, et pendant un instant fugace le présent est à peine illuminé.

Là-bas, il entend le bruit sourd de la mer, comme un mammifère qui voudrait percer une croûte de glace. Dans la grisaille, au loin, se trouve une crique où l'on peut entrevoir de grands mâts, comme une forêt mise à nu.

Couché dans le vent, il sent le papier qui lui colle au corps et craque. Il est ce guerrier déchu des temps antiques, croulant sous le poids des livres et des parchemins gorgés d'eau, encombré d'instruments inutiles que l'on pourrait prendre pour des armes. Il gît sur ce bout de terre qu'il ne connaît pas, qui lui est étranger et lui inspire du dégoût. Il ne sait pas du tout où il va, il sait seulement qu'il doit se diriger vers le sud.

Le voilà, ce télescope.

La vie gonfle et s'engouffre dans cet étui de cuivre. Il serre entre ses doigts gourds cet instrument sacré pour conjurer et chasser l'encre qui au-dessus de sa tête suinte des nuages. Il halète, aspirant des bouffées d'air qui s'enfoncent comme des poignards dans sa poitrine. Sans répit, le vent vient se réfugier dans les tranchées et ses rêves agités sont envahis de chevaux fumants. Le monde a cessé de bouger, s'est replié sur lui-même, vers l'intérieur, vers cet ultime mouvement convulsif. Il brûle, il est dévoré par une incandescence fugace, tel un papillon de nuit qui tremblote dans le vent glacé, dans un tourbillon de neige.

Il a ouvert les yeux, et sans ciller il fixe le banc de brume qui a commencé à l'envelopper, et les propos d'Hermès Trismégiste lui reviennent en mémoire : *"Le Soleil se tient au milieu, car qui donc pourrait lui trouver un meilleur emplacement au cœur de ce temple des merveilles d'où il peut tout illuminer d'un seul coup ? C'est pour cela que certains l'appellent la Lampe du Monde, d'autres l'Esprit, et d'autres encore,*

Le Maître. Hermès Trismégiste l'appelle le Dieu Visible."

Il cherche à tâtons, puis il élève cet instrument à la hauteur de ses yeux et vise les nuages épais qui sont au-dessus de lui. Il se passe alors une chose étrange. Il sent qu'il s'élève vers cette masse visqueuse qui tourbillonne au-dessus de sa tête. Il s'élève à l'intérieur de ce verre, et tourne lentement au milieu des rayons granuleux de lumière. Très loin en bas, il aperçoit une petite silhouette gelée et emmitouflée dans des haillons, et dans laquelle il a du mal à reconnaître un être humain, et cet être humain, c'est lui. La glace forme une plaque interminable et le jour n'est plus qu'une simple déchirure mince et pâle dans le gris des nuages. Il sent qu'il flotte vers l'avant, vers l'arrière, à travers le temps, jusqu'au commencement de toutes choses.

Le Scorpion est descendu des cieux et vient ramper à travers les rochers arides qui surplombent le verger où il venait jouer quand il était petit. Il voit la salamandre verte qui s'accroche au tronc d'un abricotier, il entend la voix de sa mère qui l'appelle.

La glace vient le mordre et pénètre dans son corps. Il sent qu'en dessous de lui les tiges gelées de l'herbe craquent comme des os fragiles. Il sent que le poids de ces papiers qu'il a emportés va être la cause de sa mort. Il porte la main à sa ceinture, en sort le poignard qui y est caché et se met à tout trancher. Les courroies, les ceinturons et les cordes avec lesquels ce fardeau était attaché à son corps se rompent. Il se redresse, élève le télescope dans ses mains et regarde à travers. Il s'est mis en quête d'un *sarab*, d'un mirage : la science ne nous mène nulle part et ne peut nous ramener qu'à nous-mêmes. Il se met debout et jette l'étui de cuivre au loin, et il l'entend qui émet une note creuse sur la surface gelée de ce monde. Il disparaît dans la pénombre qui descend. De l'autre côté de la mer glacée, dans le lointain du crépuscule, il entrevoit la lueur tremblante de lampes qu'on allume. Ses pieds sont enroulés dans d'interminables bandelettes et ne sont plus que deux blocs engourdis qui l'embarrassent. Il soulève un pied, puis l'autre. Et comme un enfant qui fait ses premiers pas, il se met à marcher.

Les distances s'accélèrent et au bout il y a un navire qui l'attend et qui n'a pas de nom, il va l'emmener vers le sud, le ramener à ce monde qu'il a laissé derrière lui, loin de ces ciels obscurs. Il se dit qu'à chaque pas ce sera plus facile.

Le monde bascule et il dévale la pente, en route vers les étoiles patientes et inaccessibles, et une prière lui vient aux lèvres pour demander qu'il ne sombre pas dans ces vides noirs nichés entre les éclats frêles d'une lumière qui garde son silence et ses secrets.

BABEL

Extrait du catalogue

CÉDITION ACTES SUD – LEMÉAC

Ouvrage réalisé
par l'Atelier graphique Actes Sud.
Achevé d'imprimer
en août 2001
par Bussière Camedan Imprimeries
à Saint-Amand-Montrond
sur papier des
Papeteries de La Gorge de Domène
pour le compte des éditions
ACTES SUD
Le Méjan
Place Nina-Berberova
13200 Arles.

No d'éditeur : 4150
Dépôt légal
1re édition : juin 2001
No impr. : 013521/1